Jack Vance
De man in de kooi

DE MAN
IN DE KOOI

JACK VANCE

VERZAMELD WERK **23**

John Holbrook Vance

Uitgegeven door Spatterlight, Amstelveen 2019
Oorspronkelijk verschenen als *The Man in the Cage*, Random House,
New York 1960
Deze vertaling is conform de gerestaureerde tekst van de
Vance Integral Edition © 2018 Karin Langeveld

ISBN 978-1-61947-253-2

www.spatterlight.nl

Jack Vance
De man in de kooi

HOOFDSTUK I

Op NEGEN MAART, precies om twaalf uur 's middags, kwam een vrachtwagen vol ruwe grijze gravel hortend en stotend aangereden door een
nevel van stof en zonlicht. De weg, die smal was en vol met gaten,
leek de zichtbare omgeving in tweeën te splijten: aan de ene kant het
leven, aan de andere kant de dood. Aan de rechterkant bevonden zich
vergezichten, velden met planten in duizenden zonovergoten tinten
van groen: vedergroene dadelpalmen, zeegroene tamarisken, groente-
tuinen, velden vol smaragdgroene alfalfa. Aan de linkerkant lag de
woestijn: heet, verlaten, bezaaid met zwarte vuursteenscherven.

Noel Hutson bestuurde de truck: een jonge man met een lichte
huid, vaalbruin haar, een nogal fatterig snorretje en een lankmoedige,
verdraagzame gezichtsuitdrukking. Naast hem, vooroverleunend, op
het puntje van zijn stoel, zat Habdid el Kazim: een vierkant gezicht,
smalle ogen, breedgebouwd en krachtig. Een opvallend dunne snavel
van een neus stak naar voren uit zijn platte gelaatstrekken; de onderste
helft van zijn gezicht was bedekt met zwarte stoppels. Hij droeg een
handgesponnen bruine djellaba met de capuchon naar achteren, en
aan zijn heup hing een dolk met een met zilver ingelegd gevest en een
zilveren schede in de vorm van een vissenhaak.

De twee mannen reden al veertien uur samen en aanvaardden
elkaars gezelschap zonder vijandigheid of kameraadschap. Habdid el
Kazim sprak ongeveer honderd woorden Engels; Noel Hutson kende
maar één woord Arabisch: *la*, wat 'nee' betekende. Geen van beiden
wist hoe de ander heette.

Uiteindelijk liep de weg met een bocht de palmgroeve in. Anderhalve
kilometer verder hield Habdid el Kazim zijn hand op. "Langzaam." Hij

keek de weg af in beide richtingen: er was nergens een voertuig te bekennen. Hij wees. "Deze kant op."

Noel draaide aan het stuur. De truck dook de ondiepe greppel langs de kant van de weg in, gleed kreunend over de opgeworpen aarde aan de andere kant en reed schrapend tussen twee palmbomen door. El Kazim wees naar een karrenspoor dat over een tapijt van rottend, zilt gras liep. In lage versnelling hobbelden ze door de palmgroeve, langs irrigatiesloten, lage muren van adobe blokken, groepen tamarisken. Palmen van uiteenlopende grootte en vorm hingen over hen heen; sommige hoog en koninklijk, andere kort en afgeplat, met grote, slordige toppen; de meeste stonden rechtop, maar sommige waren verwrongen en scheef.

El Kazim zat stijf rechtop op de punt van de stoel. Op een gegeven moment, toen de wielen uitgleden in de modder, gaf Noel extra gas: el Kazim maakte een dringend gebaar. "De Fransen." Zijn gezicht spleet zich in een nerveuze grijns die een hele rij gouden tanden ontblootte. Hij wees tussen de bomen door. "Twee kilometer, niet verder. Soldaten."

Hierna reed Noel zo geruisloos als hij kon. De begroeiing werd dunner; voor hen verscheen het soort kasba dat typisch was voor deze regio: een dorpje achter muren van een meter of tien hoog, met wachttorens op de hoeken en een zware houten poort. El Kazim gebaarde naar Noel dat hij moest stoppen en sprong op de grond. Naast het pad stond een wachtpost; de twee mannen overlegden. De wachtpost sprak in een militaire veldtelefoon, luisterde, en gebaarde dat ze verder mochten. El Kazim klom terug in de cabine en wees met zijn wijsvinger in de richting van de kasba. "We moeten snel zijn."

Noel worstelde met de tegenstribbelende versnelling: één-laag, één, twee; de dieselmotor brulde en kletterde. El Kazim bewoog nerveus met zijn vingers. "Snel, snel." Noel trapte met zijn voet op het gaspedaal; de truck snelde met veel kabaal over de weg. De houten poort ging open, de truck reed de grote nederzetting binnen, de poort zwaaide weer dicht.

Noel bracht de truck snel tot stilstand en zette de motor af. Hij deed de deur open en stapte op de treeplank. Het zonlicht prikte op zijn vochtige huid. Gebouwen van klei met twee of drie verdiepingen, lijkend op de pueblo's van Arizona, omringden de binnenplaats — massa's rechthoekige blokken en vlakken doorschoten met tunnelachtige passages. Een karavaan was blijkbaar net aangekomen of stond juist op het punt om te vertrekken: aan de overzijde van de binnenplaats stonden een stuk of twaalf kamelen naast een stapel zadels, zadeldoeken, touwen en riemen. De geur van urine, ontbinding, nat stro en de rook van smeulende vuren hing zwaar boven de binnenplaats. Noel tuitte zijn lippen in afkeer en trok zich terug in de schaduw van de cabine.

Een aantal mannen en jongens in versleten werkschorten kwamen naderbij en keken gefascineerd naar de truck. Noel grinnikte, begroette hen met een zelfverzekerd gebaar. Ze vertoonden geen enkele reactie en bleven staren. Noel klom de bestuurdersstoel in en negeerde hen verder.

Habdid el Kazim was inmiddels de binnenplaats overgestoken, waar hij een andere man had begroet met een korte omhelzing. De man had een hard gezicht en was gekleed in een grijze djellaba en een rode fez: de kleding van een stedeling, die al evenmin thuishoorde in de kasba als Noels eigen tropenpak. De man in de grijze djellaba was slank en fijngebouwd, langer dan de stevige Habdid, maar met dezelfde vreemde smalle neus, als de bek van een papegaai. Een andere man, kort, dik en gekleed in een nietszeggend uniform, kwam bij hen staan, en de drie mannen spraken ernstig met elkaar. De korte dikke man maakte een hoofdgebaar in de richting van een van de grotere gebouwen, alsof hij over iets sprak dat de anderen niet konden zien. Zowel Habdid el Kazim als de man in de grijze djellaba schudden gedecideerd het hoofd, en de korte dikke man knikte bevestigend, alsof hij zijn gelijk had gekregen.

Noel bekeek het tafereel zonder interesse. Habdid el Kazim leek absoluut niet op een romantische figuur; deze kasba was niet meer dan een stinkend dorpje. Nog dertien trips — tenzij Arthur Upshaw een andere truck huurde, of een andere chauffeur in dienst nam. Niet waarschijnlijk, dacht Noel. Als het niet om het geld ging... Hij leunde achterover tegen de kunstleren rugleuning, trommelde met zijn vingers op de zwarte rand van het stuur. Niet te veel geld, als je bedacht hoeveel Upshaw zou verdienen. Welnu, hij had de ervaring, en daar ging het om.

Aan de overzijde van de binnenplaats waren de drie mannen tot een besluit gekomen. De dikke kleine soldaat marcheerde naar voren.

Hij blafte enkele bevelen, klapte in zijn handen. Een zwerm mannen en jongens klom omhoog in de laadbak van de truck. Noel sprong op de grond en leunde tegen het hete voorspatbord om toe te kijken. Het grind werd opzij geschoven; houten kratten met stalen banden eromheen werden op hun kant gezet en al glijdend op de grond gezet. Zodra ze de bodem raakten werden ze aangevat en opengebroken. De kleine officier brulde woedend en dreef zijn mannen terug naar hun werk.

Al snel was de truck uitgeladen. Er waren tien kratten met in totaal tweeduizend Mauser pistolen, ieder in zijn eigen kartonnen doos, compleet met een drietalig instructieboekje, een fles olie en een harde borstel; vierentwintig kratten met semiautomatische geweren verpakt in vacuüm plastic zakken, zes per krat; dertig kratten met negen-millimeter munitie.

En nu, ondanks de protesten van de officier, viel de groep aan op de kratten als wolven op een karkas. Noels interesse sloeg om in afkeer. Hij wendde zijn blik af en kalmeerde zichzelf met redelijk klinkende, beproefde stellingen. Als ik het makkelijke geld niet pak, dan doet een ander het werk wel. Als de Fransen recht hebben op wapens, dan hebben de Algerijnen dat ook. Hij leunde nonchalant tegen het spatbord en maakte met een strootje zijn nagels schoon.

De stamleden dromden samen rond de kratten. Ze zwaaiden met de pistolen, schreeuwend en roepend naar elkaar, terwijl ze een wapen, of soms zelfs twee wapens, in hun versleten kleren stopten. De dikke man in het legeruniform beende van de ene naar de andere kant terwijl hij zinloze bevelen blafte waar niemand naar luisterde. Noel bekeek het tafereel met een geamuseerde afstandelijkheid: het waren zijn zaken niet, hij was alleen maar de chauffeur. Hij bestudeerde zijn vingernagels, die nu schoon waren. Het kostte steeds meer moeite om zijn afstandelijkheid te bewaren. Fronsend keek hij naar de overzijde van de binnenplaats. In Tanger was het idee van een vrachtwagen vol wapens een soort romantische abstractie geweest: een symbool van avontuur en opwinding. Op een dag zou hij, in gezelschap hier ver vandaan terloops terugblikken naar "de tijd dat ik wapens uit Tanger smokkelde. Ik reed naar het zuiden, dwars door Marokko, achter het Atlasgebergte, naar een klein fort in de woestijn op de grens met Algerije…" Maar in het hier en nu waren de wapens maar al te zichtbaar: lelijk en zwart, geladen met kogels die bestemd waren voor de lichamen van jonge Franse mannen. Noel wendde zich af. Nog dertien ladingen? Mij niet gezien. Hij klom chagrijnig terug de cabine in, ontevreden met zichzelf, popelend om te vertrekken.

De stemming was omgeslagen. Het gekakel op de binnenplaats was verstomd. Noel keek om zich heen. Een lange oude man in een witte djellaba was op het toneel verschenen. Hij droeg een witte tulband; aan zijn zij hing een dolk bezet met juwelen. Zijn ogen waren heldergrijs, zijn gezicht was smal en streng. Hij keek naar de leeggeroofde kratten en begon op boze toon iets te roepen. Het werd muisstil op de binnenplaats. De sjeik — wat hij klaarblijkelijk was — sprak nogmaals en hield een gebalde vuist omhoog. Met chagrijnige gezichten en duidelijke tegenzin sjokten de stamleden terug naar de kratten. Handen gleden voorzichtig tussen de kleren en kwamen naar buiten met pistolen. De korte man in uniform stopte de pistolen met haastige bewegingen terug in de kratten; de mannen en jongens van de kasba deinsden achteruit, met overduidelijke teleurstelling op hun gezichten.

De patriarch keek grimmig toe. Hij gaf nog een bevel; Habdid el Kazim en de man in de grijze djellaba draaiden zich scherp om. De kleine soldaat staarde met hernieuwde ergernis.

De patriarch werd gehoorzaamd. Mannen liepen het gebouw in, brachten vier kartonnen dozen naar buiten en droegen die naar de laadbak van de truck. De man met het ronde gezicht en het legeruniform rende protesterend naar voren. De patriarch maakte een klein gebaar; de soldaat stopte midden in een zin. Twee mannen klommen op de laadvloer van de truck en de kartonnen dozen werden naar boven gehesen.

Noel sprong de cabine uit, ging op de treeplank staan en keek naar de laadbak. Volgens de rood met blauwe opdruk bevatten de vier dozen zeeppoeder. Zeep? Dat was verdacht. En ongemakkelijk. Verdraaid ongemakkelijk. Noel riep naar de sjeik aan de overzijde van de binnenplaats: "Wat moet dit voorstellen? Ik weet hier niets van."

Niemand besteedde ook maar enige aandacht aan hem. Habdid el Kazim en de man in de grijze djellaba stonden allebei luidkeels te protesteren. De sjeik hoorde hen onbewogen aan. Toen ze uitgesproken waren sprak hij een korte zin. De discussie was gesloten. Habdid el Kazim en de man in de grijze djellaba draaiden zich abrupt om en liepen verder de binnenplaats op. Ze bleven enkele ogenblikken staan praten, waarbij ze nijdige blikken wierpen in de richting van de sjeik. Habdid el Kazim hief zijn handen ten hemel in een fatalistisch gebaar van acceptatie. Hij klopte de man in de grijze djellaba op de wang en beende de binnenplaats over in de richting van de truck. Hij klom de cabine in. "Wij nu gaan, terug naar Tanger."

Noel maakte een hoofdbeweging in de richting van de laadbak. "Wat vervoeren we nu?"

Habdid el Kazim draaide zijn hoofd en bekeek Noel alsof hij hem voor de eerste keer zag. Noel dwong zichzelf om de glinsterende blik te weerstaan. Habdid el Kazim ging gemakkelijker zitten en maakte met zijn hand een cirkelbeweging. "Omdraaien."

Binnensmonds mopperend startte Noel de motor, reed met een schok achteruit en draaide de truck met een heftige zwaai om uiting te geven aan zijn frustratie. Hij wilde niets liever dan zo snel mogelijk weg zijn uit de hete, stinkende kasba. Maar die vier dozen met — zeep?

De poort zwaaide open; Habdid el Kazim stak zijn wijsvinger naar voren. "We gaan. Snel."

Noel aarzelde. Nu was het beslissende moment. Nu of nooit... Maar wat kon hij doen? Hij gaf te veel gas en liet de motor stationair draaien terwijl hij Habdid el Kazim van opzij nijdig aankeek. "Ik ga niet verder tot ik weet wat ik vervoer."

Habdid el Kazim keek hem onaangenaam verrast aan.

"Ik werk voor Arthur Upshaw," verklaarde Noel. "En hij heeft niets gezegd over een retourvracht."

Habdid el Kazim wees naar voren. "Wij brengen naar Arthur Upshaw. Snel nu, tot de bomen. De Fransen zijn dichtbij."

Noel schakelde weifelend terug en trapte op de koppeling. "Sneller, sneller!" gromde el Kazim. Hij trok een van de Mauser pistolen uit de plooien van zijn djellaba. De truck reed de poort door, hobbelend en ratelend over de open vlakte. El Kazim klikte het magazijn los en laadde het.

Ze hadden inmiddels de beschutting van de palmbomen bereikt; el Kazim wuifde naar de wachtpost en gebaarde naar Noel dat hij verder kon. "Nu terug naar Tanger."

Noel schudde chagrijnig zijn hoofd. "Ik heb de hele nacht gereden, ik ben doodop."

"Wij moeten naar Tanger gaan. Het is nodig."

Noel trapte hard op het gaspedaal, de truck schoot met een noodgang tussen de palmbomen door. El Kazim zette zich schrap in zijn stoel, half-grijnzend, half-fronsend. De gouden tanden schitterden tussen zijn lippen door.

Vijftig meter voor de kruising beval el Kazim hem te stoppen. Hij liep naar voren om de weg naar beide zijden af te kijken. Noel stapte op de treeplank, klom op de laadbak en bestudeerde de vier kartonnen dozen. Als dat was wat hij dacht dat het was — maar wat kon het anders zijn? Smokkelwaar voor de Algerijnse rebellen reisde meestal per karavaan, waar het niet door de Fransen onderschept kon worden; deze kartonnen dozen met 'zeep', kwamen uit Egypte en waren waarschijnlijk nog warm van de ruggen van de kamelen. Als het was wat hij dacht dat het was, dan waren deze dozen een heleboel geld waard. El Kazim floot en gebaarde dat hij verder moest rijden. Noel ging met een zwaai terug de cabine in en zette de motor in een lagere versnelling. De truck kwam met een sprong in beweging. El Kazim sprong naar binnen en ze draaiden de weg op.

Een uur lang reden ze naar het noorden. Beide mannen zwegen. De weg liep langs groepjes palmbomen, liep omhoog tussen heuvels van rode zandsteen en doorkliefde uiteindelijk de woestijn. Noels ogen vielen dicht van vermoeidheid. Hij knipperde nijdig. Na de hele nacht en een groot deel van de dag achter het stuur was het onmogelijk om nog eens veertien uur te rijden! En dan die vier dozen met 'zeep'! Die lieten hem niet los, werkten hem op de zenuwen. Er waren nu eenmaal dingen die je niet deed. Noel beschouwde zichzelf als een avonturier, een man van onversaagdheid en savoir-faire. Smokkelen, wapens vervoeren — dat waren het soort zaken waar een zeker cachet van glorie en vermetelheid aan kleefde; hij verzamelde dit soort escapades zoals een tienermeisje bedeltjes verzamelt voor haar armbandje. De dozen met het etiket 'zeep' stonden echter voor heel iets anders, iets dat smerig was, en onbetamelijk. Door zich met dit soort zaken in te laten bezoedelde Noel zijn imago, die mistige mengeling van Errol Flynn en Cary Grant die hij zo zorgvuldig had opgebouwd.

Een paar kilometer verderop lag Erfoud, een stad met een goed hotel. Het was niet meer dan redelijk dat ze daar zouden stoppen om te rusten. Daar kon hij Arthur Upshaw in Tanger bellen, om hem te vertellen dat hij zijn eigen rottige vrachtwagen vanaf nu kon besturen. Noel schraapte zijn keel. "We stoppen in Erfoud, bij de Gîte d'Étape. Ik heb genoeg gereden voor vandaag."

"Nee, nee," zei el Kazim kortaf. "Wij moeten naar Tanger."

"Waarom zo'n haast?" sputterde Noel.

"Er is een vergissing. De sjeik is oude man, hij is bang dat de Fransen komen. Hij zegt wij moeten deze dozen brengen naar Tanger. Het is een vergissing, maar nu wij moeten het doen."

"Zo veel haast kan het niet hebben," mopperde Noel. "Ik ben te moe om te rijden. En ik weet niet of ik die pakketten wel wil vervoeren. Wat zit erin?"

Habdid el Kazim keek hem van opzij aan, zijn ogen half dichtgeknepen. "Het gaat naar Tanger."

"Ik rij vandaag niet meer helemaal naar Tanger," zei Noel, terwijl hij op de weg keek om de nijdige blik van el Kazim te ontwijken. "Ik ben verantwoordelijk voor deze truck, en ik vervoer geen lading tot ik weet wat ik in mijn laadbak heb." Zo gesteld maakte het hele idee hem woest. Ze dachten dat hij een of andere simpele trucker was, een gehuurde knecht! Hij trapte heftig op de rem; el Kazim slaakte een hese kreet van ergernis.

"Nee, we moeten niet stoppen! De Fransen zullen komen."

"Wat zit er in die dozen?"

"Het is niet voor jou!" riep el Kazim uit. "Rij door!"

Het was een vergissing, een misverstand. Snikkend en hijgend staarde Noel omlaag naar het met bloed besmeurde gezicht. Het was allemaal zo snel gegaan, en zo verschrikkelijk definitief — waarom was el Kazim met zijn pistool gaan zwaaien? Noel had zijn arm omlaag gemept, en voordat hij besefte wat er gebeurde waren de twee mannen in een handgemeen beland. Noel had zijn schouder onder el Kazims kin geduwd en had de zonverbrande slaap van de man tegen de deurpost geslagen. Hij had een greep gedaan naar het pistool, had gezien hoe el Kazim probeerde met zijn duim de veiligheidspal over te halen terwijl zijn wijsvinger zich om de trekker spande. Noel had de loop tegen de pols van el Kazim weten te duwen; el Kazims vingers hadden het wapen losgelaten; het pistool bleef even hangen en viel toen op de stoel. Met een kreun had el Kazim een greep gedaan naar zijn dolk en had het wapen te pakken gekregen. Wat eerst een simpel handgemeen was, was nu een gevecht op leven en dood geworden.

Noel had zijn onderarm tegen el Kazims nek geduwd, had hem tegen de deur gehouden, de pols met de dolk gegrepen. De adem van el Kazim raspte in zijn dichtgeknepen keel; Noel vocht met de moed der wanhoop, te ver heen om nog angst te voelen. El Kazim had zijn knieën opgetrokken en Noel naar achteren geduwd. Noel had de pols van el Kazim nog onder zijn arm, dus het effect van de schop was dat el Kazims lichaam gedraaid was tot hij van de stoel viel. Met zwaaiende armen en benen probeerde hij overeind te komen. Op dat moment had Noel het pistool bij de loop gepakt en de andere man op het voorhoofd geslagen. Bloed spoot omlaag langs het donkere gezicht, tussen de ogen door, aan beide kanten van de neus. De aanblik was verschrikkelijk. Noel schreeuwde en deelde de ene tik na de andere uit. Hij zag hoe de ogen van el Kazim hem aanstaarden; zijn blik zag er beschuldigend en streng uit. Noel slaakte een kreet van afschuw, sloeg zo hard hij maar kon alsof hij het beeld daarmee kon wegvagen. De schedel barstte, het metaal raakte iets zachts. Het hoofd draaide en de mond viel schuin open en gaapte hem aan.

Noel greep naar de deur, opende hem en strompelde de weg op. Hij keek omlaag naar het bloederige pistool en zijn bloederige handen. Hij gooide het pistool met een gebaar van wanhoop ver van zich af, duwde zijn handen in het zand langs de weg en schrobde en wreef over zijn handen tot er enkel nog een vieze donkere vlek overbleef.

Naast hem hoorde hij de dieselmotor ronken en tikken. Er verscheen een auto op de weg die op hem af reed; donkere ogen onder een witte capuchon flitsen even, zonder enige vorm van nieuwsgierigheid. De auto verdween in een wolk van bruin stof.

Noel haalde enkele malen diep adem. Hij moest nadenken, en praktischer dan ooit tevoren. Dit was nou avontuur, en het beviel hem niet.

Eerst moest hij zorgen dat hij van het lijk af kwam. Maar niet hier. Hier kon hij het niet verstoppen; het zou binnen de kortste keren gevonden worden en de UAR, of FLN — of hoe ze zichzelf ook noemden — zouden hem weten te vinden. Hij klom de cabine in. Voorzichtig duwde hij het breed uitgespreide lijk opzij. Hij schakelde. De truck bewoog naar voren.

Tien minuten later zigzagde de weg door de zandstenen heuvels in de richting van de bodem van de vallei. Noel stopte naast een diep ravijn, opende de deur en trok het lijk naar buiten. Het gleed op de grond en rolde door het stof, waarbij de djellaba flapperde, tot het halverwege op een kale struik bleef steken. Noel klom achterwaarts de helling af, schopte met zijn voet en zag het lijk bijna tot op de bodem rollen. Hij schopte er nog wat stukken roestkleurig zandsteen achteraan, en nu was het bijna niet meer te zien. Was dat het geluid van een motor in de verte? Noel klauwde zich een weg terug naar boven, naar de weg. Hij sprong in de cabine en ging ervandoor.

Een paar kilometer verderop stopte hij, gooide handenvol zand in de cabine en schrobde en veegde tot de bloedvlekken niet meer zichtbaar waren tussen jaren van roest en olievlekken.

Hij reed langzaam naar het noorden, langs de palmbomen, en bedacht en verwierp tientallen onbevredigende plannen. Politie? Vluchten? Tanger? Casablanca? De kartonnen dozen werkten hem op de zenuwen; het zou een hele opluchting zijn als hij ze gewoon ergens in een greppel kon gooien. Maar daartegenover stonden andere belangen: zijn persoonlijke veiligheid, bijvoorbeeld. Hij was ongewild in deze beangstigende ellende terecht gekomen; nu moest hij proberen om de gevolgen te ontlopen.

Tussen de palmen door verscheen een hoge, beige muur die de stadsgrens van Erfoud markeerde. Hij reed langs de muur tot hij bij een kruispunt kwam. Daar wachtte hij, keek eerst de ene, toen de andere kant op. De hoofdweg richting Meknes en Tanger strekte zich voor hem uit. Rechts, door een hoge Moorse boog, liep een weg in de richting van de Franse nederzetting en de plaatselijke nijverheid. Een zijweg aan de linkerzijde wendde zich een weg tussen de palmen door in de richting van een imposant gebouw op een heuvel, zo'n halve kilometer verderop. Dit was de Gîte d'Étape, een regionaal hotel dat gebouwd was ter voorbereiding op een stroom toeristen die tot dusver deze uithoek van Marokko nog niet hadden ontdekt.

Noel wreef over zijn gezicht. Als hij nu probeerde door te rijden tot Tanger dan zou dat zijn dood worden. En die dozen. Waarom zou hij Arthur Upshaws vuile werk voor hem opknappen? In het hotel kon hij naar Tanger bellen. Arthur Upshaw kon zelf naar het zuiden rijden, of anders Duff. Het was hun rotzooi, dus zij moesten er zelf maar voor opdraaien. Noel rukte aan het stuur en de zware truck rolde tussen de palmen door in de richting van het hotel.

Hij parkeerde op het gravel naast de hoofdingang, pakte zijn jas en zijn zipper bag achter de stoel vandaan en sprong op de grond.

Een piccolo in een rood uniform deed ceremonieel de glazen deuren open. Noel stapte een verbazend grote, met marmer beklede lobby binnen. De vloer was bezaaid met Berbertapijten; leren leunstoelen stonden rondom lage tafels van bewerkt koper. Achterin de hoek van de lobby bevond zich een bar; hier stond een barman in een witte jas het glaswerk te poetsen. De receptionist stond paraat achter de registratiebalie. De drie mannen, alle drie waarschijnlijk Frans, keken Noel zwijgend aan. Verder was de lobby leeg.

Noel liep naar de balie, toonde zijn paspoort en kreeg een kamer toegewezen. De piccolo hielp hem zijn truck in de garage te zetten, waarna hij naar zijn kamer ging, een douche nam en schone kleren aantrok.

Hij ging op het bed liggen en doezelde weg in een onrustige slaap.

Het korte, scherpe geluid van de telefoon wekte hem. "Ja?" mompelde hij.

"Wilt u dineren, mijnheer?" vroeg een stem met een zwaar accent. Het was niet de receptionist, die zorgvuldig, zij het ietwat pedant Engels sprak.

"Ja," zei Noel met omfloerste stem. "Een ogenblik." Hij keek naar zijn horloge. Halfacht. Arthur Upshaw zou inmiddels wel in zijn appartement zijn. "Ik zou graag willen telefoneren met Tanger."

"Prima, mijnheer. Wat is het nummer?"

Noel gaf het nummer. Er klonk gebrom op de lijn, en gezoem; spookachtige stemmen fluisterden. Er klonk een mannenstem: "Hotel Balmoral."

Noel werd doorgeschakeld naar de telefonist in Tanger. "Is de heer Upshaw aanwezig?" vroeg hij.

"Nee, mijnheer."

"Weet u waar ik hem kan bereiken?"

"Nee, mijnheer. Kan ik een boodschap aannemen?"

"Nee," zei Noel kortaf, en hij hing op.

Hij ging naar beneden, naar de lobby, die nog altijd leeg was. Hij liep naar de bar, bestelde een highball en ging in een van de diepe leren fauteuils zitten, starend over de uitgestrektheid van Berbertapijten.

Na enige tijd stond hij op en liep naar de receptie. De receptionist was inmiddels terug op zijn post, kauwend op een tandenstoker die hij haastig wegmoffelde. "Ik wil naar Tanger telefoneren."

"Jawel, mijnheer," zei de receptionist. "Wilt u het gesprek hier aannemen?"

Noel keek om zich heen. "Is er een telefooncel?"

"Nee, mijnheer. Alleen deze telefoon op de balie."

"Dat moet dan maar." Noel keek in zijn adresboek, las een nummer op aan de receptionist die naar de centrale liep om het gesprek door te voeren.

De receptionist bekeek hem met verholen interesse. Amerikaan, dus per definitie welgesteld, maar toch komt hij binnen in een vrachtwagen en draagt ruwe werkkleding. Bizar! Zeker geen toerist... Er was een pauze. Aan de andere kant ging de telefoon enkele malen over. De receptionist schudde zijn hoofd. "Er wordt niet opgenomen, mijnheer."

"Verdomme," mompelde Noel. Hij dacht na, bladerde in zijn adresboek. "Probeer dit nummer." Hij las het nummer op aan de receptionist.

De verbinding werd gemaakt. De receptionist bleef staan en begon papieren te sorteren met een overdreven air van desinteresse in de conversatie.

"Hallo? Met Noel Hutson. Is Arthur Upshaw aanwezig?"

Het bleef even stil.

"Anders wil ik Duff spreken, mocht hij toevallig aanwezig zijn."

Opnieuw een stilte. Noel wachtte ongeduldig.

"Verdomme. Weet je ook waar ze zijn?... Nou, geef deze boodschap dan maar aan Arthur door als je wilt. Het is dringend, dus zorg dat hij hem krijgt. Goed?... Mooi. Zeg hem dat ik ontslag neem. Zeg hem dat zijn vrienden mij een vracht hebben opgedrongen die ik niet wens te vervoeren. Niet voor hem, of voor wie dan ook. Zeg hem dat als hij het wil hebben, dat hij het zelf mag komen halen."

Weer een stilte terwijl Noel luisterde.

"Dat zeg ik liever niet. Niet over de telefoon. Arthur weet waar ik het over heb. Het is een zaak waarin ik niet betrokken wens te raken."

Het gesprek werd steeds vreemder, dacht de receptionist.

Noel vertelde de persoon aan de andere kant van de lijn waar hij was. "...in de Gîte d'Étape. Als ik niets van hem hoor, dan gooi ik de troep in een greppel en neem ik de bus terug naar Tanger."

Stilte.

"Prima. En als je Arthur niet op tijd te spreken krijgt, kun je dan zorgen dat Aktouf de boodschap krijgt? Hartelijk bedankt."

Noel legde de hoorn op de haak. Dat was dat. Het probleem was opgelost. Hij was behoorlijk tevreden met zichzelf.

Hij slenterde naar het restaurant. Kroonluchters schitterden; glas en zilver stond te blinken op strak gesteven tafellinnen. Noel was de enige gast. Twee obers en een bordenwasser bedienden hem terwijl de oberkelner aan de kant bleef staan, met zijn handen achter zijn rug in elkaar geslagen. Blijkbaar was Noel de enige gast in het hotel.

Toen hij terugkwam in de lobby kocht hij een luchtpostbrief aan de balie, liet zich in een fauteuil zakken en, met een exemplaar van de *London Illustrated News* als onderlegger, schreef het volgende:

Beste Pap:

Ik zit in de problemen en ik moet om je hulp vragen. Het is een lang verhaal waar ik nu niet op in wil gaan, behalve dan dat ik hierbij toegeef, zoals de familie altijd al heeft beweerd, dat ik een stomme ezel ben, en een halve boef. Maar niet meer dan een halve. Ik moet me nu terugtrekken. Er zijn dingen waar ik me nu eenmaal niet toe kan brengen. Ik heb zojuist bericht naar mijn baas gestuurd dat ik mijn ontslag neem. Ik wil nu niets liever dan naar huis terugkeren en een normaal leven leiden — het maakt niet uit hoe, als het maar vredig en saai is. Ik heb duizend dollar nodig om enkele rekeningen te kunnen betalen en een ticket naar huis te kopen. Ik beloof u dat u zich hierna nooit meer zorgen om mij zult hoeven

te maken. Maak het geld alstublieft over naar de Lombard
Bank in Tanger. Ik zal het ophalen zodra ik daar aankom.

Noel stopte even met schrijven en kauwde op de achterkant van zijn vulpen. Hij stond op en liep naar de balie. "Hoe laat vertrekt de eerste bus richting Tanger?"

"Er is geen directe verbinding, mijnheer, u zult in Meknes moeten overstappen. De eerste bus naar Meknes vertrekt om acht uur."

Noel knikte. "Ik wil graag om zes uur gewekt worden."

"In orde, mijnheer. Zes uur."

Noel liep terug naar zijn fauteuil en ging verder met zijn brief.

Ik heb zojuist een manier gevonden om mijzelf in te
dekken, en tot Tanger ben ik in ieder geval veilig. Ik zal me
waarschijnlijk hier en daar uit moeten kletsen — maar daar
ga ik nu niet op in. Ik zie jullie over ongeveer een week, en dan
horen jullie het hele verhaal.

Noel stopte, dacht even na, en ging toen met een zwierig gebaar van zijn pen verder:

Liefs aan moeder, Molly, Darrell en uzelf. Ik zie jullie
binnenkort — hopelijk.

Noel

Hij vouwde de brief op, plakte hem dicht en schreef het adres erop: R. M. Hutson, 625 Berry Farm Road, Everton, Pennsylvania. Hij liep naar de balie en liet hem in de brievenbus vallen.

Toen ging hij naar zijn kamer, deed de deur op slot, kleedde zich uit en ging naar bed.

Zijn gedachten raceten door zijn hoofd; het lukte niet om in slaap te vallen. Steeds weer zag hij hetzelfde beeld voor zich: een gezicht met een stoppelbaard, de strenge, verbijsterde blik in de ogen, het bloed dat als een zwart net langs de neus stroomde. En toen de laatste genade-klap, de ogen die zich langzaam sloten, de mond die scheef openhing.

Noel kreunde zacht en sloeg zijn armen over zijn gezicht. "Het was niet mijn schuld," zei hij tegen zichzelf. "Ik heb alleen maar gedaan wat ik doen moest!"

Eindelijk viel hij in slaap.

De volgende morgen om zes uur ging de telefoon. Noel, die alweer wakker was en naar het plafond lag te staren, nam op. Hij mompelde een reeks sombere vloeken terwijl hij zich uit zijn bed hees.

Hij keek uit het raam. De ochtendzon was goudkleurig en helder; de palmen leken te trillen en te zwaaien in de ochtendbries. Alles zag er sereen uit.

Noel kleedde zich aan, verzekerde zichzelf ervan dat zijn situatie weliswaar penibel was, maar niet kritiek. Er zou een dag of twee voorbij gaan voordat het FLN — wie dat ook waren — erachter kon komen dat Habdid el Kazim verdwenen was. In de tussentijd zou Noel zijn teruggekeerd naar Tanger, zijn zaken hebben afgehandeld met de Lombard Bank, en zich veilig buiten bereik in Malaga of Lissabon bevinden.

Niettemin liep Noel heel omzichtig de brede marmeren trap af, en keek hij of er niemand in de lobby was voordat hij tevoorschijn kwam.

Dezelfde receptionist die de vorige avond dienst gehad had wenste Noel beleefd goedemorgen. "Wilt u ontbijten, mijnheer?"

Noel aarzelde. Arthur Upshaw zou zijn boodschap inmiddels gekregen moeten hebben. Waarom had hij niet teruggebeld?

Arthur Upshaw kon naar de hel lopen. "Geen ontbijt; ik heb nogal haast. Mag ik mijn rekening?"

De piccolo had nog geen dienst; de receptionist kwam achter zijn balie vandaan om de garage open te doen.

De dozen met 'zeep' stonden nog precies hoe Noel ze had achtergelaten. Hij startte de truck, reed achteruit, draaide en vertrok via de nette, zwart geasfalteerde oprit.

De receptionist keek de truck glimlachend en hoofdschuddend na terwijl hij tussen de palmen verdween en liep toen terug de koele lobby in.

Niet veel later blonk er een lichtje op het schakelbord en klonk het geluid van een binnenkomend gesprek.

De receptionist nam op. *"Le Gîte d'Étape d'Erfoud."*

"*Je veux parler avec Monsieur Noel Hutson,*" klonk een stem. "Meneer Hutson — is hij daar?"

"Het spijt me, mijnheer," zei de receptionist. "Meneer Hutson is al vertrokken. Nog geen twintig minuten geleden."

Even bleef het stil. Toen sprak de stem: "Hartelijk dank," en werd de verbinding verbroken.

HOOFDSTUK II

OM TWAALF UUR 'S MIDDAGS op woensdag 9 april stapte Darrell Hutson uit de wachtruimte van de luchthaven, gekleed in een grijs flanellen pak, met een oude leren koffer in de hand. Hij gebaarde; een Fiat *petit-taxi*, nauwelijks groter dan een kruiwagen, kwam aangesneld. De deur zwaaide open, Darrell Hutson stapte in.

De chauffeur draaide zich om. "Waar wilt u heen? De El Minzah?"

"U spreekt Engels? Prima. Calle Erasmus 20. Hotel de los Dos Continentes."

De minuscule motor ratelde terwijl de taxi de snelweg opging. Darrell Hutson leunde achterover in de stoel. Hij was twee jaar ouder dan Noel, iets minder lang, compacter gebouwd, en zonder ook maar een spoor van Noels flair en stoutmoedigheid. Zijn haar was zwart en kort geknipt, zijn gezichtsuitdrukking was bedachtzaam, op zijn hoede; zijn mond was samengeknepen en had een bijna grimmige uitdrukking.

Het kostte twintig minuten om Tanger binnen te komen. Zonder enige waarschuwing kwam de weg ineens uit op een magnifiek uitzicht over de zonovergoten sikkelvormige stad, met de Straat van Gibraltar en de bergen van Spanje aan de overzijde. Ze reden een heuvel af, voorbij villa's met gestukte muren bedekt met paarse en roze bougainvilles, over straten beschaduwd door eucalyptusbomen, acacia en peperbomen, om uiteindelijk uit te komen op de Place de France. Een politieman in een witte helm en overjas gebaarde hen te stoppen. Voetgangers dromden voor hen langs: toeristen uit Europa, Australië, Noord- en Zuid-Amerika; Turken, Egyptenaren, Perzen, Berbers van de Rif. Joden, zowel Sefardisch als Asjkenazisch; Oost-Aziaten;

Marokkanen, trots op hun wasbleke huid; Indische kooplui met koeienogen en zachte monden; zwarten uit Frankrijk, de Verenigde Staten, Centraal Afrika; inwoners van Tanger zelf.

De taxichauffeur, een Spanjaard die beweerde tien jaar in New York gewoond te hebben, gebaarde naar de menigte. "De stad is dood. Niet zoals vroeger." Darrell zou die opmerking gedurende de volgende paar dagen wel vaker horen. "De winkels, ze zijn failliet. Vroeger mensen komen om te kopen; nu er is Marokkaanse belastingen. Prijzen is hoog. Mensen komen geld wisselen en gaan dan het uitgeven in Gibraltar."

"Ik heb begrepen dat er ook niet meer gesmokkeld wordt."

"Niets." Er klonk walging door in de stem van de taxichauffeur. "Waarom denkt u dat ik in een taxi rij? Voor mijn gezondheid? Als ik heb genoeg verdiend, ik vertrek." Hij knipte met zijn vingers boven zijn hoofd.

De politieagent gebaarde met zijn handen en zijn stok; de taxi reed over de Boulevard Pasteur, het handelsgebied van Tanger, vol met banken en kramen van geldwisselaars. Ze namen een scherpe bocht de heuvel af, in de richting van de haven. Naarmate ze verder daalden werden de gebouwen goedkoper en smeriger: tweederangs appartementen, café-bars, winkels.

Eén huizenblok voor de waterkant draaide de chauffeur de Calle Erasmus in. Hij reed langzaam en bekeek de individuele gevels van de huizen tot hij met een schok stilstond. "Nummer 20. Hotel de los Dos Continentes."

Het hotel, dat bij lange na niet zo imposant was als zijn naam deed vermoeden, was een smal gebouw met twee verdiepingen, pas gewit, met rode stenen trappen en fleurige geraniums in plantenbakken onder de ramen. Darrell stapte uit en betaalde de taxichauffeur. De deur was op slot, dus hij belde aan. Een stevig gebouwde vrouw van ongeveer vijfendertig, met een korte, brede neus en een gezicht dat rood zag van de inspanning, verscheen in de deuropening. Toen ze Darrell zag staan met zijn koffer duwde ze snel de lange strengen blond haar achter haar oren. "Ja, kom binnen, alstublieft."

Darrell liep een smalle gang in, met een registratiebalie van triplex, een bank, een spiegel en een kalender. Hij zette zijn koffer neer. "Noel Hutson verblijft hier, geloof ik?"

"Jazeker, jazeker," zei de hoteleigenaresse, die al achter de balie stond.

"Is hij aanwezig?"

Ze schudde haar hoofd; de strengen haar kwamen los en ze duwde ze gedachteloos weer op hun plaats. "Nee, hij is niet hier. Een maand lang heb ik hem niet gezien."

De stem van Darrell klonk scherper dan de bedoeling was. "Een maand? Een hele maand?"

"Ja. Een maand."

"Weet u ook waar hij nu is?"

"Nee. Hij vertelt mij niets. Ik vraag niet om zijn zaken."

Darrell pakte een envelop uit zijn zak en haalde er een verkreukelde blauwe luchtpostbrief uit. De poststempel was vlekkerig en onleesbaar. De brief was drie weken eerder aangekomen. Ervan uitgaande dat hij een week onderweg geweest was — de tijden klopten wel min of meer.

"Ik ben zijn broer," verklaarde Darrell. "Ik ben zojuist uit de Verenigde Staten aangekomen en ik zou hem heel graag willen vinden. Heeft u enig idee waar ik moet zoeken, of bij wie ik inlichtingen kan inwinnen?"

Het ronde, rozige gezicht nam een domme, nietszeggende uitdrukking aan. "Hij werkte op een boot. Meer weet ik niet."

Darrell wendde zich af, verward en geërgerd. "Kan ik zijn kamer zien?" vroeg hij uiteindelijk. "Misschien dat ik daar iets kan vinden. Een briefje bijvoorbeeld."

"Er is niets. Maar u mag kijken." De eigenaresse pakte een sleutel en ging hem voor de smalle trap op. Ze sloeg af in een zijgang en stopte bij een deur. "Nummer vijf." Ze deed de deur open en gebaarde naar Darrell dat hij naar binnen kon komen.

De kamer was schoon en zonnig, maar zeker niet luxueus. Een tweepersoonsbed met een witte sprei stond in het midden van de kamer. Er stond een enorme Spaanse garderobekast aan de rechterzijde, een tafel met marmeren blad links. Op de tafel stond een verlept boeket acacia-bloesems in een lichtblauwe vaas, en onder de vaas lag een aantal brieven. Mevrouw Ritterman — zo had ze zich voorgesteld — mompelde een verontschuldiging, pakte de vaas met bloemen en liep de kamer uit. Darrell bekeek de brieven. Er waren twee brieven van zijn vader, waarvan hij al wist wat erin stond; twee enveloppen, een lavendelkleurige en een groene, geadresseerd in twee verschillende vrouwelijke handschriften, drie officiële brieven — rekeningen of aanmaningen. Noch de lavendelkleurige, noch de groene envelop bevatte een adres; de ene droeg de poststempel van Malaga, de ander van Casablanca; beide waren eind maart gedateerd.

Mevrouw Ritterman kwam weer binnen; Darrell legde de brieven terug en keek de kamer rond. Op het eerste gezicht zag hij geen enkele aanwijzing waar Noel zou kunnen zijn. Halfslachtig trok hij een lade open: hij zag sokken, zakdoeken, een halve doos met sigaretten, een aantal luciferboekjes waarvan hij er een pakte. Op de ene kant stond een advertentie voor de Masquerade Bar, Calle Miranda 37; op de andere kant stond het Balmoral Hotel, op hetzelfde adres.

Darrell vroeg: "Is het Balmoral een goed hotel?"

Mevrouw Ritterman haalde haar schouders op. "Erg duur. Hier is het veel goedkoper, en met alle comfort. Wilt u misschien een kamer boeken?"

"Ik denk het niet. Ik heb nog geen plannen gemaakt. Is Noel bij met zijn huur?"

"Hij is twee weken te laat."

Darrell trok zijn portefeuille. "Hoeveel is hij u schuldig?"

"Tweeduizendvierhonderd frank."

Darrell pakte een briefje van vijfduizend frank. "Is dit genoeg voor een maand?"

"Ah! Jazeker! Ik zal een reçu voor u schrijven."

Darrell trok de klerenkast open en bekeek Noels kleding: een grijsgroene Glen plaid, een blauwe gabardine met een tint die ietwat feller was dan Darrell zelf gekocht zou hebben, twee sportblazers, een aantal lange broeken.

Darrell voelde in de zakken. "Wat zoekt u?" vroeg mevrouw Ritterman op een ietwat wantrouwende toon.

"Niets in het bijzonder," zei Darrell terwijl hij de kast sloot. "Iets dat mij eventueel een aanwijzing zou kunnen geven waar hij precies is."

"U zou het bij de jachtclub kunnen proberen; daar werkt hij. Hij is wel eerder enkele dagen achter elkaar weggebleven."

"Maar nooit eerder een hele maand."

"Nee, nooit zo lang als een maand."

Ze verlieten de kamer. Terwijl ze de trap afliepen sprak mevrouw Ritterman over haar schouder: "Een vriend van hem kwam naar hem vragen." Mevrouw Ritterman schudde haar hoofd bij de herinnering. "Hij was boos dat ik niets wist. Hoe kan ik dat nou weten? Ik heb mijn eigen werk. Ik volg niet alles wat mijn gasten doen. Laat hem maar boos blijven. Hij was niet aardig."

Darrell maakte een geluid dat beleefd medeleven moest voorstellen. In de kleine lobby onderaan de trap vroeg hij: "Als Noel terugkomt, kunt u hem dan vertellen dat ik hier geweest ben?"

"Ja, natuurlijk. Waar verblijft u?"

"Ik denk dat ik het Balmoral maar eens ga uitproberen — in ieder geval voor een paar nachten. Als ik verhuis, dan laat ik u dat weten."

"Heel goed!" zei mevrouw Ritterman, duidelijk geïrriteerd dat Darrell de voorkeur gaf aan het Balmoral, dat hij nog niet eens bekeken had, boven het Hotel de los Dos Continentes. Ze drentelde naar voren en deed de deur open. Darrell pakte zijn koffer en begon de heuvel te beklimmen. Er kwamen geen taxi's voorbij; hij moest helemaal tot aan de Boulevard Pasteur lopen. Toen hij even bleef staan om op adem te komen zag hij ineens de voorgevel van de Lombard Bank even verderop in de straat.

Hij pakte zijn koffer, duwde de bewerkte deur van zwart gietijzer en glas open en liep naar een balie waar een bord stond met de tekst:

INFORMATIE

Man spricht Deutsch
On parle français
Si parla italiano
Se habla español
English spoken
Svenska talas

Een niet-onaantrekkelijke oudere dame met grijs haar kwam naar hem toe. "Ik ben de broer van Noel Hutson, die een rekening bij u heeft," begon Darrell.

"Ja?" De vrouw sprak op bruuske, gevoelloze toon, met een scherp Brits accent.

"Mijn vader heeft een maand geleden duizend dollar op de rekening van Noel gestort, maar we hebben nooit bericht gekregen dat hij het geld ook heeft ontvangen. Hij is niet in zijn hotel, en we maken ons zorgen. Ik zou graag willen weten of hij hier geweest is, en zo ja, of hij misschien in de tussentijd geld heeft opgenomen?"

De grijsharige dame stond in dubio. "Noel Hutson — is hij niet een hele bleke jongeman met een snor en stoffig bruin haar?"

"Jazeker, dat is Noel."

De vrouw bestudeerde Darrells zwarte korte haar, zijn platte wangen, zijn dunne, brede mond. "U lijkt niet heel veel op hem."

"Dat klopt, we zijn heel anders qua types."

"Ik wou dat ik zijn huidskleur had. Maar ik heb hem al een flinke tijd niet gezien. Geef me even een ogenblikje." Ze liep het hekje door, keek in een archief en kwam weer terug. "Zijn rekening is al twee maanden niet aangeroerd. Behalve dan de storting van uw vader, uiteraard."

"Ik begrijp het. Heel hartelijk dank. Als hij toevallig komt opdagen, kunt u hem dan vertellen dat ik hier geweest ben?"

"Jazeker. Waar logeert u?"

"Het Balmoral — dat hoop ik tenminste."

"Het Balmoral? Ik weet niet of u daar terecht kunt. Het is meer een hotel voor een langdurig verblijf. De meeste toeristen, en vooral Amerikanen, gaan naar het El Minzah."

"Hmm." Darrell dacht even na. "Welnu, ik heb Noels hospita al verteld dat ik naar het Balmoral ga, dus ik denk dat ik dat beter eerst kan proberen."

"Veel geluk met uw zoektocht."

Darrell liep de straat weer op. Hij riep een taxi aan en werd naar het Balmoral Hotel gebracht; langs de Boulevard Pasteur naar de Place de France, in de rondte en een heuvel op, linksaf naar Calle Miranda om uiteindelijk tot stilstand te komen voor een met marmer beklede vestibule met een deur van brons en glas. Discrete bronzen letters spelden: BALMORAL HOTEL. Darrell ving een glimp op van een extravagant grote kroonluchter, brede spiegels, elegante meubels. In hetzelfde gebouw, een paar meter verderop in de straat, rees een façade van donkerbruine planken omhoog vanachter een border van blauw-groene agaven. Groene neonbuizen, absoluut niet discreet, vormden de woorden:

MASQUERADE BAR.

Darrell stapte uit de taxi en betaalde de chauffeur.

Een piccolo kwam fijntjes naar voren om Darrells koffer aan te pakken. Hij liep de lobby binnen en ontdekte dat de algehele sfeer nog luxueuzer was dan hij vanaf de straat had gezien. De vloerbedekking, met de romige tint van karnemelk, was dik en veerkrachtig; de muren waren bekleed met afwisselend beige-gouden marmerplaten en grote spiegels, waarin de kroonluchter duizenden glinsterende spiegelbeelden van zichzelf genereerde. Het meubilair, bekleed met bladgoud en rode pluche, kon met wat fantasie aangeduid worden als Lodewijk xv. Een registratiebalie, een brede marmeren trap en een lift vulden het achterste deel van het vertrek. Via een glazen deur met een verguld rooster kon men de Masquerade Bar bereiken.

Darrell liep naar de balie. De medewerker was een magere jongeman met goed geborsteld zwart haar en een potlood-dun snorretje. Darrell vroeg om een kamer met bad. De baliemedewerker sloeg zijn handen achter zijn rug ineen en glimlachte discreet. "Het spijt mij, mijnheer. We hebben hier alleen maar suites en appartementen. En op dit moment zijn we vol. Aan de overkant van de straat vindt u het Hotel Miranda."

"Ik begrijp het. Kent u misschien de heer Noel Hutson?"

"Ik ken niemand bij die naam, mijnheer. Ik werk hier pas twee weken; het kan zijn dat hij hier verbleef voor mijn tijd."

Darrell knikte en wendde zich af. Hij stak de straat over naar het Hotel Miranda en nam daar een kamer. Toen ging hij terug naar het Balmoral om zijn naam en adres achter te laten voor het geval er een boodschap voor hem zou zijn. Vervolgens liep hij de heuvel af, at bedachtzaam een lunch in een klein café aan de Place de France.

Noel werd vermist — dat was waar het op neerkwam. Zijn hospita had hem al een maand niet gezien. Waar zou hij moeten zoeken? Darrell had niet veel informatie. Noel had op een boot gewerkt in de jachthaven; op zeker moment moest hij de Masquerade Bar bezocht hebben (aangezien hij blijkbaar niet bekend was in het Balmoral Hotel).

Darrell vouwde de luchtpostbrief open en las hem nogmaals. De ietwat sinistere hints konden heel veel of helemaal niets betekenen; Noel was al vanaf heel jonge leeftijd gek op de romantische kant van waaghalzerij. In de brieven naar huis had hij zich vastgehouden aan de fictie van werken op een excursieboot, maar Darrell wist dat de excursies in kwestie geheimzinnige reisjes door de nacht waren naar Sicilië, de Balearen, de lange Spaanse kustlijn, teneinde ladingen sigaretten te smokkelen. In het afgelopen jaar, nu de Marokkaanse douane in Tanger effectiever geworden was, was het smokkelen flink afgenomen. Hoe had Noel zijn geld verdiend? Als hij afging op het Hotel de los Dos Continentes, dan was hij niet bepaald rijk geweest, maar deze vragen waren nu niet direct van belang. Waar zat Noel nu?

Het was nutteloos om te speculeren tot hij meer informatie had. Darrell riep een taxi en vroeg of hij kon worden afgezet in de jachthaven.

Darrell keek de rijen boten af. Er waren boten in allerlei formaten, zowel zeilboten als motorboten. Veel aanlegplaatsen waren leeg en hij zag een aantal borden met 'Te Koop'. Aan het eind van de pier liep hij binnen in een winkel met uitrusting en verf. Een man met een baard en een zeemanspet kwam op hem toe.

Darrell vroeg: "Spreekt u Engels?"

De man met de baard knikte kortaf. "Ik ben in Belfast geboren, dus ik had weinig keus."

"Ik ben op zoek naar Noel Hutson. Kent u hem toevallig?"

"Ik ken hem van gezicht. Heeft u interesse voor zijn boot?"

"Heeft Noel een boot, dan?"

"Zo kun je het ding noemen. Het blijft drijven, is puntig van voren en heeft een motor om mee vooruit te komen."

"Ik neem niet aan dat u hem de laatste tijd nog gezien hebt?"

"Was het maar waar. Die boot lekt. Ik kan hem blijven leegpompen, of hem gewoon laten zinken. Ligplaats 108 als u interesse heeft, aan de andere kant van het dok."

"Weet u misschien of hier iemand is die mij kan vertellen waar hij is? Ik ben zijn broer; ik ben zojuist aangekomen uit de Verenigde Staten, en ik kan hem nergens vinden."

De baardige man bromde wat zonder echte interesse. "U zou het aan

Arthur Upshaw kunnen vragen. Er staat me iets van bij dat Hutson zo af en toe voor hem werkte aan boord van de *Deirdre*."

"En waar vind ik deze meneer Upshaw?"

"Dat zou ik u niet kunnen vertellen, vriend." Even leek het of de man nog meer te zeggen had, maar alles wat hij zei was: "Dat daar is Upshaws *Deirdre*; dat grote teakhouten geval."

Vijf minuten later stond Darrell neer te kijken op de boot van Noel. De baardige man was wel erg negatief geweest over het scheepje; niettemin zag het er niet al te groot uit: een stompe romp met een kajuit als een telefooncel. De verf vertoonde roestvlekken; er was ruimte tussen de planken van het dek. In de stuurhut glom een poel zwart water met een laag olie erop. Er zat een kaartje op de kajuit geprikt waarop de boot te koop werd aangeboden: "Bel N. Hutson, Hotel de los Dos Continentes, of de havenmeester."

Darrell klom een krakkemikkige ladder af naar het schip en keek de kajuit in. Hij zag niet veel bijzonders: een tweetal onopgemaakte bedden, een primus, een emmer, de vage omtrek van een motor.

Darrell ging rechtop staan en dacht na. Deze lelijke kleine boot was niet het soort vaartuig dat hij bij Noel had verwacht. Noel selecteerde zijn bezittingen altijd voor het effect dat ze sorteerden. Tenzij — en Darrell trok een cynische grimas. Een van de betere eigenschappen van Noel was dat hij onverbeterlijk eerlijk was. Zonder boot zou hij nooit kunnen spreken over "destijds in Tanger, toen ik zo af en toe wat smokkelde — ik had toen overigens een eigen boot. Hij zag er niet zo florissant uit, maar met een beetje mazzel en wind mee kon ik een lading naar de overkant brengen, naar Spanje…"

Dat helderde het mysterie van de boot op. Darrell wendde zich af en keek recht in het gezicht van een Marokkaanse jongen op de steiger. De ogen van de jongen schoten onmiddellijk in de richting van een meeuw die in de verte langsvloog. Het was een mooie jongen — een faun. Zwart haar krulde over zijn olijfkleurige voorhoofd, hij had grote lichtbruine ogen, een korte, rechte neus, een zachte, gevoelige mond. Hij droeg een wijde grijze broek, een groen met witte pullover en puntige witte Marokkaanse slippers.

Darrell klom de steiger weer op en bleef op de boot staan neerkijken. De jongen kwam naar hem toe, met een uitnodigende glimlach.

Hij was ouder dan Darrell in eerste instantie gedacht had — misschien zeventien of achttien.

"U wilt boot kopen?"

Darrell schudde zijn hoofd. "Ik denk het niet."

"Is een goede boot, vaart goed. Misschien u wilt binnen kijken?"

"Nee," zei Darrell. "Vandaag niet. Ik ben op zoek naar de eigenaar."

"U zijn vriend, ja?"

"Ik ben zijn broer."

"U zijn broer?" De stem van de jongen schoot omhoog van blijdschap en opwinding.

Darrell bestudeerde het opgewonden gezicht. "Ken je hem?"

"Zeker! Hij is goede vriend. Ik probeer hem te helpen. Boot voor hem te verkopen."

Darrell bleef het vriendelijke gezicht aanstaren. De lichtbruine ogen keken in de zijne zonder te knipperen. "Dus jij bent een vriend van mijn broer."

"Zeker!"

"Waar is hij momenteel?"

De jongeman maakte een vaag gebaar en keek in de verte, langs Darrell heen. "Hij is ergens. Ik denk u ziet hem snel, ja?"

"Ik neem aan van wel."

"Ik ga zeggen u bent hier. Wilt u?"

"Dat wil ik zeker."

De Marokkaanse jongen ging rechtop staan. "Ik ga hem zeggen. Waar?"

"Waar wat?"

"Waar is meneer Hutson? Ik ga hem zeggen."

Darrell grijnsde wrang. "Jij weet dus ook niet waar hij is. Maar jij wilt het ook graag weten. Is hij je geld schuldig?"

Het gezicht van de jongen bleef onbewogen; blijkbaar begreep hij het niet.

"Toch bedankt," zei Darrell. Hij slenterde over de steiger. Een paar stappen achter hem liep de Marokkaanse jongen.

Darrell vond de *Deirdre*, heel iets anders dan het vieze kleine bootje van Noel. Het schip was vijftig voet lang, met een krachtige zwarte romp, geverniste teakhouten dekken en kajuit.

"Dat is jacht van meneer Upshaw," zei de Marokkaanse jongen die naast Darrell was gaan staan. "De 'Derder' — zo noemen ze hem. Mooi, ja?"

"Ja. Heel mooi."

"U wilt kopen?"

"Nee. Niet echt."

"Te koop, goedkoop. Ik wil kopen," vertelde hij Darrell met een openhartige blik. "Maar ik heb geen geld."

Darrell knikte zonder echte interesse. Aan boord van de *Deirdre* klonken geluiden.

Darrell vroeg: "Is meneer Upshaw nu aan boord?"

De jongen haalde zijn schouders op. "Misschien. Hij wil verkopen. Meneer Upshaw, hij heeft geen geld meer. Hij blut." Hij giechelde ondeugend. "Noel — hij heeft veel geld, ja?"

"Noel? Veel geld?" Darrell staarde de jongen verrast aan. "Waarom denk je dat?"

"Hij veel geld verdiend. Noel is slimme vent. Ik wil hem zien." Zijn stem nam een overredende toon aan. "U zegt waar Noel is. Ik wil hem graag zien."

Darrell keek weer naar de *Deirdre*. "Ik zou hem ook graag zien."

Een jonge man in beige broek en gestreept geel met wit shirt verscheen aan dek. Hij droeg een aqualong harnas met twee tanks. Hij had lange benen, brede schouders, een betrekkelijk bleek en uitdrukkingloos gezicht, sombere ogen en een gevoelige mond die minachtend omlaag krulde.

Darrell wendde zich tot de Marokkaanse jongen. "Is dat meneer Upshaw?"

"Hij? Hij meneer Duff Mekkinisser. Meneer Upshaw is oom van hem."

Duff klom vanaf de boot naar de steiger en keek Darrell met een snelle, koele blik aan.

"Hallo," begon Darrell. "U bent de heer Duff Mekkin — Mek-k —"

"McKinstry."

"Oh. McKinstry. Ik ben op zoek naar Noel Hutson."

Duff lachte bitter. "U ook? Wat heeft hij u afhandig gemaakt?"

"Niets, in de afgelopen paar jaar. Om u de waarheid te zeggen, ik ben zijn broer."

"Zijn broer?" Duff McKinstry sprak met het rollende accent van de gegoede burgerij van Engeland. Hij legde de duikuitrusting opzij, staarde onbewogen naar de jonge Marokkaan, wiens glimlach ietwat glazig werd. Duff keek Darrell weer aan. "Dus u weet ook niet waar Noel zich verborgen houdt?"

"Nee," zei Darrell. "Ik ben hierheen gekomen om hem te vinden. We kregen een brief van hem, en daarna lijkt niemand meer iets van hem vernomen te hebben."

Duff hield zijn hoofd schuin, plotseling hevig geïnteresseerd. "U hebt een brief gekregen?" Hij wendde zich abrupt naar de jonge Marokkaan, sprak een paar snelle zinnen vol Arabische keelklanken en wuifde met zijn hand. De Marokkaanse jongen liep met glijdende pas van hen vandaan, nog altijd met een scheve halve glimlach op zijn gezicht.

Duff ving de vragende blik van Darrell op en zei op scherpe toon: "Dat is Slip-Slip. Hij deugt voor geen meter. Kruimeldief en erger. Laat u niet met hem in. Laat mij die brief eens zien," zei hij kortaf. "Misschien staat er iets in waar ik iets aan heb."

"Ik denk het niet," antwoordde Darrell beleefd. "Het is een persoonlijke brief."

Duff opende zijn mond alsof hij iets wilde zeggen en sloot hem toen weer. Hij draaide zijn hoofd om toen hij een auto aan hoorde komen over de steiger. Een zwarte Mercedes-Benz met open dak reed vlak langs hen heen en bleef toen staan. Een meisje van achttien of negentien, met een zwarte coltrui en een rok van grijze tweed, zat achter het stuur. Ze was bleek, knap, en had een air van een soort wilde, ongedisciplineerde intelligentie. Ze leek duidelijk op Duff, maar waar de wenkbrauwen van Duff omhoog gingen in een arrogante boog, waren die van haar sceptisch en ietwat neerbuigend. De mondhoeken van Duff hingen omlaag, bijna alsof hij pruilde; de mond van het meisje zag er wrang en roekeloos uit.

Duff legde de aqualong in de auto en maakte een hoofdgebaar naar Darrell. "Nog een Hutson. Hij is op zoek naar Noel."

"Wie niet?" zei het meisje zonder echte interesse.

Duff sprong in de auto; ze schakelde. Duff maakte een abrupt gebaar van afscheid. De motor brulde, en weg waren ze.

Darrell bleef de auto met enige verbijstering nastaren. De twee

McKinstrys — het meisje was blijkbaar de zus van Duff — waren vijandig geweest, alsof Noel hen iets had aangedaan. "Wat heeft hij u afhandig gemaakt?" had Duff gevraagd. De hele situatie was blijkbaar nogal ingewikkeld, maar Darrell kon zich niet voorstellen dat Noel betrokken was bij diefstal of zwendel. Noel was verslaafd aan alles wat flamboyant, avontuurlijk was; hij kon soms besluiteloos zijn, of irrationeel; een opschepper, een geldverkwister, een vrouwenversierder. Maar Noel was nooit achterbaks geweest, nooit een dief. Sigaretten smokkelen, ja, dat was een misdaad waarbij hij geen gezichtsverlies kon lijden. Diefstal of zwendel waren niets voor hem. Noel zou niets doen dat zijn reputatie in gevaar zou brengen.

Maar Noel werd vermist. Als Arthur Upshaw en de McKinstrys niet wisten waar Noel was, wat kon er dan gebeurd zijn? Wat was er aan de hand? Darrell zag een aantal scenario's voor zich, allemaal rampzalig: hij kon ziek zijn, of dood, op de vlucht, of in de gevangenis. Een andere theorie was dat het iets te maken had met Noels beruchte zwak voor mooie meisjes: het kon zijn dat hij zich verstopt hield in een of ander resort in de omgeving, zonder zich bewust te zijn van de ellende die hij veroorzaakte.

Darrell liep de steiger af. Slip-Slip volgde hem op discrete afstand. Darrell draaide zich om. "Wat moet je?"

De glimlach was vriendelijk, het gezicht stralend. "U wilt gids? Ik neem u mee door de medina. Ik laat meisjes zien."

"Nee, dankjewel."

Slip-Slip klonk nog vriendelijker. "Wat u maar wil, ik regel."

"Nee, bedankt." Darrell maakte aanstalten te vertrekken, maar aarzelde toen. "Waarom zijn ze nijdig op Noel? Wat heeft hij gedaan?"

Slip-Slip schudde zijn hoofd. "Ik weet niet." Nadenkend ging hij verder: "Meneer Duff, hij is altijd wel ergens boos om."

Darrell wendde zich nogmaals af. Slip-Slip trok aan zijn mouw. "U wilt weten waar Noel is?"

"Uiteraard."

"U weet waar is de Masquerade?"

"Ja."

"Vaak gaat Noel naar de Masquerade. Phil — hij is zijn goede vriend. Misschien weet hij iets."

"Phil?"

"Jawel."

Darrell knikte. "Als ik hem zie, dan vraag ik het." Hij liep de straat op, stopte een taxi en gaf het adres van zijn hotel. Slip-Slip bleef op de steiger staan en keek hem na.

Hoofdstuk III

Calle Miranda was gehuld in schemering, op dat ondefinieerbare tijdstip tussen de kleur van de dag en het clair-obscur van de nacht. De neonbuizen die het woord masquerade spelden glommen bleek-groen, maar waren nog niet opgeladen tot de gifgroene schittering die ze rond middernacht zouden hebben.

Darrell ging Hotel Miranda binnen en vroeg om een telefoonboek. Hij sloeg het open bij de U, liet zijn vinger langs de pagina omlaag glijden — *Upshaw, Arthur. Miranda 37. 29-66-42.*

Miranda 37, dat was bekend. Miranda 37 was het adres van het Hotel Balmoral.

Darrell stapte het schemerdonker in, stak de straat over en liep voor de derde maal die dag de marmer, goud en rood-pluche lobby binnen. In een van de stoelen met rechte rugleuningen zat een jongeman met zware botten, gekleed in een roodbruine pantalon en een jasje van bruine tweed. Zijn gezicht was door de zon gebruind tot bijna dezelfde kleur als zijn broek, op een lichte streep boven zijn oren na, die verraadde dat hij kort geleden zijn haren had laten knippen. Hij was zijn knokkels aan het kraken en tikte met zijn voet op de grond, ofwel nerveus of ongeduldig.

De receptionist met de hoekige kin en de snor die op een ratten-staart leek knikte met afstandelijke beleefdheid naar Darrell die zijn richting op liep. Darrell zei: "Ik zou graag de heer Arthur Upshaw spre-ken. Ik had begrepen dat hij hier woont."

De houding van de receptionist veranderde. "Meneer Upshaw is de eigenaar, mijnheer. Hij is niet aanwezig, maar ik wil met alle plezier een boodschap voor hem aannemen."

"Meneer Upshaw is de eigenaar van dit hotel?"

"Jazeker, mijnheer. Van het hele gebouw."

"Wel, wel," zei Darrell bedachtzaam. "Zoals ik al eerder tegen u zei, verblijf ik in het Hotel Miranda aan de overkant van de straat. Kunt u hem vragen om mij te bellen?"

"Met alle plezier, mijnheer." De receptionist begon te schrijven op een blok met formulieren.

"Misschien weet u waar ik hem op dit moment kan bereiken?"

"Ik geloof dat hij in het huis van zijn familie is, aan Calle Costanza. Als het belangrijk is dan kunt u hem daar bellen."

Darrell knikte. "Waar is de telefoon?"

"De telefooncel is daar, mijnheer. Ik zal u doorverbinden."

Darrell ging de telefooncel binnen, hoorde het brommen van de telefoon die overging, gevolgd door een klik. Er klonk een stem: "Hallo. Met Duff McKinstry."

"U spreekt met Darrell Hutson. Ik zou meneer Upshaw graag spreken, als dat niet al te lastig is."

De stem van Duff klonk koeltjes. "Ik ben bang dat het niet uitkomt. Hij is met de administratie bezig en ik ga ervan uit dat hij daar de hele avond mee bezig zal zijn."

"Kunt u hem vragen mij terug te bellen als hij even tijd heeft? Ik verblijf in het Hotel Miranda. Het gaat over mijn broer —"

"Heeft u iets gehoord van Noel?"

"Nee. Ik hoopte dat meneer Upshaw mij enig idee kon geven waar ik moet zoeken."

Duff lachte ruw. "Je hebt het bij het verkeerde eind, kerel. Als Arthur wist waar hij Noel kon vinden dan zou hij daar al zijn, en dat geldt ook voor mij."

"Toch zou ik de heer Upshaw graag spreken."

"Ik zal de boodschap doorgeven. U verblijft in het Miranda?"

"Dat klopt."

"Hmm. Is dat niet een beetje kras? Een heel klein beetje maar?"

"Hoezo?"

"Doe nou niet zo naïef, kerel. Wij zitten in een heel moeilijk parket op dit moment, en u helpt niet bepaald door op deze manier plotseling te komen opdagen. Het is een beetje al te suggestief. We kunnen dit er niet bij gebruiken."

"Ik heb geen flauw idee waar u het over heeft. En ik zou nog altijd graag met de heer Upshaw spreken."

"Ik zal hem uw boodschap doorgeven."

Darrell hing op en bleef woedend in de cel staan. Hij dacht niet dat hij en Duff McKinstry ooit goede vrienden zouden worden. Arthur Upshaw kende hij nog niet. Misschien was Arthur Upshaw redelijker.

Darrells gedachtegang werd onderbroken toen hij een meisje van de marmeren trap af zag komen. Ze was van gemiddelde lengte en bewoog zich soepel, met losse ledematen. Ze was gekleed in een gebroken wit linnen broekpak dat een andere vrouw misschien iets te strak zou hebben gevonden. Zijdeachtig kastanjebruin haar hing tot op haar schouders, en de hoeken van haar roze mond krulden ietwat scheef en brutaal omhoog. Ze zag er vrolijk uit, zonder enige zorgen en beeldschoon, en Darrell had het vreemde gevoel dat hij haar al eerder gezien had. Het meisje voegde zich bij de jongeman met de hoekige kaak en de roodbruine broek. Ze liepen samen de lobby uit: zij lachend en impulsief, hij met de kaken op elkaar geklemd.

Darrell liep naar de registratiebalie. De receptionist had voldoende professionele ervaring om te kunnen zien dat Darrell geen succes had gehad, en had zijn eerdere strenge air weer aangenomen.

Darrell vroeg: "Wie is de jongedame die zojuist naar buiten liep?"

De receptionist keek Darrell aan vanonder een paar hooghartige wenkbrauwen. "Een van onze gasten, mijnheer."

"Wat is haar naam?"

"Het spijt mij, mijnheer. Het is mij absoluut niet toegestaan om —"

Maar Darrell was al vertrokken, en duwde de brons-met-glazen deuren open. Vanuit zijn ooghoeken merkte hij een snelle, heimelijke beweging op. Darrell stond stil en probeerde in de schemering iets te onderscheiden.

De straatverlichting die door de bomen scheen werkte niet mee. Het licht zorgde juist dat iemand die ergens in een deuropening ging staan bijna niet meer te zien was.

Darrell haalde zijn schouders op. De reputatie van Tanger als een stad van intriges sprak te veel tot zijn verbeelding. Waarschijnlijk. Hij liep naar de deur van de Masquerade Bar, enige meters verderop in de straat, en ging naar binnen.

Het interieur van de Masquerade Bar was bijzonder kleurrijk. Zware balken droegen een met rotan bekleed plafond; aan de muren hingen geel- en roodkoperen platen, tot wel een meter doorsnede, versierd met ingewikkelde arabesken. Drie grote bolle lampen hingen omlaag van de balken — geelkoperen armaturen versierd met lenzen van blauw, groen en rood glas ter grootte van een muntstuk. Langs de gehele voorzijde en overzijde van de ruimte bevonden zich rijen met banken bekleed met rood, geel en groen geitenleer. De bar bevond zich helemaal achterin het vertrek, en daarachter lag een keuken.

Darrell was op een rustig moment binnengekomen. Er waren maar drie banken bezet, en er zaten maar drie mensen aan de bar — een gezet mannetje in een tabaksbruin corduroy pak en twee zorgvuldig geklede jonge vrouwen: de een donker en glad als een natte otter, met gouden ringen van zeker vijftien centimeter doorsnede in haar oren; de ander blond, iets te zwaar, met borsten die in de vorm van een paar enorme houten klompen waren geperst. Alle drie spraken geanimeerd en vrolijk met de barman, in een snel Brits accent.

Darrell ging een paar krukken verderop aan de bar zitten. Het gezette mannetje bekeek hem kritisch en keek toen een andere kant op. "Amerikaan," zei hij op licht teleurgestelde toon. Het donkere meisje zoog met zorgvuldig getuite lippen aan een sigaret; het blonde meisje posteerde haar zitvlak wat gelijkmatiger over haar barkruk.

De barman kwam naar Darrell toe om hem te bedienen. Het was geen gewone barman: hij was gekleed in een prachtig grijs Shetland sportjasje en een flanellen broek in een dof-olijfgroene tint. Hij was lang en bruinverbrand, met een grote bos droog zilverblond haar, een brede, vrolijke mond, een lange kin, ogen met de kleur van kwik — zonder twijfel een Amerikaan. "Wat mag het zijn, meneer?" vroeg hij.

"Een martini, alstublieft."

"Dan bent u hier aan het juiste adres," zei de barman. "Dit is de martini hoofdstad van de wereld." Hij ging bezig achter de bar.

"Wat ik zo leuk vind aan Phil is dat hij zo bescheiden is," zei het blonde meisje, met een behoorlijk dubbele tong.

"Ik zit vol met ouderwetse deugden," sprak Phil de barman. "Een regelrechte onontwarbare puinhoop."

"Ik hou ook van Phil," zei het donkerharige meisje. "Hij gaf me ooit een goeie tip voor de paardenraces. Uiteraard ben ik tot op het hemd uitgekleed. En Phil won een flinke som met een weddenschap op een ander paard."

"Phil is een diepzinnig mens," zei de gezette man. "Gilbert en Sullivan hebben een liedje over kerels als Phil. Hoe gaat het ook weer? Iets, iets…?"

" 'Een heel brood, een kan met wijn,' " zong het blonde meisje, dat duidelijk te veel op leek te hebben.

"Dat past wel," zei de barman. "Aan het eind van de week, als ik al mijn rekeningen betaald heb, is dat zo ongeveer alles wat ik nog over heb." Hij zette de martini voor Darrell neer. Het glas was koud, de vloeistof sprankelend en glinsterend. "Probeer dit eens, en als u hem niet lekker vindt, dan gooien we hem gewoon weg."

"O, nee, doe dat nou niet; schuif hem dan maar deze kant op," zei de gezette man. "U kunt er een paar testen voordat u een uiteindelijke beslissing neemt."

"Ik probeer hier op een eerlijke manier mijn brood te verdienen," zei Phil tegen Darrell, "maar meneer Burdette wil me overleveren aan mijn schuldeisers."

"Je hebt genoeg geld van mij gekregen om deze hele tent te kunnen kopen," reageerde Burdette.

"Ik ben er trots op u tot mijn klanten te mogen rekenen, meneer Burdette. Ik wou dat ik er meer had zoals u." Hij wendde zich weer tot Darrell. "Hoe smaakt de martini?"

"Prima… Ik heb gehoord dat u een bekende bent van Noel Hutson."

"Zeker, Noel ken ik wel. Ik heb hem al een poos niet gezien. Ik neem aan dat hij naar Spanje is om even uit de drukte weg te komen."

"Weet u zeker dat hij naar Spanje is?"

Phil keek hem onderzoekend aan. "Mijn hemel, nee. Ik weet niets zeker behalve dan dat water omlaag stroomt en dat ik mijn huur moet betalen. Huur. Dat is een lelijk woord." Hij schonk een halve centimeter whisky in voor zichzelf, voegde er een scheut sodawater aan toe en goot alles tegelijk naar binnen. "Zou u mijn huurbaas willen worden, meneer Burdette? Er staat een goed hotel te koop voor een gunstige prijs."

"Nee, bedankt."

"En jullie dan, dames? Tanger is waar het gebeurt — dat zegt men tenminste."

"Er gebeurt hier inderdaad van alles," zei meneer Burdette. "Maar niet veel goeds."

Phil grinnikte tegen Darrell. "Meneer Burdette verkoopt dure automobielen, voor het geval u in de markt bent voor een tweede Rolls, of een koppeltje Porsches."

Darrell schudde zijn hoofd. "Nu even niet. Ik ben hier alleen maar om mijn broer te vinden."

"Uw broer? Wie is dat? Bedoelt u te zeggen dat Noel Hutson uw broer is? Wel, wel. Prettig met u kennis te maken. Mijn naam is Phil Beresford."

"Wie is Noel Hutson?" vroeg meneer Burdette zonder echte belangstelling.

"U heeft hem tientallen keren hier gezien," zei Phil. "Lange vent, knap om te zien, met zo'n musketiersnorretje."

"Ja, ik weet wie je bedoelt. Wat heeft hij op zijn kerfstok?"

"Dat is een onbeleefde vraag, meneer Burdette."

"Sorry."

"Hij is spoorloos," zei Darrell. "Ik ben overal geweest, heb bij iedereen navraag gedaan. Niemand weet ook maar iets."

"Dat is typisch voor Tanger. Het is een zondige stad."

"Alles gaat hier om tien uur dicht," snoof het blonde meisje. "Noem je dat zondig?"

"Dat spreekt voor zich," reageerde Phil. "Je kunt niet zondig zijn met de deuren open. Ik in ieder geval niet."

"Ik kan zondig zijn waar en wanneer ik maar wil," zei het blonde meisje afgemeten en met nadruk.

Darrell dronk somber zijn martini. Na enige tijd vertrokken meneer Burdette en het donkerharige meisje. Het blonde meisje bleef achter. Ze keek naar Darrell, die haar blik vermeed. Uiteindelijk gleed ze voorzichtig van de kruk af en liep in de richting van de toiletten.

"Ze is stomdronken," zei Phil bewonderend. "Maar je ziet het nauwelijks. Wonderbaarlijke eigenschap."

"Ik neem nog een martini," zei Darrell. "En u?"

"Ik sla nooit iets af."

Darrell keek toe hoe Phil Beresford de drankjes klaarmaakte. "Kent u Noel redelijk goed?"

"Alleen als klant aan de bar. Fijne vent; heeft nooit problemen veroorzaakt."

"Vorige maand schreef hij naar huis. Er stond niet veel in de brief, behalve dan dat hij in de problemen zat. Rond die tijd moet hij ook zijn verdwenen. Wat denkt u dat er met hem gebeurd kan zijn?"

Phil streek met zijn hand door zijn zilverblonde haren en schudde zijn hoofd. "Ik heb geen idee. Maar er gebeurt hier altijd wel weer iets onverwachts."

"Maar er moet toch gekletst worden."

"Daar bemoei ik me niet mee," zei Phil. "Ik moet hier ook wonen."

Het blonde meisje kwam terug van het toilet. Ze hees zichzelf weer op de barkruk en staarde Darrell ononderbroken en indringend aan.

"Ze is ongevaarlijk," mompelde Phil, "maar trakteer haar niet op een drankje tenzij je van plan bent haar naar buiten te dragen."

Er kwam een echtpaar van middelbare leeftijd binnen. De man droeg een tweed jasje en kniebroek, de vrouw had een mantelpakje aan. Ze bestelden cognac en keken met ijzige blik eerst naar Darrell en toen naar het blonde meisje.

Phil kwam terug en ging voor Darrell staan. "Heeft u met Arthur Upshaw gesproken?"

"Nee. Alleen met Duff McKinstry."

"Duff kan u niets vertellen. Waarschijnlijk krijgt u ook niet veel meer uit Upshaw."

"Wat speelt er precies?"

"Grootkapitaal, gerommel en gestommel, de gebruikelijke dingen." Hij keek op toen de buitendeur openvloog. Het meisje in het roomkleurige pakje kwam binnenrennen. Achter haar, met langzamere passen, liep de jongeman met de vierkante kaak en de roodbruine broek.

Phil begroette het meisje enthousiast. "Daar hebben we T-Bone en haar nieuwste verovering. Hemeltje, je weet ze wel te vinden, T-Bone!"

T-Bone liep naar de bar en ging op de kruk naast Darrell zitten. De jongeman bleef rusteloos naast haar staan dralen.

Het blonde Engelse meisje zei op luide toon: "Wie heeft de deur open laten staan?"

Phil leunde over de bar en staarde T-Bone diep in de heldere blauwe ogen. "T-Bone, wat heb ik je nou verteld toen ik je gisteravond hypnotiseerde?"

T-Bone fronste en tuitte haar lippen. "Vergeten."

"Ik zei dat als ik met mijn vingers knip, dat jij dan de onweerstaanbare drang zult voelen om je armen om mijn nek te slaan en me te kussen."

"Daar herinner ik me niets van!"

"Dat is het mooie van hypnose," zei Phil. "Dus, als ik twee keer met mijn vingers knip —"

Uit de keuken kwam een kleine, stevige vrouw in een zwarte jurk, met een vreemde lange, trage pas. "Psst," zei T-Bone. "Mevrouw Phil!"

Zonder links of rechts te kijken liep mevrouw Phil zachtjes achter de bar langs. Ze vulde een emmer met ijsblokjes en keek over de balie heen. T-Bone trok haar neus op. Mevrouw Phil liep zwijgend terug naar waar ze vandaan gekomen was.

T-Bone sprong van de kruk en flaneerde in de richting van een van de banken met haar jongeman. Phil Beresford zuchtte diep. "U heeft zojuist het kruis gezien dat ik met mij meedraag," zei hij tegen Darrell. "T-Bone."

"Ik heb het idee dat ik haar eerder gezien heb," sprak Darrell nadenkend. "Waar, dat kan ik me niet herinneren…"

Phil schudde zijn hoofd. "Dat zou u zich herinnerd hebben."

"Nu ik erover nadenk —" Darrell draaide zijn glas rond en keek omlaag naar de wervelende vloeistof. Zo af en toen had Noel foto's meegestuurd met zijn brieven naar huis. "Is ze bevriend met Noel?"

"Zoals kattenkruid bevriend is met katten."

"Ik weet bijna zeker dat Noel een foto heeft opgestuurd van hen samen, aan het strand."

"Die foto ken ik," zei Phil. "Sterker nog, ik heb hem genomen. T-Bone was heel bescheiden gehuld in een paar kanten zakdoekjes. Ze dreef me bijna tot waanzin."

Een kelner boog zich over de tafel. T-Bone bestelde, met expressieve handgebaren.

Het blonde meisje riep: "Phil, schatje, schenk er nog eens een voor me in, jongen."

"Natuurlijk! Wat mag het zijn?"

"Een lekkere kop Pimms, zoals ik hem graag heb."

"Dat hebben we even niet meer. Een biertje misschien?"

"Doe maar een pink gin."

Phil schonk grenadine in een bodempje gin en voegde drie mara-schino-kersen toe. "Alsjeblieft. Hoe is dat?"

"Geweldig."

Phil gleed weer naar de andere kant van de bar. "Die kersen doen het hem," zei hij tegen Darrell. "Elke keer dat er een nieuw soort drankje in de mode komt dan verzin ik een nieuw recept. Zolang er maar genoeg kersen bovenop zitten, zeurt niemand. Ik krijg zelfs complimentjes."

De kelner bediende T-Bone en haar metgezel. Phil bekeek het tafe-reel en schudde verwonderd zijn hoofd. "Volgens mij is het zo dat toen de Schepper T-Bone maakte, hij maar een enkel idee in zijn hoofd had, en dat was om de mooiste, meest aantrekkelijke vrouwelijke vertegen-woordigster van de mensheid te maken die hij maar bedenken kon."

Darrell gaf toe dat het plan geslaagd leek.

"Je zou bijna gaan vermoeden dat Onze Lieve Heer dezelfde men-selijke fouten heeft als wij," peinsde Phil. "Sorry als dat lasterlijk overkomt. Ik bedoel er niets mee."

Hij keek over Darrells schouder; zijn houding veranderde; hij begon de bar te poetsen met een vochtige doek.

Darrell draaide zich om en zag de zus van Duff McKinstry, nog altijd in dezelfde grijze rok en zwarte coltrui, met een uitdrukking van vroeg-wijze roekeloosheid op haar gezicht.

"Hallo, Ellen," zei Phil terughoudend.

Ellen knikte. Ze keek Darrell aan. "U heeft ons vanavond opgebeld."

"Ja."

"Op dat moment had meneer Upshaw het druk, maar nu zou hij u graag spreken."

Darrell draaide zich om op de kruk en probeerde zijn gedachten bijeen te rapen. Zijn hoofd was niet helder: drie martini's en geen avondeten. "Prima. Waar is hij?"

"Hij is niet hier. Hij heeft mij gestuurd om u op te halen."

Darrell stapte van de kruk. "Laten we gaan."

"Wacht even!" riep Phil Beresford achter hem aan. "U had een drankje voor mij gekocht; ik was niet degene die rondjes weggaf hier."

"O," zei Darrell. "Mijn excuses." Haastig betaalde hij zijn rekening.

"Dat is het verschil tussen winst maken of verlies draaien," legde Phil zijn klanten uit terwijl Darrell achter Ellen McKinstry de bar uitliep.

De Mercedes-Benz stond een paar meter verderop in de straat. Ellen sprong erin, Darrell volgde haar ietwat bedachtzamer, hetgeen Ellen leek te irriteren. Ze wachtte met overdreven geduld, alsof hij een bejaarde man was die zou kunnen schrikken of gewond zou kunnen raken als ze te snel bewoog. Uiteindelijk zat hij in de auto; ze draaide de contactsleutel om, zette de lichten aan. Het witte licht bescheen de straat; een gestalte leunde tegen een boom. Het gezicht was niet meer dan een bleke vlek, maar de kleding was duidelijk te zien: een wijde, grijze broek en een trui met groene en witte strepen.

De Mercedes-Benz bromde, vloog vooruit; de gestalte verdween uit het zicht. Darrell keek opzij naar Ellen; als zij al iets gezien had, dan zei ze er niets over.

Hoofdstuk IV

Aan het eind van de Calle Miranda ging de Mercedes-Benz naar links en snelde de heuvel op. Darrell zette zich schrap. Hij vroeg: "Heeft u al eens een dodelijk ongeluk veroorzaakt met dit ding?"

"Nog niet." Ellen sprak op vlakke toon.

De auto vloog de heuvel over en gierde door een bocht. Ellen tilde haar voet even op van het gaspedaal en maakte weer vaart halverwege de bocht. Darrell hield zich vast aan de deur. Witte villa's vlogen langs de auto heen als wolkenflarden achter een vliegtuig.

Darrell zakte onderuit in zijn stoel. Ellen zag er verveeld en ontspannen uit. Darrell vroeg haar: "Rijdt u altijd zo?"

"Hoe?"

"Idioot snel."

"Snel?" Ze snoof minachtend. "Dit ding kan honderdnegentig."

"Nu begrijp ik waarom uw oom Arthur wilde dat ik naar hem toe kwam. Hij heeft blijkbaar vaker met u meegereden."

"Nee," zei ze op een toon die nog killer was dan eerst. "Dat durft hij niet."

Wat een vreemde opmerking, dacht Darrell. Ellen ging er verder niet op in.

Ze vlogen over de Calle Costanza, een smalle laan, diep uitgesneden in de zijkant van de heuvel en overgroeid met een enorme massa groen, en gingen zo snel door een haarspeldbocht dat het grind opspatte.

Een ogenblik later zei Ellen: "U kunt nu loslaten, we zijn er." Ze greep het stuur steviger vast; de open wagen schoot onder een stenen boog door, met een zog van opspattend grind. Twee snelle rukken aan het stuur, een voet op de rem, en de auto stond stil onder een gestuukt balkon. Ellen schakelde de motor uit en sprong uit de auto. "Deze kant op," zei ze kortaf. "Pas op voor de bloempotten. Of schop ze omver, als u daar zin in heeft. Het is mij om het even."

Darrell kwam weer tot leven. Hij deed de deur open en stapte uit. Ellen rende het trapje van de veranda op, draaide zich om en wachtte. Darrell speurde haar gezicht af, op zoek naar een teken van geamuseerdheid, maar zag slechts onverschilligheid. "Dat was een hele ervaring," sprak hij bedachtzaam.

Ellen opende de deur. "Deze kant op alstublieft." Ze leidde hem door een huiskamer, gemeubileerd in donker eiken met roestkleurig leer, naar een ouderwetse studeerkamer. Langs twee muren stonden boekenkasten; de andere twee muren waren bekleed met notenhouten panelen. Het plafond was witgepleisterd, met enorme balken. In een open haard brandden grote houtblokken en op een tafel stond een lamp met een groene glazen kap. Boven de open haard hing een jachttrofee: de kop van een enorme leeuw.

Arthur Upshaw stond met zijn rug naar het vuur. Hij was een man van ongeveer vijftig, gekleed in een ouderwets kostuum van grijze tweed. Hij was lang, met zware botten, grijs haar, grijze ogen, zwaargebouwd maar knap om te zien. Hij knikte, maar maakte geen aanstalten om naar voren te lopen of hem de hand te schudden. "Meneer Hutson? Ik ben Arthur Upshaw. Gaat u zitten alstublieft."

Darrell liet zich op een hoek van een leren bank zakken. Ellen wierp zich breeduit in een nabije fauteuil en stak haar benen uit naar het vuur terwijl ze haar blik richtte op Darrells gezicht.

"Een glas sherry?" vroeg Upshaw.

"Nee, dank u."

Upshaw sloeg zijn handen ineen achter zijn rug. "Ik begrijp dat u vanochtend in Tanger bent aangekomen."

"Dat is correct."

De loodgrijze blik gleed over Darrells gezicht. "Mijn neef vertelt me dat u ons wilt helpen om Noel Hutson te vinden."

Darrell maakte aanstalten om antwoord te geven maar bedacht zich. Na een ogenblik nadenken zei hij: "Ik wil Noel in ieder geval vinden. Ik had gehoopt dat u zou weten, of in ieder geval een algemeen idee zou hebben, waar hij zich kan bevinden."

"U bent zijn broer, nietwaar?"

"Ik ben zijn broer."

"U zult me wel brutaal vinden, maar mag ik uw paspoort zien?"

Darrell overhandigde het groene boekje. Upshaw bladerde even, bekeek een paar bladzijden en gaf het terug. "Dank u. Ik weet dat het een inbreuk is. Maar ik wil graag zeker weten met wie ik van doen heb. Daar is niets mis mee, toch?"

"Ik ga zelf altijd bij voorbaat uit van het ergste."

Ellen maakte een zacht geluidje. De ogen van Arthur Upshaw gingen een paar millimeter verder open.

"Ik begreep," zei hij, "dat u hier bent naar aanleiding van een brief van Noel." Omslachtig nonchalant pookte hij wat in het vuur. Ellen bleef Darrell strak aankijken.

Blijkbaar, dacht Darrell, gingen ze ervan uit dat de brief van vrij recente datum was. Hij zag geen reden om hen wijzer te maken dan ze al waren. "Ja," zei Darrell. "Dat is zo. Er staan trouwens dingen in zijn brief die mij nogal verwonderen." Hij maakte een gebaar alsof hij iets uit zijn binnenzak wilde halen, maar stopte halverwege.

De ogen van Arthur Upshaw volgden iedere beweging die hij maakte. "Wellicht kan ik de zaken verduidelijken."

"Misschien. Maar het gaat mij er toch vooral om dat ik Noel wil vinden. Kunt u mij vertellen onder welke omstandigheden hij is verdwenen? Uiteraard volkomen vertrouwelijk."

Arthur Upshaw wiebelde op zijn tenen omhoog en omlaag. "Vorige maand is hij vertrokken om een klusje voor mij op te knappen. Hij is nooit meer teruggekomen. Dat is, in het kort, de situatie. Deze brief, heeft u die meegenomen?"

Darrell negeerde de vraag. "Wat ik bedoel is, weet u waar Noel precies verdwenen is? Hij moet toch een spoor hebben nagelaten."

Arthur Upshaw knikte. "Daar wil ik nog wel op terugkomen, maar ik denk dat de brief misschien zou kunnen helpen. Zou ik hem misschien mogen zien?"

"Het is een persoonlijke brief, meneer Upshaw. Ik betwijfel of u er meer uit zou kunnen opmaken dan ikzelf."

Vanuit zijn ooghoeken zag Darrell plotseling dat Ellen zat te grinniken, zachtjes, maar onmiskenbaar.

Arthur Upshaw pookte weer wat in het vuur. "Het is uitermate belangrijk dat ik Noel vind. Ik wil u wel zeggen dat er een heleboel geld mee gemoeid is. Een hele grote som geld."

"Ik begrijp uw probleem."

"Het schijnt mij toe dat onze belangen overeen komen. Ik denk dat het voor u ook voordelig zou zijn als u mij zoveel mogelijk helpt."

Darrell staarde een moment lang in de vlammen. "Ik ben er nog niet zo zeker van dat onze belangen overeenkomen. Ze raken elkaar zo hier en daar. U wilt uw geld terug. Ik wil mijn broer vinden."

Upshaw maakte een klein gebaar van ongeduld. Ellen grijnsde breder. Darrell wist niet zeker of ze hem zat uit te lachen of haar oom. "Twee dingen die op precies hetzelfde neerkomen," verklaarde Arthur Upshaw. Hij prikte in het vuur.

"Misschien heb ik mij niet helemaal duidelijk uitgedrukt," sprak Darrell. "Ik heb het vermoeden dat mijn broer in de problemen zit. Ik wil niets liever dan met u samenwerken, maar ben niet van plan uw geld te redden en Noel in de sores laten zitten."

Arthur Upshaws blik was weer strak gericht op Darrells gezicht. "Dat is een hypothetisch, gecompliceerd scenario. Is het niet eenvoudiger —"

"Zo gecompliceerd is het niet," zei Darrell. "Als u mijn vragen beantwoordt, dan laat ik u de brief zien. Zo eenvoudig is het."

Upshaw dacht na. "Wat voor vragen?"

"Waarheen was Noel onderweg toen hij verdween? Is het mogelijk dat iemand hem iets heeft aangedaan? Wie was de laatste persoon die Noel gezien heeft? Is de politie ingeschakeld?"

Upshaw pikte de laatste vraag eruit. "De politie is niet ingeschakeld, en daarvoor heb ik een hele goede reden. Dit gesprek is uiteraard vertrouwelijk?"

"Absoluut."

Upshaw knikte bedaard. "Ik heb er geen moeite mee om toe te geven dat ik van tijd tot tijd, net zoals bijna iedere inwoner van Tanger, heb geholpen om handel mogelijk te maken buiten zogeheten kunstmatige internationale grenzen. Om kort te gaan, ik ben een smokkelaar. Hetgeen hopelijk niet wegneemt dat ik een heer ben."

"Ik dacht dat smokkel vanuit Tanger was gestopt."

"Grotendeels wel. Smokkel is vandaag de dag niet alleen verlies-gevend, maar ook illegaal. Om die reden kan ik moeilijk met mijn problemen naar de politie van Tanger gaan."

"Ik kan dat echter wel."

Upshaw haalde zijn schouders op. "Die optie heeft u uiteraard."

"Noel werkte voor u toen hij verdween?"

"Ja. Ik kan het slavenwerk niet zelf uitvoeren, en zou dat ook niet willen."

"Maar als smokkel niets meer oplevert —"

Upshaw hield zijn hand omhoog. "Sommige soorten handel — helaas de soort waar de wet het meest op tegen is — bieden nog mogelijkheden. Om voor de hand liggende redenen wil ik daar liever niet verder op ingaan."

"Dus Noel was betrokken in een smokkeloperatie toen hij ver-dween."

"Ik zal u niet tegenspreken. Door de ongelooflijke stommiteit van een bepaalde persoon werd Noel opgezadeld met een verantwoor-delijkheid die hij absoluut niet aankon. Ik ben bang," zei Upshaw op bombastische toon, "dat de verleiding Noel waarschijnlijk te veel is geworden."

Darrell negeerde de onuitgesproken beschuldiging. "Waarheen bracht deze operatie hem?"

Upshaw draaide zich om en pookte nogmaals het vuur op. "Staat die informatie niet in zijn brief?"

"De plaats waar hij deze brief schreef hoeft niet de plaats te zijn waar u hem heen gestuurd had."

Upshaws grijze ogen richtten zich weer op Darrell. "Waar kwam de brief vandaan?"

"Geen idee. Hij heeft het niet vermeld."

Upshaws schouders zakten enigszins. "Ik snap het."

Ellen vroeg: "Hoe zit het met de poststempel?"

"Dat is een vlek."

Upshaw liep voor de haard heen en weer. "Deze brief — staat daar ook iets in over een of ander herkenningspunt, iets waaruit we kunnen opmaken waar hij zich bevindt? Echt, meneer Hutson, is het niet een-voudiger om mij die brief gewoon te laten lezen?"

"Eenvoudiger voor u, meneer Upshaw."

"Als die brief zo onschuldig is, waarom laat u hem niet gewoon aan mij zien?"

"Omdat ik niets anders heb om mee te onderhandelen."

Upshaw maakte een ongeduldig gebaar. "Heeft hij het helemaal nergens over zijn omgeving? Ik ken Marokko heel goed. Het kan zijn dat ik een lichte aanwijzing kan ontcijferen die u ontgaat."

"Dat zou kunnen, maar er is geen sprake van een aanwijzing. Waar in Marokko heeft u hem heen gestuurd?"

Arthur Upshaw besefte dat hij zich ertoe had laten verleiden om een heel klein stukje concrete informatie los te laten, en zijn stem ging een octaaf omhoog. "In feite, meneer Hutson, doet uw vraag er niet meer toe. Hij is zeer zeker niet langer op deze plek. Onder deze omstandigheden zie ik het als uw plicht om mij de brief te laten zien die Noel u geschreven heeft."

Ellen sprak op neutrale toon: "Het is wel duidelijk dat hij dat niet van plan is, Arthur, dus waarom veranderen we niet van onderwerp?"

Upshaw keek Darrell aan met een blik die zo kil was dat Darrell zich schrap zette om te kunnen bukken in het geval zijn gastheer zou besluiten met de pook te gaan zwaaien.

"Verdomme," mompelde Upshaw, "er is een enorm bedrag aan geld mee gemoeid. Ik weet niet of Hutson nog leeft of niet. En het kan me ook niet zo veel schelen, als —"

Darrell knikte. "Ik zei al dat we niet hetzelfde belang hadden. Ik wil Noel vinden; u wilt uw geld terug."

"Het geld is genoeg! Ik ben in een heel lastig parket gebracht. U gaat voorbij aan de schade die ik geleden heb. Bent u van plan om de schuld van uw broer op u te nemen?"

"Misschien kunt u een rechtszaak aanspannen?"

"Natuurlijk niet. Ik ben een smokkelaar; daarmee heb ik al mijn rechten op bescherming door de wet losgelaten. Maar het is en blijft toch een erezaak."

"Ik zie niet in wat ik ermee te maken heb."

"U heeft een brief van de man die er met mijn eigendom vandoor gegaan is. Ik wil hem zien. Ik heb elk recht om hem te zien."

"Ik ben er niet van overtuigd dat Noel er met uw eigendom vandoor gegaan is," zei Darrell. "En dat verandert het hele beeld van deze zaak. Ik ken Noel vrij goed. Hij heeft tekortkomingen, maar hij is geen dief."

Upshaw haalde cynisch zijn neus op, "Mijn eigendom en uw broer verdwijnen op vrijwel hetzelfde moment. Hij was vrij in zijn doen en laten tot het moment dat hij verdween. Ik stel, en ieder redelijk denkend mens zou het met me eens zijn, dat Noel mijn eigendom heeft gestolen!"

"Dan kunt u mij als een onredelijk denkend mens beschouwen, als u wilt," zei Darrell.

Upshaw haalde verslagen zijn schouders op; Ellen staarde Darrell aan met een blik die grensde aan fascinatie.

"Wat is het precies dat u bent kwijtgeraakt?" vroeg Darrell.

"Dat maakt verder niet uit. U zou zich verplicht moeten voelen om mij die brief te laten lezen."

"Ik geloof niet dat u er wat aan zult hebben, meneer Upshaw. En dat is mijn eerlijke mening. Waarom doen we de dingen niet op mijn manier? Als ik weet waar ik moet beginnen met Noel te zoeken, dan kunnen we daar allebei voordeel van hebben."

Upshaw schudde langzaam zijn hoofd, alsof hij moeite moest doen zijn geduld te bewaren. "Mijn neef en ik hebben overal navraag gedaan. In de afgelopen maand zijn we heel Marokko doorgereisd; we hebben mensen ingehuurd in Casablanca en Spanje. Denkt u echt dat u zult slagen waar wij gefaald hebben?"

"Dat weet ik pas als ik het probeer."

"Spreekt u Frans?"

"Heel weinig."

"Wij wel. Spreekt u Arabisch?"

"Geen woord."

"Wij spreken het allebei redelijk vloeiend. Kent u de details van de zaak, de mensen die erbij betrokken zijn, de Moorse mentaliteit, welke officials smeergeld hebben gekregen en welke niet?"

"Natuurlijk niet. Maar ik moet hem zoeken; het is mijn plicht. Ik zou de rest van mijn leven geen rust kennen als ik geen poging gedaan had om Noel te vinden, en u leek mij de meest logische persoon om informatie van te krijgen."

Ellen stond op, met een gezicht dat een masker was van absolute verveling, en liep de kamer uit.

"U heeft Ellen beledigd," zei Arthur Upshaw ernstig.

"Is dat zo?"

Arthur Upshaw hield zijn hand omhoog. "Verontschuldig u alstublieft niet; ik doe niet anders. Ze walgt van iedere referentie aan eer, geloof of plicht; ze voelt zich lichamelijk misselijk als iemand het heeft over altruïsme, hoffelijkheid — iedere vorm van menselijke goedheid. Ze is nog geen twintig, maar ze vertoont de cynische levenswijsheid van een stripteasedanseres." Weer pookte hij driftig in het vuur.

Darrell bekeek hem nieuwsgierig; hij sprak met diepere, meer bittere emotie dan het onderwerp waard leek. Upshaw leek tot een besluit te komen; hij legde de pook neer, sloeg zijn handen ineen achter zijn rug, staarde peinzend naar het plafond. "Het heeft geen zin dit gesprek voort te zetten. U zegt dat de brief persoonlijk is. Ik kan niet anders dan u op uw woord geloven. Als de brief al een aanwijzing bevatte, dan zou u niet hier zijn, maar zou u Noel allang hebben opgezocht op het adres dat hij u had gegeven."

Darrell stond op. "Doe alstublieft geen moeite om Ellen te waarschuwen. Ik loop liever."

Upshaw maakte aanstalten om iets te zeggen, maar wreef toen over zijn kin. "Zoals u wilt, meneer Hutson." Hij begeleide Darrell tot aan de voordeur, wenste hem goedenacht.

Darrell liep de oprit af, richting Calle Costanza. Voor hem spreidden de twinkelende lichtjes van de stad zich uit. Hij liep naar het oosten en wandelde over de bochtige weg de heuvel af.

De avond had niet veel informatie opgeleverd. Niets in de Masquerade Bar, en niet veel meer van Arthur Upshaw. De twee bronnen waarop hij had gerekend waren allebei droog gebleken. Upshaw leek bang te zijn dat de broers als ze eenmaal herenigd waren zouden samenspannen en er met de buit vandoor zouden gaan; verdenkingen die ongetwijfeld alleen maar waren versterkt door Darrells weigering om hem de brief te laten zien.

Darrell liep over de haarspeldbocht en liep enkele ogenblikken later onder de villa van McKinstry langs. Hij keek omhoog door de zware begroeiing boven de weg, naar de achterzijde van het huis. Er scheen een enkel licht in een van de bovenramen.

Achter hem verschenen koplampen: de Mercedes-Benz remde

en zwaaide opzij. Ellen keek hem met zwijgzame vijandigheid aan. "Stap in."

Darrell glimlachte en schudde zijn hoofd. "Het is heel geschikt van je —" Ellen snoof "— maar ik loop liever. Jullie Engelsen staan onder zo veel druk, jullie rijden met zo'n zenuwslopende snelheid rond in jullie auto's —"

"Ach, hou op," mompelde Ellen. "Stap je nog in of niet? En ik ben niet Engels, ik ben Schots."

"Als je alle vier de wielen op de grond houdt deze keer. Misschien heb je liever dat ik rij."

"Nee, bedankt. Stap alsjeblieft in."

Darrell deed de deur open en ging voorzichtig zitten. Ze schoot met brullende motor weg, met een slinkse blik opzij richting Darrell, maar reed daarna met een vrij redelijke snelheid verder.

"Waar wil je heen?"

"Mijn hotel, denk ik. Het Miranda."

Even hing er een ongemakkelijk stilte. Ellen maakte een paar keer aanstalten om iets te zeggen. Uiteindelijk sprak ze: "Tussen haakjes, als je al van plan was naar de politie te gaan, dan zou ik je dat ten zeerste afraden."

"Aha!" zei Darrell. "Nu snap ik het."

"Wat snap je?"

"Waarom je je opgeofferd hebt om achter mij aan te komen. Oom Arthur heeft nog iets bedacht dat hij verzuimd had mij te vertellen."

Ze reed zwijgend langs enkele huizenblokken. "Hoe dan ook, aan de politie zul je waarschijnlijk niet veel hebben."

"Waarom niet? Waarvoor worden ze anders betaald?"

"Gebruik je verstand. Noel wordt vermist."

"Dat is wat iedereen mij verteld heeft."

"Waarom raken mensen over het algemeen vermist?"

"Om allerlei redenen."

"Redenen die met geld te maken hebben. Om het bot te zeggen: Noel heeft de boel belazerd."

"Ik denk het niet."

"Oh, je denkt het niet?" Haar stem trilde van minachting "Dus Noel is eerlijk en rechtschapen. Vroom en goed."

"Noel is een achterlijke puber, maar hij is geen dief."

Ellen lachte spottend. "Al deze opgeblazen beweringen — wat bewijzen die nu helemaal?" Ze parkeerde de auto tegen de stoeprand voor Hotel Miranda. "Natuurlijk deugt hij niet! Waarom zou hij anders verdwenen zijn?"

"Hij kan in de problemen gekomen zijn. Een ongeluk, misschien."

"Als hij een ongeluk had gehad, dan had hij kunnen bellen. Nee, hij zag zijn kans schoon en ging er met de buit vandoor. Maar denk niet dat de politie kan helpen, want dat kunnen ze niet. En al zouden ze het kunnen, dan doen ze het nog niet."

"Dit gaat mij ver boven m'n pet. Ik kan niet echt geloven dat —"

Ellen maakte een woest gebaar. "Goed dan, luister! Ik zal je vertellen wat iedereen hier allang weet. Gewoon smokkelen behoort tot het verleden in dit gebied. Maar met wapens kun je nog altijd geld verdienen."

"Wapensmokkel? Aan wie? De Algerijnse rebellen? Het FLN, of hoe het ook heet?"

"Ja, natuurlijk. Het is gevaarlijk, omdat de Fransen nog altijd troepen hebben in Marokko. Maar als je het risico wil nemen, is het de moeite waard."

"Het lijkt mij nogal een omweg om in Algerije te komen."

"Helemaal niet. Het is een van de meest directe routes. Vergeet niet dat de Fransen op de Middellandse Zee patrouilleren. Elke paar maanden houden ze een schip tegen en nemen ze de lading in beslag. Maar met een zorgvuldig plan komen andere ladingen er wel doorheen, en Oom Arthur —" ze sprak de naam met vlakke stem uit "— heeft een dergelijke lading gekocht."

"Is dat niet allemaal wat al te makkelijk? Ik neem aan dat de Fransen geheim agenten hebben in Tanger."

"Ze zijn overal op straat. De hele operatie wordt uiteraard geacht geheim te zijn. Maar dankzij uw geliefde Noel lacht de hele stad Arthur nu uit."

"Maar hoe kon Noel —"

Ellen onderbrak hem ongeduldig. "De Algerijnen hebben voor de hele lading betaald, maar ontvingen slechts een tiende van wat ze gekocht hadden. De vertegenwoordiger van de fabrikant wil de rest niet laten gaan tot hij betaald is. En Noel heeft de buit. Dus nu weet u ook waarom Noel niet bepaald populair is in Tanger."

"Ja," zei Darrell. "Nu wordt het duidelijk."

"Hoe dan ook, de politie zal je niets kunnen vertellen. Ze weten dat de handel bestaat. Het zijn moslims, en ze staan welwillend tegenover het FLN. Het maakt ze niet uit hoeveel wapens erdoor komen. Hoe meer hoe liever. Als je een klacht indient over de verdwijning van Noel, dan confronteer je ze met iets waarvoor ze liever hun ogen sluiten. Het zou zomaar kunnen dat je als ongewenste vreemdeling het land uitgezet wordt."

Darrell opende de deur en stapte uit. Ellen keek hem met opgetrokken wenkbrauwen aan. Ze zei op vriendelijke toon: "Als ik jou was, zou ik maken dat ik wegkwam en Noel in zijn eigen sop laten gaarkoken."

Darrell keek op haar neer. "Dat is een vreemde opmerking."

"Hoezo vreemd?"

"Ik ben nog maar net aangekomen. Je verwacht toch zeker niet dat ik zomaar vertrek."

"Dat is misschien wel het verstandigste."

"Ik ben mijn hele leven al de verstandigste. Noel is altijd een flierefluiter geweest, en hij had alle lol."

"Nu heeft hij geen lol meer," zei Ellen. "Waar hij ook mag zijn." Ze greep naar de versnellingspook; de motor gromde; de open wagen schoot de straat in. Darrell keek de auto na tot hij om de hoek verdween. Hij zuchtte, schudde zijn hoofd en ging het hotel binnen.

De receptionist overhandigde hem een envelop met zijn naam erop. Er zat een krantenknipsel in, met de kop:

SLACHTOFFER VAN MARTELING
IN EEN VELD GEVONDEN

Darrell wendde zich tot de receptionist. "Wie heeft dit afgeleverd?"
"Een jongen."
"Geen bekende van u?"
"Nee, mijnheer."
Darrell las het knipsel helemaal door:

TANGER, 28 maart — Het verminkte lichaam van Mohammed Ali Aktouf, 58, werd gisteravond door een landarbeider gevonden in een veld ongeveer 20 kilometer ten zuiden van Tanger, enkele meters van de weg tussen Sidi Boussen en de snelweg Tanger-Rabat. Hij was het slachtoffer van een van de meest sadistische aanvallen in recente jaren.

De enkels en polsen van Aktouf waren bijeengebonden met koperdraad. Zijn lichaam had zware brandwonden, waarschijnlijk veroorzaakt door een petroleumsoldeerlamp. Men neemt aan dat de uiteindelijke doodsoorzaak een hartstilstand was, aangezien Aktouf bekend was met hartproblemen.

Beambten van de Sûreté Nationale onderzoeken de misdaad, maar verklaren dat ze geen enkele aanwijzing hebben over de identiteit van de folteraars of hun motief.

Aktouf, die in een plaatselijk hotel werkte, was een man met een bescheiden inkomen, had geen strafblad en stond niet bekend als een politiek activist. Er wordt gespeculeerd dat de misdaad het gevolg is van een gruwelijk geval van persoonsverwisseling, of misschien het werk van Pan-Arabische terroristen.

Aktoufs werkgever, de heer Arthur Upshaw, Calle Miranda 37, gaf aan dat de boeken van het hotel in orde zijn, dat er geen geld is verduisterd en geen diefstallen gerapporteerd zijn in het hotel.

Darrell stak de straat over en liep naar de Masquerade Bar.

Hoofdstuk V

De Masquerade Bar was lawaaierig en vrolijk. Alle tafels waren bezet; twee obers in witte jasjes renden heen en weer. Phil Beresford, bijgestaan door een tweede barman, stond drankjes te mixen, met de klanten te schertsen, de kassa te bedienen, nieuwe gasten te begroeten en vertrekkende gasten te vertroosten. Meneer Burdette kwam kauwend de keuken uitgelopen en tikte met zijn korte dikke vingertjes op zijn lippen; Phil deed alsof hij verbaasd was hem te zien. Meneer Burdette wuifde even nonchalant met zijn hand en liep de lobby van het Balmoral in.

Darrell ging aan het eind van de bar zitten. Phil Beresford kwam naar hem toe. "Ik zie dat je weer heelhuids bent teruggekomen."

"Ook maar net. Kan ik iets te eten bestellen?"

"Uiteraard. We hebben heel gewoon voedsel, niets bijzonders. De biefstuk is soms verrassend goed." Hij keek met half-dichtgeknepen ogen de ruimte rond. "Ik heb geen tafeltje voor je; wil je hier eten?"

Darrell knikte. "Een biefstuk klinkt prima, medium, en een flesje bier."

"Prima." Phil gaf de bestelling door naar de keuken, legde een servet op de bar en legde een mes en vork klaar. "Hoe is het gegaan met Arthur Upshaw?"

"Ik ben niet veel meer te weten gekomen. Behalve dan dat Arthur Upshaw het niet leuk vindt om gedwarsboomd te worden."

"Dat had ik je zo wel kunnen vertellen," zei Phil. Hij schonk een glas bier in en liep weg om een andere klant te helpen. Tien minuten later kwam hij terug met de biefstuk. "Ketchup? Worcestershire?"

"Nee, bedankt. Kijk hier eens naar." Hij schoof het krantenknipsel over de bar.

Phil las het, en haalde afkeurend zijn lange neus op. "Wat een bende. Ik neem aan dat ze nooit verder komen met dit onderzoek. Arme ouwe Aktouf. Hij werkte hier in het Balmoral, maar ik neem aan dat je dat al wist."

Darrell knikte en stopte het knipsel terug in de envelop. "Iemand heeft dit vanavond voor mij achtergelaten."

"Iemand denkt dat je goede raad nodig hebt."

"Het zou zelfs beschouwd kunnen worden als een subtiele hint."

"Dat zou kunnen."

Phil sprong naar de andere kant van de bar om een dorstige klant te bedienen.

Even later kwam hij terug. "Alles in orde?"

"Prima."

Phil keek over zijn schouder langs de bar. Het was even wat rustiger; de tweede barman kon het wel alleen aan. Phil dook onder de bar door en trok een kruk naar zich toe. "Er gebeuren vreemde dingen in deze stad. Ik ben hier nog maar nieuw — ik woon pas acht jaar hier — maar de verhalen die ik gehoord heb…" Hij keek Darrell van opzij aan. "Wat had Upshaw te vertellen?"

"Niet echt veel. En wat hij vertelde, labelde hij als vertrouwelijk."

"Zo veel geheimen." Phil trommelde met zijn vingers op de bar. "Upshaw staat binnenkort in zijn hemd."

"Staat hij er zo slecht voor, dan?"

"Slechter. Hij mag blij zijn als hij nog ondergoed overhoudt. Hij heeft een enorme deal gesloten, heeft iedere cent die hij kon opbrengen erin gestoken. Hij heeft een lening afgesloten met het hotel als onderpand, Duff zo ver gekregen dat hij een hypotheek op het huis nam, en zelfs op de *Deirdre*. En in plaats van vette winst is het een fiasco geworden. Daarom loop ik zo te zweten. Als hij over de kop gaat, ben ik mijn baan kwijt."

Darrell bestelde een tweede flesje bier. "Jij ook een?"

"Ik sla nooit iets af."

De barman bracht Phil een highball. Phil bleef even zitten met het glas in zijn vingers en bestudeerde de beweging van de luchtbelletjes. "Upshaw is net een van die ouderwetse maharadja's. Als hij doodgaat, dan gooit de hele paleiswacht zich samen met hem in het graf. Als

Upshaw valt, dan vallen we allemaal—ikzelf, Ellen, Duff, de hele rata-plan zal schreeuwend ten onder gaan."

"Waarom Duff en Ellen? Hebben die geen vader en moeder?"

"Dood." Phil dronk in één teug twee derde van zijn highball. "Zij zijn een van de oudere families hier, ze gaan terug tot de vorige eeuw. Ben Upshaw, de grootvader, is uit Schotland verjaagd en kwam hier terecht. Arthur is zijn zoon." Hij dronk de rest van zijn highball, keek nadenkend naar het overgebleven ijs. Darrell gebaarde naar de barman.

"Ik sla nooit iets af," herhaalde Phil. "Welnu, om een lang verhaal kort te maken: Peggy, de dochter van Ben Upshaw, trouwde met Scotty McKinstry. Arthur en Scotty werkten samen; ze kochten samen de eerste *Deirdre* en verdienden goed. Toen Opa Upshaw stierf liet hij het huis na aan Scotty en Peggy, en dit gebouw aan Arthur. Het waren goede tijden; Arthur stopte veel geld in het hotel. Scotty maakte zijn geld op aan van alles en nog wat. Peggy overleed, en vlak nadat ik hier aankwam liep Scotty ter hoogte van Alicante tegen een Spaanse kogel aan. Duff en Ellen kregen het huis en een klein inkomen, maar niet veel. Duff werkte met Arthur samen op de nieuwe *Deirdre* en ze verdienden goed tot de grenzen gesloten werden. Toen bedacht Arthur een nieuw, groots plan. Duff was er helemaal vóór, maar Ellen lag dwars en stond hem niet toe om een hypotheek op het huis te nemen tot ze haar geld gaven voor een aanbetaling op die grote zwarte moordmachine waar ze nu in rijdt. Ik denk dat ze hoopten dat ze zichzelf zou doodrijden." Phil dook weer terug achter de bar en maakte aanstalten om weer aan het werk te gaan. "Zo gaat het verhaal in ieder geval. Ze zaten gebeiteld, maar toen ging er iets mis. En nu zitten ze in de stront."

Naast Darrell ritselde er iets, met een vleugje viooltjesgeur en zwaaiende kastanjebruine haren. "Daar hebben we T-Bone, onze oorlogscorrespondent," riep Phil uit, "en haar knappe jonge miljonair. Waar hebben jullie uitgehangen?"

"We hebben gedineerd in Cap Spartel," zei T-Bone. "Het was heerlijk! Kreeft in koraalsaus vooraf, en toen een paar van die kleine patrijzen, en daarna chateaubriand. Harvey heeft drie flessen champagne besteld. Is hij niet lief?" Ze klopte op de arm van haar grofgebouwde jonge met-gezel, die straalde van trots.

"Als je zo blijft eten dan verpest je je mooie figuurtje nog," zei Phil.

"Ik eet als ik de kans krijg. Ik weet nooit waar mijn volgende maaltijd vandaan zal komen."

Phil schudde zijn hoofd. "Geen zorgen, T-Bone. Niet zolang er miljonairs als Harvey zijn die zich over hongerige jonge vrouwen kunnen ontfermen."

"Harvey is geen miljonair!"

"Ben nou allenig nog ma 'n vendrig eeste klas," zei Harvey met een zwaar accent, "ma 'k kom uit Texas, en wij geven nooit nie makklijk op. K'wor ook nog wel sesjant. Ga wij nog wa te drinke krijge?"

"Uiteraard krijgen jullie iets te drinken! Dat is tenslotte mijn beroep. U vraagt, wij draaien."

"Ik wil een crème de menthe frappé," zei T-Bone.

"Bonzo. Maak d'r ma twee van, wat 't ook is."

"Met kersen, Phil."

Phil zuchtte en schudde zijn hoofd. "T-Bone, je maakt een ouwe vent van me. Wanneer ga je terug naar Parijs?"

"Geen idee. Ik heb geen geld."

"T-Bone is op de vlucht," zei Phil tegen Darrell. "Ze heeft een klein vergrijp begaan op de Champs-Élysées — een oude man de hersens ingeslagen met een bijl of zoiets. Ze hebben haar achtervolgd tot in Rome en dwars door St. Tropez, maar op Majorca is ze haar achtervolgers kwijtgeraakt. Nu wacht ze hier af tot het stof weer is neergedaald."

"Phil! Daar is niets van waar!"

"Je hoeft je niet te verontschuldigen, T-Bone. Het was waarschijnlijk een lastige vent."

Harvey gleed van de kruk af en pakte het drankje van T-Bone. "Kom mee schatje. Ik zie een tafeltje, laten we bij de mensen gaan zitten."

T-Bone liet zich naar een leeg tafeltje leiden. Phil en Darrell keken haar na.

"Is ze Engels?" vroeg Darrell. "Ze heeft een accent."

"Frans en Engels. Haar vader is professor in de archeologie aan de Sorbonne, hoe ongelooflijk dat ook klinkt. En niettegenstaande alle geruchten die er rondzingen, is het T-Bone's vader die haar huur betaalt. Het kost hem ongetwijfeld de helft van zijn inkomen."

"Wat doet ze hier?"

"De hemel mag het weten. Misschien vindt ze het hier gewoon leuk.

T-Bone is een mysterieuze vrouw. Ze is ook het luistervinkje voor verschillende journalisten in deze stad. Vertel haar niets waar je je voor schaamt; je zou al je geheimen terugvinden op de voorpagina van de plaatselijke kranten."

"Ik snap waarom Noel in haar geïnteresseerd was."

Phil knikte. "Ze speelde niet mee. Niet echt. T-Bone heeft een sterk gevoel voor moraliteit. Ze wil trouwen. En de gelukkige echtgenoot moet een pantalon dragen, een flinke smak geld meebrengen en een Amerikaans paspoort hebben. Ze heeft niet veel geluk in deze stad. De plaatselijke Amerikanen zijn over het algemeen straatarme vluchtelingen zoals ik en Harvey; de rijke jongens hebben dikke buiken en echtgenotes. Duff is degene die het hardst voor haar gevallen is. Als hij binnenkomt, kun je problemen verwachten."

"Wat voor problemen?"

"Hij heeft T-Bone min of meer als zijn eigendom bestempeld." Phil schudde spijtig zijn hoofd. "Ik heb hem al een keer heel ernstig moeten toespreken. Ik zei tegen hem: 'Duff, als je het waagt om mij een klap te verkopen, dan raak je een stuk darm kwijt. Ik hou niet van vechten. Ik ben delicaat gebouwd.'" Een klant wenkte, en Phil liep naar de andere kant van de bar.

Darrell bleef zitten, dronk zijn bier en peinsde. Gedachten holden door zijn hoofd zoals voetgangers door de regen — beelden, half-gevormde speculaties, vluchtige delen van herinneringen: het feit dat Noel verdwenen was, de brief die zoveel interesse had opgewekt... Arthur Upshaw met zijn uitdrukkingsloze ogen, de dwarse Duff McKinstry, Ellen... Het knipsel over de dood van Mohammed Ali Aktouf, de receptionist van het Balmoral Hotel... Mevrouw Ritterman, met haar dat over haar gezicht hing als zeewier over een rots... Noels zielige excuus van een boot... T-Bone aan een tafeltje aan de overkant...

Phil Beresfords stem klonk vlak naast hem. "T-Bone bestuderen wordt op den duur een soort van ziekte. Ik spaar mijn sigarettengeld; als ik een miljoen heb vraag ik haar ten huwelijk."

"Ik dacht dat je al getrouwd was."

Phil maakte een luchtig gebaar. "Dat is een minuutje werk. Dit is een moslimland. Alles wat ik hoef te doen is drie keer 'ik verstoot u' zeggen, en bingo! Dat is alles. Ik heb het al twee keer gezegd." Phil richtte zijn blik op de deur. Hij sloeg met zijn hand tegen zijn hoofd. "Oh oh. Daar zul je het hebben."

Duff beende de bar in, hees zich op een barkruk en keek even met een korte, koele blik naar Darrell.

"Hallo, Duff," zei Phil hartelijk. "Waar kom jij zo laat nog vandaan?"

"Van de boot. Meterslang wier; het hele dek gaat naar de filistijnen."

"Ik zei toch al dat je er glasvezel op moest leggen. Dan krijg je er een veel betere prijs voor."

"Over het teak? Goeie God! Jullie Yanks zijn echt barbaren." Hij leek T-Bone voor het eerst op te merken, en kreunde. "Waar heeft ze dat exemplaar nou weer opgeduikeld? Wat is het?"

"Een inwoner van de grootse staat Texas, nu in dienst van het leger van de Verenigde Staten."

"Dat is echt de druppel." Duff huiverde.

"Ik vind het vrij redelijk," zei Phil. "Ze had honger en Harvey heeft haar te eten gegeven. Ik geloof niet dat de aantrekkingskracht veel verder gaat. Hoewel Harvey wel van plan is miljonair te worden."

Duff draaide zich om met een sardonische grijns op zijn gezicht. "Tegen mij zei ze dat ze thuis bleef. Kleine feeks."

"Een hongerige vrouw blijft niet thuis, dat is algemeen bekend." Phil liep weg om een klant te bedienen. Duff keek in de spiegel achter de bar en wendde zich toen tot Darrell. "Wat gaat u nu doen?"

"Ik weet het niet. Volgens Upshaw hebben uzelf en hij al naar Noel gezocht."

"Dat hebben we."

"En niets gevonden? Geen aanwijzingen? Helemaal niets?"

"Niets."

"Waar zijn jullie precies begonnen met zoeken?"

Duff lachte. "Dat is een handelsgeheim, ouwe jongen."

"Ik ben geen handelaar. Waarom kunnen we niet samenwerken?"

"Ik heb geen behoefte aan hulp, dank u. Doe uw eigen vuile werk maar."

"Maar als er een kans is —"

"Die is er niet. Noel is ondergedoken. Mijn vermoeden is Casablanca." Hij keek over zijn schouder. Harvey had T-Bone's vingers in zijn grote rode knuist. Duff snoof geërgerd. Hij gleed van de kruk af en liep de bar door.

"Daar gaan we," kreunde Phil. "Er komt een dag…"

Duff boog zich over T-Bone heen en begon een discussie. Harvey keek naar Duff en nam somber een slok van zijn groene drankje. T-Bone glimlachte en maakte zo lieflijk als ze maar kon haar excuses. Duff bleef nijdig. Harvey hief langzaam zijn hoofd op en keek met half-dichtgeknepen ogen naar Duff. Hij sprak met koele Texaanse beleefdheid. Duff diende hem koeltjes van repliek en keerde hem toen de rug toe. Harvey bleef even zitten en werd langzaam vuurrood. Hij legde zijn handen op de tafel en sprak: een ultimatum. Duff keek hem minachtend aan. Harvey hees zichzelf overeind.

Met een snelheid die grensde aan magie stond Phil ineens naast het tafeltje. "Eerst afrekenen, en dan naar buiten."

Harvey mikte een paar dollarbiljetten op de tafel. Hij en Duff marcheerden in de richting van de deur, gevolgd door een schare nieuwsgierige omstanders.

Phil ging weer achter de bar staan. "Dit gebeurt elke week wel een keer."

"Duff heeft geen littekens," merkte Darrell op.

"Hij heeft inmiddels ervaring. Hij is snel en gemeen; hij windt zich niet op."

T-Bone kwam aangestormd en bleef woedend naast de bar staan. "Die Duff! Ik wou dat hij me met rust liet!"

"Moedig hem dan ook niet aan."

"Dat doe ik niet!"

"Dat doe je wel. Je kunt het niet helpen."

"Ik zal nooit, maar dan ook nooit meer met hem praten."

Van buiten klonken de geluiden van een vechtpartij: kreten, klappen, vloeken. Phil luisterde kritisch. "Harvey lijkt het vol te houden."

"Ik hoop dat hij Duff *vermoordt*."

"Die mazzel zullen we wel niet hebben."

Er klonk een fluittoon, gevolgd door enkele scherpe bevelen. Het gevecht viel abrupt stil en er klonken afgemeten, officiële stemmen. "De gendarmes," zei Phil. "Het is niet zo ver lopen vanaf de hoek van de straat."

"Ik ga naar bed," zei T-Bone. Ze liep snel via de binnendeur naar de lobby van het Balmoral. Klanten stroomden de bar weer binnen. Duff kwam binnengemarcheerd, zwaaiend met zijn armen en met gloeiende ogen. Harvey volgde hem, nijdig in elkaar gedoken. Hij zag er gehavend uit; zijn slaap was blauw, en het leek alsof hij gevallen was. Hij keek de bar rond. "Waar is ze heen?" vroeg hij met dubbele tong.

"Ze vroeg me je te bedanken voor een fijne avond," zei Phil, "en is naar bed gegaan."

Harvey aarzelde en keek naar Duff, die tegen de bar leunde. Harvey wendde zich langzaam af met het air van een man die het liefst het hele interieur in elkaar geslagen had, en liep langzaam naar de deur. Hij draaide zich nog een laatste keer om naar Duff, die stil bleef zitten. Harvey vertrok.

Duff wreef over zijn knokkels. "Niets beter dan een beetje lichamelijke oefening om een saaie avond op te fleuren." Hij keek onbewogen naar Darrell, die er het zwijgen toe deed.

Vijf minuten later kwam Arthur Upshaw met ferme tred binnen vanuit de lobby van het Balmoral. Toen hij Darrell zag stond hij even stil en liep toen naar de bar. "Ik hoop nog steeds dat ik die brief te zien krijg, meneer Hutson."

"Dat is ijdele hoop, meneer Upshaw."

"Wellicht worden we het later nog eens." Hij knikte naar Phil. "Whisky en soda, zonder ijs." Met een gebaar naar Duff liep hij de bar door en ging zitten aan het tafeltje waar T-Bone en Harvey hadden gezeten. Duff ging bij hem zitten; ze raakten serieus in gesprek.

Darrell betaalde zijn rekening. Hij duwde de deur open en stapte het trottoir op. Het was elf uur, Calle Miranda was verlaten. De straatverlichting scheen tussen de acacia's door; agaven vormden een jungle van scherpe wilde schaduwen achter hem; auto's stonden ineengedoken in de goot als de karkassen van dode kevers.

Links van hem, in de duisternis van een deuropening, stond iemand te wachten. Het groene licht van de MASQUERADE neonreclame bescheen zijn gezicht: Slip-Slip de Marokkaan.

"Goedenavond, meneer Hutson," riep hij zachtjes. "Goedenacht, hoe is het met u?"

"Prima. En jij?"

"Goed." De lichtbruine ogen schitterden in het groene licht. "U zoekt nog uw broer Noel?"

"Ja."

"U wilt hem vinden?"

"Ja. Weet jij waar hij is?"

"Misschien ik ken een man die weet waar is meneer Noel. U wilt hem opzoeken?"

"Vanavond? Nee."

"Nee, niet vanavond. Misschien morgen. Ik moet eerst navragen. Maar u komt, ja?"

"Dat hangt ervan af."

"Natuurlijk, ik weet. Misschien ik zie u morgen. Dan u gaat praten met de man. Goed?"

"Goed, misschien. Waar is die man?"

"Dat is waarom het misschien is. Vannacht, wat doet u?"

"Ik ga naar mijn bed."

"U wilt nog iets?"

"Nee, bedankt."

"U wilt meisjes bekijken? Misschien alleen kijken, misschien u vindt leuk."

"Nee, dat denk ik niet."

"U wilt nog iets anders?"

"Nee. Gewoon naar bed."

Darrell liep weg en keek achterom. Slip-Slip keek hem na, eenzaam en droefgeestig.

Darrell ging naar boven, naar zijn kamer. Uit zijn koffer haalde hij de brief die Noel naar huis gestuurd had. Hij keek er even naar, woog hem op zijn hand. Toen liep hij zijn kamer uit, terug naar beneden. Bij de balie vroeg hij om een envelop en kocht een postzegel. Hij adresseerde de envelop aan zichzelf, per adres American Express, Tanger. Hij stopte Noels brief in de envelop en liet hem in de brievenbus vallen. Toen ging hij de trap op naar zijn kamer, deed zijn deur op slot en ging naar bed.

Hoofdstuk VI

Darrell zat voor een klein cafeetje uit te kijken over de Place de France. De bevolking van Tanger liep voor hem langs: Berbers in versleten kleding, gladde Spanjaarden, toeristen van allerlei pluimage. Er liepen mannen met een fez, een djellaba en Europese schoenen, mannen in pantalons en sportjasjes met een fez en witte Marokkaanse slippers. Hij zag vrouwen in mantelpakjes van tweed, vrouwen in Californisch sporttenue, gesluierde vrouwen van wie alleen de ogen zichtbaar waren met witte gewaden die over de stoep veegden. Verkopers met zijden sjaals, felgekleurde kalotjes, ballonnen, sierraden, frutsels en hebbedingetjes speurden over het trottoir en bekeken de klanten van het café. De zon scheen fel, de lucht was zwaar van de geur van acacia. Darrell nipte aan muntthee uit een dik glas en dacht na over zijn bezoek aan het Amerikaanse consulaat.

Het gesprek had weinig opgeleverd — zoals verwacht, besefte Darrell. Hij had niet lang hoeven wachten en was beleefd aangehoord. Hij had de omstandigheden uit de doeken gedaan voor zover hij dat nodig achtte; de consul was meelevend, maar oncoöperatief. "Bent u al bij de politie geweest? Ik neem aan van niet, aangezien uw broer bij illegale activiteiten betrokken was."

"Er wordt beweerd," zei Darrell, "dat de politie in dit soort zaken liever de andere kant opkijkt."

De consul had zijn schouders opgehaald. "Ik kan daar officieel niets over zeggen. Maar gezien de tijden waarin wij leven... Sigaret?"

"Nee, dank u."

De consul leunde achterover in zijn stoel en keek nadenkend het raam uit. "Dit is een lastige situatie voor u."

"Jazeker," zei Darrell. "Ik voel me nogal hulpeloos. Onofficieel: wat denkt u dat er met hem gebeurd is?"

"Hij is een maand geleden uit Tanger vertrokken met een lading wapens en niemand heeft meer iets van hem gehoord? Ik gok dat hij dood is. De Fransen zijn niet bepaald ruimdenkend als het gaat om wapensmokkel. En dan zijn er nog andere groeperingen — rivaliserende bendes, zou men kunnen zeggen — die zowel vanuit Tanger als vanuit Casablanca opereren. Geweld, kapingen, moord — allemaal zaken die in het verleden zijn voorgevallen. Misschien heeft u iets gelezen over de boten die in de haven zijn opgeblazen? Nee? Er was aardig wat publiciteit over."

Hij legde zijn handen abrupt op de tafel; het gesprek was voorbij. Darrell stond op. "In ieder geval hartelijk dank voor uw tijd."

"Niets te danken. Ik kan slechts de meest voor de hand liggende raad geven: ga naar de politie. Mochten ze hem vinden, en hem wellicht arresteren, dan zorg ik ervoor dat hij de hulp krijgt waar hij recht op heeft."

Darrell nipte aan zijn muntthee. Hij had niet meer verwacht van de consul, maar hij had zich verplicht gevoeld deze stap te nemen. Een jongetje kwam op hem af en trok een enorme rubber tarantula uit een mandje en zette die op de tafel. De poten bewogen, het ding maakte een sprongetje. "Hoeveel, meneer? Hoeveel u geeft ervoor?"

"Nee, bedankt. Ik heb geen interesse."

"Heel goedkoop. Kijk." Het rubberen beest maakte nog een sprongetje.

"Ik wil het niet."

"Hoeveel? Zeshonderd frank? Dat is goede prijs."

"Nee, bedankt."

"Kijk deze eens." Hij toonde een rubber figuurtje dat door middel van een blaasbalgje zijn armpjes en beentjes strekte. "U vindt deze leuker? Ik geef u goede prijs."

"Ik wil ze geen van beide hebben."

"Samen voor achthonderd frank. Goede prijs. Goedkoper u krijgt ze nergens. U kijkt, probeer zelf. Dit is goedkope prijs."

"Ik heb geen interesse."

"Hoeveel u geeft? Hoeveel?"

"Niets."

"Ik geef aan u voor zevenhonderd."

"Nee."

"Alleen vandaag, zeshonderd."

"Nee."

"Oké, meneer, oké. Niet boos worden." Hij liep weg om zijn taran-tula neer te zetten op een tafeltje waar twee oudere dames ijs zaten te eten. Darrell ging verder met zijn overpeinzingen. Voor zover hij nu kon zien, was zijn onderzoek doodgelopen. Slip-Slip had wat mysteri-euze hints laten vallen, die waarschijnlijk alleen maar uit zouden lopen in verzoeken om geld. Niettemin gaf dit hem een goed excuus om nog-maals navraag te doen bij Arthur Upshaw, om op die manier misschien toch een paar nieuwe stukjes informatie los te peuteren. Hij had verder toch niet veel beters te doen. Hij betaalde de ober, stond op van zijn tafel en liep de heuvel op naar het Balmoral.

Arthur Upshaw was niet aanwezig. De receptionist gaf aan dat hij geen idee had waar hij zou kunnen zijn.

Darrell ging terug naar buiten. Hij riep een taxi aan, gaf het adres van de familie McKinstry op Calle Costanza.

Bij aankomst zag hij dat de Mercedes-Benz op de oprit geparkeerd stond. Toen hij aanbelde deed Ellen de deur open. Zoals ze daar stond, met de schaduw van het huis achter haar, gekleed in een versleten spij-kerbroek en een donkerblauw katoenen T-shirt, leek ze heel even op een bijna dromerige tiener. Ze keek Darrell aan met onbewogen grijze ogen. "Hallo. Wat wilt u?"

"Ik zou uw oom graag spreken, als hij er is."

"Hij is er niet."

"Verwacht u hem?"

"Nee. Dit is niet zijn huis. Ik nodig hem niet uit; hij komt en gaat gewoon." Er klonk een vage trilling door in haar stem, alsof iemand met een mouw tegen een cimbaal streek.

"Weet u waar ik hem kan vinden?"

Ellen keek hem wantrouwend aan. "Wat is er zo dringend?"

"Ik hoop dat ik hem ervan kan overtuigen dat Noel niet zo schuldig is als hij denkt."

Ellen lachte grimmig. "U zult merken dat Arthur immuun is voor uw charme, meneer Hutson."

"Ik dacht niet dat u had opgemerkt dat ik charme bezit."

Ellen wierp hem een ijzige blik toe.

"Mijn verontschuldigingen," zei Darrell.

"Kom mee," mompelde ze op ruwe toon, "dan breng ik u wel naar Arthur."

"Dat hoeft niet," zei Darrell. "Vertel maar gewoon waar hij is; er staat een taxi op me te wachten."

"Ik weet het zelf ook niet zeker. En ik heb toch niets beters te doen."

Ze sprong van de veranda af en stapte de Mercedes-Benz in met een ongekunsteld gebrek aan waardigheid dat Darrell plotseling heel aandoenlijk vond. Hoe provocerend haar arrogantie ook was, het was moeilijk om een hekel aan haar te hebben.

Hij betaalde de taxi en ging naast haar zitten. Met brullende motor en gierende banden scheurden ze weg. Bomen en huizen flitsten voorbij; ze vlogen over de weg als een bobslee van een helling. Darrell legde zijn hand op de contactsleutel. "Moet u echt zo hard rijden?"

Ellen wierp hem een hatelijke blik toe en minderde vaart. Met gematigde snelheid bereikten ze het centrum van de stad, staken de Boulevard Pasteur over en gingen met een bocht de heuvel af. Bij een vervallen, geel gestuukt gebouwtje zette Ellen de auto stil en sprong de stoep op. Op de deur zaten afbladderende bladgouden letters:

OSCAR VENTRISS
Algemeen Agent

Ellen deed de deur open en liep naar binnen; na enige aarzeling volgde Darrell haar.

Een dikke man in een bruin pak met een breedgerande bruine homburg op zijn hoofd keek op. Hij nam de sigaar uit zijn natte, roze mond. "Nou?"

"Is meneer Upshaw hier?"

Ventriss schudde zijn hoofd, stopte de sigaar terug in zijn mond en staarde hen met kleine donkere oogjes aan. "Hij komt en gaat."

"Waar is hij heengegaan?"

Ventriss sperde zijn ogen open en wuifde met een dikke roze hand. "Hoe moet ik dat weten?" Hij wees met zijn duim naar Darrell. "Wie is deze meneer?"

"Dit is de broer van Noel Hutson."

Ventriss gniffelde — een soort treurig, gorgelend geluid, als een waterpomp die lucht aanzuigt. "Weet je het zeker?"

"Het interesseert me verder eigenlijk niet."

Ventriss schudde afkeurend het hoofd. "Nu komen ze. Uit alle richtingen. Als vliegen." Hij richtte zijn aandacht weer op zijn bureau, waarbij hij de sigaar naar zijn andere mondhoek bewoog.

Ellen gebaarde naar Darrell. "Laten we gaan."

Ze liepen terug naar de auto. "Waarheen nu?" vroeg Darrell.

"Er is nog een plek waar hij zou kunnen zijn." Ze draaide de heuvel weer op.

Darrell vroeg: "Heeft Ventriss iets met Noel te maken?"

"Niet direct."

"Algemeen Agent — hij vertegenwoordigt de wapenfabrikant. Klopt dat?"

"Wat maakt het verder uit?" vroeg Ellen, uitermate verveeld. "Tenzij je zelf iets wilt bestellen. Het is boter bij de vis. Geen krediet."

"Dus hij is de man die je hebben moet? De importeur, zogezegd?"

Ze keek hem onderzoekend aan. "Je bent echt geïnteresseerd, is het niet?"

"Nee. Niet echt. Zoals je al zei, wat maakt het uit?"

Het gesprek bloedde dood. Ze reden weer omhoog langs de heuvel, in westelijke richting, naar het oude fort — de kasba die boven de medina uit torende. Darrell vroeg beleefd: "Waar gaan we nu heen?"

"Arthur opsporen. Het is zeker dat Ventriss geweigerd heeft meer goederen te leveren voordat hij betaald is, dus het spreekt voor zich dat Arthur wil proberen de andere kant van de zaak onder druk te zetten."

"Het FLN?"

"Hoe je het ook maar wil noemen."

"Hoe noem jij het?"

"Egypte. De UAR. Pan-Arabië. Het Moslim Keizerrijk. FLN is alleen maar een front — de strijders. Over een jaar of tien... dan zouden er nog een handjevol Europeanen in leven kunnen zijn in Noord-Afrika.

De straat ging over in een enorm plein, bezaaid met stalletjes die bloemen verkochten. Aan de overkant rees de minaret van een moskee op.

Ellen parkeerde de Mercedes-Benz. "Kom mee."

"Waar gaan we heen?"

"Naar Soco Chico."

"Wie is dat?"

Ze gaf hem een neerbuigend geamuseerde blik. "Dit plein heet Soco Grande. Soco Chico is een plein iets verderop. Eenvoudiger te voet te bereiken dan met de auto."

Ze ging hem voor door een straat met aan weerszijden stalletjes van geldwisselaars en de winkels van Indiase kooplieden. De menigte hier bestond vrijwel geheel uit Marokkanen, de mannen met fezzen, tulbanden, veelkleurige kalotjes; de vrouwen onherkenbaar achter hun sluiers. Kleine ezeltjes bepakt met huiden, groenten en granen strompelden door het midden van de straat.

Twee- of driehonderd meter van de Soco Grande kwamen ze in de Soco Chico, smal en beschaduwd onder gebouwen met vier etages opgetrokken uit halfvergaan hout met afbladderende bruine verf. "Wacht hier," zei Ellen. "Ik ben over een minuutje terug."

Darrell keek het slanke, nogal gespannen figuurtje in spijkerbroek na terwijl ze in een zijstraat verdween. Het minuutje werden er twee; Darrell liep naar een cafeetje in de buurt, ging aan een tafeltje op het terras zitten en bestudeerde de voorbijgangers. Een kelner kwam naar hem toe; Darrell bestelde een biertje.

Vijf minuten later kwam Ellen terug. Ze stak het vervallen, pittoreske pleintje over, waarbij ze zich met elastische passen een weg baande door de Marokkanen. Ze leek nergens naar te kijken, haar gezicht had een uitdrukking die ergens het midden hield tussen onverschilligheid en minachting. Met lichte verbazing realiseerde Darrell zich dat Ellen een mooi meisje was. Haar lichtbruine haren waren schoon en fijn; ze had schitterende, heldere ogen, brede schouders en smalle heupen — het figuur van een tennisspeelster. Ze voelde Darrells blik; haar mond vertrok in een sardonische grijns. "Ze zijn weg. Ik kan niemand vinden."

"Ga zitten," zei Darrell. "Drink iets."

Ze keek hem vragend aan. "Een sociale uitnodiging?"

"Ja, ik denk dat het daarop neerkomt."

Ellen kneep haar lippen op elkaar tot ze bijna onzichtbaar waren, en kleine rimpeltjes, bijna een glimlach, verschenen in de mondhoeken. "Misschien kun je mij vertellen waarom je Arthur wil spreken?"

"Als jij me ook een paar dingen vertelt."

"Misschien." Ze liet zich in een stoel zakken. De ober kwam eraan. Ellen sprak drie woorden in het Arabisch; de ober maakte een buiging en liep naar binnen. Ellen keek Darrell van opzij aan met een nieuwsgierige, berekenende blik. "Wel, waarom wil je Arthur zo nodig vinden?"

"Om je de volledige waarheid te vertellen," zei Darrell, "moest ik gewoon iets doen, en ik had het idee dat ik net zo goed nogmaals met meneer Upshaw kon spreken."

Ellen knikte en keek spottender dan ooit. "En ik rij de hele stad met je door, gewoonweg omdat je geen rust kunt vinden."

"Niet helemaal. Er zijn een paar dingen gebeurd."

De ober kwam terug met een klein kopje zwarte koffie dat hij voor Ellen neerzette.

"Ik had gehoopt," sprak Darrell, "dat ik informatie kon uitwisselen met Upshaw."

"Hmf. Dat is ijdele hoop. Wat is er gebeurd?"

"Er is een Marokkaan naar me toegekomen die zei dat hij informatie voor me had. Dat was gisteravond, ik heb hem vanochtend niet teruggezien, maar hij zal ongetwijfeld ergens in de loop van de dag terugkomen. Ik neem aan dat het me geld zal gaan kosten."

"Weggegooid geld."

Darrell haalde zijn schouders op. "Misschien. Er is een kans —"

"Geen enkele kans. Als iemand informatie te koop had, dan zouden ze lang geleden al naar Arthur zijn gekomen."

"Dat is zo. Tenzij —"

"Tenzij wat?"

"Eigenlijk niets. Er zijn honderd andere mogelijkheden. Stel dat die Marokkaan rechtstreeks van Noel kwam?"

Ze lachte. "Het is veel waarschijnlijker dat onze vriend Noel een kans zag, en die heeft gegrepen."

Darrell schudde zijn hoofd. "Daarvoor ken ik Noel te goed."

"Hij zou vierhonderdduizend pond afslaan? Meer dan een miljoen dollar?"

Darrell staarde naar de overzijde van het plein. "Het bedrag heeft een zekere aantrekkingskracht... En dat zou Noel in verleiding kunnen brengen... maar ik geloof het nog steeds niet. De hele zaak is belachelijk. Wie zou er idioot genoeg zijn om hem zoveel geld in handen te geven?"

"Wie zei er iets over geld?"

Darrell trok zijn wenkbrauwen op. "Jij. Vierhonderdduizend pond."

"Vierhonderdduizend pond aan heroïne."

Ergens in Darrells binnenste kwam iets in opstand, zijn gezichtshuid trok samen. Hij liet zich achterover in zijn stoel zakken en keek Ellen gefascineerd aan. Ze keek terug met een koele halve glimlach. Darrells overtuiging over Noel kwam terug, met grotere kracht dan ooit tevoren. Hij voelde zich opgewonden, koortsig, en het feit dat hij zich van zijn eigen emoties bewust was maakte hem nijdiger dan ooit. "Je hebt het bij het verkeerde eind, zonder enige twijfel," bracht hij uiteindelijk uit. "Er is een heel klein kansje dat Noel een miljoen dollar achterover zou drukken. Maar hij zou nog voor geen dubbeltje met heroïne te maken willen hebben."

"De drugs zijn verdwenen en Noel ook." Ellen grinnikte nu breeduit. "Waarom ben je zo van streek?"

"Ik had er geen idee van dat je in de drugshandel zat." Darrell verbaasde zichzelf met zijn uitspraak. Ook Ellen leek verrast. De grijns verdween en haar gezicht nam een kille uitdrukking aan.

"Dat ben ik niet — en als het wat uitmaakt, Arthur en Duff ook niet. Ze kopen en verkopen zaken en regelen het transport. Ze voeren het werk uit en oordelen niet."

"Dat klinkt nogal gladjes. Is dat wat je tegen jezelf zegt?"

"Ik denk er nooit over na. Om je de waarheid te zeggen ben ik niet betrokken in de zaken van Duff en Arthur. Ik haat Arthur en maak ruzie met Duff."

"Je houdt er vreemde morele principes op na."

Ellen leunde achterover en strekte haar mooie slanke benen. "Ik heb geen morele principes — behalve het principe van zelfzuchtigheid. Net als ieder ander, hoewel andere mensen nobele idealen beweren te hebben. Ik beweer niets."

"Vind je het leuk om anderen pijn te doen?"

"Absoluut niet. Ik ben vrij van enige vorm van sadisme, masochisme en welk ander isme dan ook — dat geloof ik tenminste."

"Maar je weet toch zeker wel wat verslaving doet met mensen."

"Zeker. Bijna net zo veel schade als roken." Ze ging energiek rechtop zitten "Je hoeft tegen mij geen preek af te steken over de drugshandel. Tegen de tabaksindustrie wordt geen enkele wet uitgevaardigd. In vergelijking daarmee is drugssmokkel kinderspel."

"Je argument is erg overtuigend. Je bent zelfs ietwat oververhit aan het raken —"

"Helemaal niet; ik wil alleen maar een punt maken."

"Maar als je er zo over denkt, waarom voel je dan niet eenzelfde verontwaardiging over narcotica?"

"Beste jongeman, ik ben nergens verontwaardigd over. Ik stel alleen maar vast dat een groot aantal sociaal geaccepteerde zaken profiteren van schade aan de medemens. De directeuren van tabaksfabrieken worden niet aangeklaagd voor moord. Dus als je hier wil gaan zitten handenwringen over de narcotica-industrie, dan vraag ik me af of je een hypocriet bent of een idioot, of een mengeling van beide."

Darrell probeerde grimmig zijn gedachten bij elkaar te rapen. "En wat is je conclusie?"

"Het is niet belangrijk."

"Dus je houdt jezelf voor dat als anderen niet deugen, dat jij dan ook niet hoeft te deugen."

"Het kan me werkelijk niet schelen," zei Ellen spottend. "Ik heb je toch al verteld dat ik geen moreel besef heb? Geen greintje. Ik hou me aan een minimaal aantal sociale regeltjes, en het feit dat ik noch tabak, noch drugs verhandel heeft niets te maken met moreel besef. Maar mijn geld begint op te raken, en ik moet binnenkort toch op de een of andere manier mijn brood gaan verdienen. En dan is er maar één logische weg."

"Een nogal louche business."

"Niet als het genoeg oplevert."

"Hoeveel ben je van plan te vragen?"

Ze keek hem van opzij aan. "O — honderd, misschien? Dat hangt ervan af."

Darrell haalde wat wisselgeld uit zijn zak. "Hier heb je honderdvijftig."

Ze keek hem met opgetrokken wenkbrauwen aan. "Franken? Dat is niet echt flatteus. Ik dacht meer in termen van ponden."

"Honderd pond. Dat is behoorlijk prijzig."

"Valt wel mee. Ik zal het interessant maken voor je."

"Ongetwijfeld. Wat dacht je van vijftig?"

"Kom maar over de brug. Of is het slechts grootspraak?"

"Grootspraak, natuurlijk. Vijftig pond is honderdveertig dollar."

Ellen stond op. "Als we Noel niet snel vinden, dan verlaag ik de prijs. Kom je mee?"

"Wacht. Ik wil je wat laten zien."

Ze ging weer zitten. "Wat?"

Darrell gaf haar het knipsel dat hij had ontvangen. "Wat vind jij hiervan?"

Ze las het knipsel en gaf het terug. "Wat is ermee?"

"Het werd voor mij achtergelaten, in een envelop met mijn naam erop."

"Als ik jou was, zou ik naar huis gaan."

"Dat lijkt de boodschap te zijn. Strekt jouw immoraliteit zich uit tot marteling?"

Ze wierp hem een snelle blik toe. "Nee. Niet wegens gebrek aan immoraliteit. Gebrek aan lef en ondernemingszin. Hmm. Het was nooit in mij opgekomen dat Aktouf misschien iets zou weten. Ik kan me niet voorstellen waarom iemand dat zou denken."

"Dus ik neem aan dat jij me dit knipsel niet hebt gestuurd?"

Ze schudde haar hoofd. "Zoals ik al zei, ik ben niet persoonlijk betrokken bij deze hele zaak."

"Ik dacht dat jouw geld erin zat."

"Ik ben zo stom geweest om Duff toe te staan een hypotheek op het huis te nemen en al ons geld erin te steken. Dus tenzij Noel komt opdagen is alles weg. Ik raak de auto kwijt, Duff is me twintigduizend pond schuldig die ik nooit ofte nimmer te zien zal krijgen. En om die reden wil ik Noel heel graag vinden."

Darrell verfrommelde het krantenknipsel en gooide het in de goot. "Het ligt voor de hand dat Aktouf is gemarteld om informatie uit hem te krijgen."

"Als je je afvraagt wie het gedaan kan hebben," sprak Ellen op kille toon, "dan is het antwoord dat ik het niet weet. Ik niet. Duff zou het niet alleen kunnen; hij heeft geen eigen wil. Arthur is in staat tot elke vorm van wreedheid. Ik heb mijn huidige positieve kijk op het leven aan Arthur te danken." Ze sprong overeind en draaide haar hoofd met zo veel kracht dat haar blond-bruine haren de lucht in vlogen. "Laten we gaan," zei ze met omfloerste stem.

HOOFDSTUK VII

DARRELL LUNCHTE IN EEN rustig restaurantje aan de Place de France. Ellen had honend gereageerd op zijn verzoek om hem te vergezellen, was in haar auto gesprongen en met brullende motor over de Soco Grande weggereden, met zo'n vaart dat de voetgangers als kippen alle kanten opgestoven waren.

Terwijl hij at dacht hij na over Ellen. Mooie meisjes waren zelden misantropen. De gebruikelijke asociale rebellen — anarchisten, existentialisten, mystici, beatniks, Trotskisten, nihilisten, pacifisten, 'angry young men', Platonische aristocraten — dromden bij elkaar in zorgvuldig samengestelde kliekjes, nergens banger voor dan voor de afwezigheid van enige sociale orde. Ellen ging haar eigen weg. Ze gaf toe dat ze in ieder geval zijdelings betrokken was bij de drugshandel; ze had zichzelf aan hem aangeboden voor vijftig pond en hem bespot toen hij de prijs te hoog had gevonden. Ze reed als een maniak, zonder bang te zijn voor lijf en leden. Ze gaf trots toe dat ze uit principe immoreel was. Buitenbeentje, dacht Darrell, was een te milde omschrijving. Het woord verdorven kwam in hem op, maar dat paste niet. Ellen was allesbehalve verdorven. Verdorvenheid was het verval van moreel besef. Ellen was te koppig, te bitter en te intelligent om vervallen te zijn. Eigenaardig, dacht Darrell.

Bij wijze van absurdistisch experiment stelde hij zich Ellen voor in zijn eigen omgeving thuis; hij stelde zich haar voor terwijl ze boodschappen deed in de supermarkt, in de zon lag naast het zwembad in de achtertuin, over de Amerikaanse snelweg raasde in haar Mercedes-Benz. En vreemd genoeg waren die beelden niet grotesk; Ellen zag er vrolijk en gelukkig uit. Darrell schudde zichzelf wakker.

Hij betaalde zijn rekening en verliet het restaurant in een depressieve bui. Hij liep naar een telefoonkantoor, belde de Verenigde Staten en kreeg zonder problemen zijn vader aan de lijn. Hij gaf door wat hij tot nu toe ontdekt had, voegde er een of twee speculaties van zichzelf aan toe.

"Blijkbaar is Noel betrokken geraakt bij een stel ruwe klanten," klonk de stem van zijn vader.

"Ja, daar ziet het wel naar uit."

"Nou, neem geen risico's. Ik wil niet dat je om Noel in de problemen raakt."

"Daar zijn we het over eens. Wel, ik blijf speuren. Misschien dat er toch nog iets boven water komt. Ik bel over een dag of twee terug."

"Prima. Let goed op jezelf."

"Ik zal voorzichtig zijn. Dag."

"Dag."

Darrell liep de heuvel af naar Calle Erasmus en het Hotel de los Dos Continentes. Mevrouw Ritterman zat op haar knieën de trap bij de voordeur te schrobben. Toen ze Darrell zag ging ze rechtop zitten en wreef met haar onderarm over haar neus. "Wat nu weer?"

Darrell sprak beleefd: "Ik neem aan dat u niets van Noel heeft gehoord."

Mevrouw Ritterman zei wantrouwend: "Ik denk dat er iets slechts aan de hand is. U bent echt zijn broer?"

"Ja, natuurlijk ben ik zijn broer."

"Dat beweert u."

Darrell trok zijn paspoort tevoorschijn. "Kijk hier maar naar. Hier staat mijn naam: Darrell Hutson."

Mevrouw Ritterman kwam kreunend overeind. "Het is raar. Er kwam vanochtend een jongen aan de deur die de brieven van Noel wilde hebben. Hij zei dat Noel hem opdracht had gegeven ze op te halen."

"Heeft u ze meegegeven?"

Mevrouw Ritterman lachte verontwaardigd. "Denkt u dat ik niet weet hoe het hoort? Ik heb hem gezegd dat hij een brief van Noel moet brengen met zijn instructies om die dingen te overhandigen. En hij zei dat hij die brief zou halen."

"Hoelang is dat geleden?"

"Vanochtend."

"En hij zei dat hij vandaag terug zou komen?"

"Zeker. En kijk!" Ze pakte met haar ene hand zijn elleboog en wees met de andere. "Daar is hij! Die daar!"

Darrell draaide zich om en zag Slip-Slip de straat inkomen. Toen hij Darrell zag stond Slip-Slip even stil, om toen met een opgetogen glimlach naar voren te lopen. "Hallo, meneer Hutson. Ik ben blij u te zien."

"Dat kan ik me helemaal voorstellen. Wat wil jij met Noels brieven?"

"Brieven, meneer Hutson?"

Darrell reikte naar voren en pakte het papiertje dat de jongeman in zijn handen had. Hij vouwde het open. In een zorgvuldig, rond handschrift stond er:

> *Manager,*
> *Hotel de los Dos Continentes:*
> *Geef mijn post alstublieft aan Suliman.*
> *Dhr. Noel Hutson*

Darrell gaf de brief aan mevrouw Ritterman. Ze las hem zonder enig spoor van geamuseerdheid en draaide zich met opgeheven arm om. Slip-Slip deinsde achteruit. "Denk je dat ik gek ben? Denk je dat ik zomaar voor niets in de problemen wil komen? Wacht. Ik bel de politie."

Slip-Slip schuifelde opzij. "Ik wilde brieven u brengen, meneer Hutson. Ik dacht, u ze zou willen."

"Wel, bedankt," zei Darrell droogjes.

"U wilt weten waar uw broer is?"

"Uiteraard."

"Ik probeer erachter te komen. Misschien morgen ik kom u opzoeken." Hij vertrok, met een laatste blik over zijn schouder.

"Dat jong deugt niet," verklaarde mevrouw Ritterman. Ze trok aan haar rok en maakte aanstalten met haar werk verder te gaan.

Darrell probeerde een zo overtuigend mogelijke stem op te zetten. "Wilt u mij deze brieven niet laten zien?"

Mevrouw Ritterman trok een vastberaden gezicht; Darrell zag dat hij niet tactvol genoeg geweest was. "Nee. Ik hou ze zelf. Als Noel komt, dan geef ik hem zijn post. Niemand anders."

Het had geen zin om verder te argumenteren; mevrouw Ritterman was duidelijk een koppig mens. Beleefd vroeg Darrell: "Wilt u die brieven dan achter slot en grendel bewaren, zodat ze veilig zijn?"

"Ik sluit ze op. Niemand krijgt ze."

Darrell liep naar de Masquerade Bar, die om halfvijf nog vrijwel verlaten was. Phil Beresford stond te schrijven in een kasboek met canvas omslag, met een zware hoornen bril op zijn neus. Voor hem zat T-Bone in een zwart jurkje met korte mouwen. Ze dronk een Tom Collins met daarin een dozijn maraschino-kersen.

"Goedemiddag," zei Phil. "Ik probeer de balans op te maken, maar T-Bone blijft maar in mijn gezicht ademen zodat mijn bril beslaat."

"Je vroeg zelf of ik hier wilde komen zitten," zei T-Bone.

"Je hebt beloofd je te gedragen. Dat betekent dus niet ademhalen." Hij sloeg het boek dicht. "Het lukt me niet om de balans op te maken, en de reden daarvoor is simpel." Hij keek Darrell aan met een uilenblik. "Ik geef twee keer zo veel uit als dat ik binnenkrijg. Wat wilt u drinken, meneer Hutson?"

Darrell bestelde een martini. T-Bone keek hem met een frons aan. "Noels achternaam was ook Hutson," zei ze verwonderd tegen Phil.

"Zo werkt het systeem nu eenmaal," zei Phil. "Broers gebruiken dezelfde achternaam."

"Maar ik wist niet dat hij Noels broer was. Is dat zo? Echt waar?"

"Natuurlijk is hij dat. Lijkt hij niet op Noel?"

T-Bone lachte plotseling vrolijk. "Is hij degene die zo veel geld verdient met het aanleggen van snelwegen?"

"Daar gaan we," kreunde Phil.

T-Bone draaide zich om zodat ze Darrell recht kon aankijken. Ze viste een van de kersen uit haar glas en knabbelde erop. "Je bent ouder dan Noel?"

"Twee jaar."

"En niet getrouwd?"

"Ik zag hem eerst," zei Phil. "Laat hem met rust."

T-Bone lachte een kalm, superieur lachje. "Jij bent al getrouwd."

"Ik heb geen belangstelling voor bigamie," legde Phil uit. "Ik wil hem gewoon een bar verkopen."

"Hemel, nee," zei Darrell.

"Een goedlopende zaak. Klanten uit de elite van de samenleving, een goede voorraad, Arthur Upshaw als huisbaas. Noem een prijs, welke prijs dan ook." Hij knipte met zijn vingers. "Ik zou hem zo ver- kopen. Als het maar genoeg opbrengt voor mij en Flirt hier om naar Honolulu te gaan. T-Bone, ik zweer je dat het daar geweldig is. Ik heb een hutje aan het Kailuastrand; jij en ik kunnen samen getrouwde mannen strikken en afpersen om ons geld te verdienen. De beste vis, eigengemaakte sterkedrank, okulehao —"

"Stt," zei T-Bone. "Mevrouw Phil."

"Wat zou dat? Ze weet het best, ze wacht erop." Maar toch keek hij over zijn schouder. Hij draaide zich weer om. "Jij kleine duvel, om me zo te laten schrikken."

"Nee, hier komt ze echt," zei T-Bone.

Mevrouw Phil kwam aangelopen met haar langzame, lange pas. "Er is telefoon voor je," zei ze op ruwe toon. "Grandin, over die rekening."

"Goed, Mama, ik neem hem hier wel aan. 'Scuseer me, mensen." Hij dook onder de bar door en liep naar de telefooncel. Mevrouw Phil wierp een zijdelingse blik op T-Bone en beende terug de keuken in.

"Brrr," zei T-Bone, en deed alsof ze huiverde. "Als een ijsblokje." Ze keek brutaal opzij naar Darrell. "Waarom kijk je me zo aan?"

"Ik vroeg me iets af."

"Over mij?"

"Noel stuurde een foto naar huis van jou en hem aan het strand."

T-Bone knikte zonder enthousiasme. Ze wendde zich van Darrell af, alsof het hele onderwerp haar verveelde.

Phil kwam terug. "Ik laat die telefoon uit de keuken halen. De klanten schrikken zich wezenloos als Mama de keuken in en uit komt sluipen, en ik schrik er ook van."

"Ze wil gewoon weten wat er speelt," zei T-Bone wijs.

"Ze wil gewoon heen en weer paraderen," zei Phil. "Toen ze meneer Burdette eenmaal aan de haak had, begon ze zichzelf als een soort van godin te zien."

T-Bone trok haar neus op en at een kers.

De glas met ijzeren deur naar het Balmoral ging open; Arthur Upshaw en Duff kwamen naar binnen. Upshaw gebaarde naar Phil; ze gingen samen aan de andere kant van de bar zitten en begonnen een ernstig gesprek. Duff ging naast T-Bone zitten, met een fronsende blik opzij in de richting van Darrell. "Ben je zover?"

"Jawel," zuchtte T-Bone. "Waar gaan we heen?"

"Wat drinken bij Graham thuis."

T-Bone wreef met de top van haar vinger in een druppel water op de bar en tekende een natte cirkel.

"Je gedraagt je alsof je niet veel zin hebt om te gaan," verklaarde Duff.

"Ik mag Graham niet. Hij vertelt schuine moppen."

"We hoeven niet lang te blijven."

T-Bone gleed van de kruk af. "Ik heb een enorme hoofdpijn, Duff. Echt, ik kan nergens heen vandaag."

"Maar ik heb al —"

"Goedenacht, Duff." Ze glimlachte weemoedig naar Darrell. "Goedenacht, meneer Hutson."

"Goedenacht."

T-Bone vertrok. Toen ze eenmaal in de lobby van het Balmoral was ging ze sneller lopen en uiteindelijk rende ze de trap op.

Duff draaide zich om en verliet de bar.

Darrell keek naar Arthur Upshaw en Phil. Upshaw sprak krachtig; hij sloeg met zijn vingertoppen op de bar. Het gezicht van Phil zag er triest en treurig uit. Hij argumenteerde, protesteerde.

Upshaw maakte een laatste, korte opmerking en wendde zich af. Hij liep langs de bar in de richting van Darrell. "Komt u alstublieft even hierheen, meneer Hutson. Ik wil u graag spreken."

Hij gebaarde naar een tafeltje en ging tegenover Darrell zitten. "U heeft mijn nicht gesproken."

"Jazeker."

"Ik neem aan dat ze u heel wat te vertellen had."

"Alleen de achtergrond van deze hele toestand."

Upshaw ontblootte zijn tanden in een snelle grimas, zo kort als de klik van een camerasluiter. "Ze zal alles doen om mij dwars te zitten. Beseft u wel dat we deze hele toestand hadden kunnen voorkomen? Als ze naar mij was gekomen toen Noel haar belde."

"Noel heeft haar opgebeld?"

Upshaw keek Darrell met scherpe blik aan. "Ze heeft niet met u gesproken over dit telefoongesprek?"

"Nee."

"Wat heeft ze dan verteld?"

"Genoeg voor mij om te weten wat er speelt."

Upshaw gromde. "Ik hoef u niet te vertellen dat ik liever niet heb dat deze informatie in handen valt van de Franse veiligheidsdienst."

"Ik ken geen agenten van de Franse veiligheidsdienst."

"U heeft er zojuist met een gesproken."

"Wie? Phil?"

"Nee."

"U heeft het toch niet over T-Bone?"

Upshaw hield zijn hand omhoog. "Ze is zelf geen geheim agente, maar ze heeft vrienden die dat wel zijn. Zij zeggen wat ze willen weten, stellen haar voor aan wie ze het zou kunnen vragen, en betalen haar als ze succes boekt. Ik zeg dit alleen maar om u te waarschuwen dat u op uw hoede moet zijn met haar."

"Maar Duff—"

"Precies. Waarom denkt u dat ze hem tolereert? Ik heb geprobeerd dit aan Duff uit te leggen. Hij is te ijdel om het echt te willen geloven; niettemin let hij wel op wat hij zegt."

"Hmm."

"Ik moet u ook aanraden om Beresford niet in vertrouwen te nemen. Hij is roekeloos, drinkt te veel en praat te veel. Als u vanuit de cel telefoneert dan luistert of hij, of zijn vrouw, mee in de keuken. Ze weten meer over mijn zaken dan ikzelf."

Darrell zei niets. Upshaw bleef hem zonder emotie aanstaren.

"Er is enorm veel geld gemoeid met deze zaak, zoals u nu zult beseffen. Er is al iemand gestorven, mijn voormalige receptionist — een volkomen nutteloze dood, aangezien ik zeker weet dat hij van niets wist. Het zou nogmaals kunnen gebeuren. Ik raad u aan om naar huis te gaan en uw broer zijn eigen boontjes te laten doppen."

"Dat kunt u nauwelijks van mij verwachten, meneer Upshaw."

Upshaw sprak met absolute overtuiging: "Noel heeft een kostbare lading gestolen. Dat staat vast. In het slechtste geval krijgt hij wat hij verdient."

Darrell slikte zijn eerste reactie in en zei simpelweg: "Noel zou niets te maken willen hebben met drugs. Dat doet hij gewoonweg niet."

"Het feit blijft dat hij het wel gedaan heeft. Waar kan hij anders zijn? De Fransen hebben hem niet, de Marokkanen ook niet. En verder is er niemand. Hij is ervandoor. Gevlucht."

"Een ongeluk —"

"Dan hadden we de truck moeten vinden. Vergeet niet, meneer Hutson, dat een miljoen genoeg kan zijn om iemands walging voor bijna alles te doen verdwijnen. En wat dat betreft bevindt u zich ook in een precaire positie."

"Dat is belachelijk. Ik —"

Upshaw negeerde de onderbreking. "Uw broer is verdwenen met een miljoen dollar, en wacht klaarblijkelijk zijn kans af om weg te komen. En precies op dat moment verschijnt u ten tonele. Ik ben er persoonlijk van overtuigd dat u echt niet weet waar Noel zich bevindt, maar er zijn anderen die er anders over denken. Ik stel voor dat u mij die belachelijke brief overhandigt en naar huis gaat."

"Ik zal u de brief laten zien — als u mij vertelt wat ik wil weten. Waar ik Noel moet zoeken, in wat voor truck hij reed, wie hij had moeten ontmoeten, wie hij in werkelijkheid heeft ontmoet, wie wist waar hij was en waar hij heen ging."

Upshaw vertrok zonder nog een woord te zeggen. Darrell keerde terug naar zijn kruk aan de bar en bestelde nog een martini.

Phil bediende hem. Zijn zilverblonde haar was verward, zijn strop-das zat scheef. Hij wierp een giftige blik in de richting van Upshaw. "Weet je hoe kippen een soort van pikorde bepalen, waar ze allemaal iemand onder zich hebben die ze naar hartenlust mogen pikken? Nou, ik ben die arme verschoppeling die onderaan hangt. Ze komen alle-maal op mij af als ze zich ergens aan ergeren. Arthur heeft me zojuist verteld dat hij de huur gaat verhogen."

"Huurverhoging? Ik dacht dat hij op het punt stond het hele gebouw kwijt te raken."

"Hij is aan het marchanderen met de bank, om te proberen een deal met ze te sluiten. Maar ondertussen is hij blut, en hij wil dat ik zijn geld voor hem ophoest. Hij rijdt in een vette Chrysler, Ellen rijdt in die gestoorde zwarte maaimachine. En ik, ik heb niets meer dan een versleten oude MG. En dan vindt Arthur dat ik maar moet bezuinigen. Het is een vreemde familie, dat kan ik je wel vertellen." Hij keek even dreigend naar de overkant van het vertrek.

"Vertel eens," zei Darrell. "Waarom loopt Ellen altijd rond alsof ze de wereld op haar schouders moet dragen?"

"Geen idee. Ze doet raar sinds het moment dat Scotty McKinstry in de buurt van Alicante is omgekomen. Dat was acht jaar geleden, toen ik hier net aankwam. Ze was een mooie meid, met grote ogen en lange haren; zo'n Alice-in-Wonderland type. Ze hebben haar overal naar school gestuurd: Engeland, Zwitserland, Frankrijk. Ze werd er net zo snel vanaf geschopt als dat ze er aangemeld was."

Er kwamen klanten binnen; Phil kreeg het druk. Meneer Burdette kwam binnen met een jongedame met een flinke boezem en een hese grommende stem. Arthur Upshaw bestelde en at zijn avondeten, waarbij hij een keer werd onderbroken door mevrouw Phil, die hem aan de telefoon riep. Toen liep hij de lobby van het Balmoral in, zonder links of rechts te kijken.

Darrell vertrok uiteindelijk uit de Masquerade. Hij liep de hele Boulevard Pasteur af, at in een cafetaria, kocht een tijdschrift en liep terug langs de Calle Miranda. Hij ging naar zijn kamer, las een uur, gooide toen het tijdschrift opzij en lag een tijd naar het plafond te staren. Het licht van de knisperende groene neonletters MASQUERADE scheen door zijn raam naar binnen en lokte hem bijna tegen zijn wil weer naar buiten.

Hij ging de trap af, stak over en ging op zijn inmiddels gebruikelijke plek aan de bar zitten. Even later keek T-Bone voorzichtig om de deur naar de lobby van het Balmoral naar binnen. Phil wenkte haar. "T-Bone! Ik dacht dat je naar bed was. Waar was je?"

T-Bone slenterde naar de bar. "Ik ga nu naar bed. Een aardige Zweedse man belde me. Een meneer Sverdlup. Ken je hem?"

"Die eer heb ik nog niet gehad."

"Hij nam me mee uit eten, en nu ben ik doodmoe. Goedenavond, meneer Hutson."

"Goedenavond."

"Zorg ervoor dat je vriendje je niet zonder je pyjama aan ziet," zei Phil. "Je zou zijn tere gevoelens nog kwetsen."

"Ach, die vervelende Duff!" T-Bone kneep haar lieve mondje samen. "Hij is zo verschrikkelijk irritant. Echt onmogelijk."

"Dat is het risico van je vak."

"Mijn vak?"

"Je voornaamste bron van inkomsten. Mooi zijn voor je geld. We zijn allemaal verliefd op je. Duff, ikzelf, meneer Burdette, meneer Hutson, iedereen. We blaffen en grommen allemaal en waarschuwen elkaar uit jouw buurt te blijven."

T-Bone keek uitdagend naar Darrell. "Meneer Hutson is niet verliefd op mij. Of wel, meneer Hutson?"

Phil lachte vrolijk. "Wat kan hij daar nu op zeggen? Als hij nee zegt, is hij een leugenaar, als hij ja zegt, dan moet hij je te eten geven."

T-Bone sprak met kalme waardigheid: "Hij mag me ook uit eten nemen als hij niet verliefd op me is."

Phil sloeg met zijn hand tegen zijn voorhoofd. "Wanneer leer ik het nou eens? T-Bone, trouw alsjeblieft niet met Darrell. Hij is een civiel ingenieur. Hij zwerft door de wildernis, waar kilometers in de omtrek geen champagne te vinden is. Hij eet hardgekookte eieren en crackers. Hij slaapt in tenten, meestal met een enorme grizzlybeer er vlak naast. Zijn dekens zijn te kort en er hangen ijspegels aan zijn tenen. Waar of niet Darrell?"

"Min of meer."

"Zie je wel?" zei Phil. "Blijf nou maar bij mij, trouw niet met vreemdelingen."

"Je bent belachelijk, Phil. Darrell heeft me uit eten gevraagd, niet ten huwelijk."

Phil keek Darrell aan. "Welk van de twee was het? Ik kan het me niet herinneren."

"Waarschijnlijk alleen eten."

Phil knikte. "Zo zat het. Nu weet ik het weer. Ik ga een boek schrijven: De Verzorging en Voeding van T-Bone. Het eerste hoofdstuk begint als volgt: 'Om haar pels glanzend en glad te houden, neem je vier liter van de fijnste crème'—"

"Phil! Malle pias!"

Phil keek langs hen heen de bar in. "Hou je vast."

Duff kwam de bar in, gekleed in een flanellen broek en een oud rij-jasje van tweed. Zijn gezicht was vlekkerig, zijn ogen rond en hard. Hij negeerde Phil en Darrell. "Hallo, T-Bone."

"Hallo Duff. Ik ging net naar bed."

"Ik dacht dat je uren geleden al naar bed gegaan was."

"Dat klopt — maar nadat ik een aspirientje had ingenomen voelde ik me een stuk beter, dus ben ik toch uitgegaan."

"O? En waar ben je heen geweest?"

"Uit eten. Ik had honger. En nu ga ik naar bed."

"Je had mij kunnen bellen. Je had met mij afgesproken, weet je nog?"

"Maar ik had hoofdpijn! Daarom kon ik niet mee!"

"Dus je had hoofdpijn. En toen heb je een aspirientje genomen. En toen ben je alsnog uitgegaan. Waarom —"

"Duff, je haalt de dingen altijd zo door elkaar."

"Ha ha. Dan gaan we gewoon morgen. En —"

"Het spijt me, Duff. Ik kan niet. Ik ga morgen uit eten met meneer Hutson."

"Wat? Daar komt niks van in. Ik neem je mee uit eten."

"Ik heb het al beloofd, Duff."

"Je hebt mij gisteren beloofd dat je vanavond met mij uit zou gaan."

"Niet waar, Duff," zei T-Bone verontwaardigd. "Dat heb ik niet gedaan! Ik zei alleen dat —"

"O, laat dat nou maar zitten. Dat is verleden tijd. Ik heb het nu over morgenavond. Hutson zit hier, dus je kunt je afspraak met hem nu meteen afzeggen."

"Stil, Duff! Maak nou geen scène."

Phil zei: "Duff, als je niet zachter kunt praten, dan kun je maar beter gaan."

"Ik heb het niet tegen jou, Phil."

"Dat weet ik, maar ik kan je wel horen. Die ruzies van jou beginnen behoorlijk vervelend te worden."

Duff ging zachter praten. "Prima. Dan zeg ik het zachtjes. Maar ik meen wat ik zeg. Je zegt die afspraak met Hutson mooi af. Ik ben dood-ziek van Hutson. Waar ik ook kijk, overal zie ik die Hutson."

"Duff, gedraag je."

"Zul je doen wat ik vraag?"

"Dat is een heel onvriendelijke houding van je," sprak T-Bone.

"Hoor je me, Hutson? Hou je gedeisd. En dat houdt ook in dat je bij deze jongedame uit de buurt blijft."

Phil zei, "Doe nou verstandig, Duff. Kalmeer."

"Zodra ik dit geregeld heb."

"Dit is niet iets dat je kunt regelen. Als T-Bone met je uit wil, dan gaat ze. Als ze geen zin heeft, dan kun je haar ook niet dwingen."

Duff staarde hem met een ijskoude blik aan. "Ik heb je raad niet nodig. Je kunt je met je eigen verdomde zaken bemoeien alsjeblieft."

"Dat probeer ik ook."

Duff keek Darrell aan. "Wil je zo vriendelijk zijn tegen T-Bone te zeggen dat je morgenavond niet met haar uit eten gaat?"

Phil zei: "Duff, als ik jou was zou ik voorzichtig zijn. Deze stille wateren —"

Duff negeerde hem. "Je hebt gehoord wat ik zei, Hutson. Zeg het haar, als je wilt."

Darrell zuchtte diep. "Laten we deze hele zaak vergeten. Het is net een nare droom. Ik ben helemaal niet in de stemming voor spelletjes."

Duff ademde nijdig in, kwam naar voren. "Dat kan mij niets schelen."

"Eruit!" riep Phil. "Naar buiten!"

Duff liep in de richting van de deur, draaide zich om en wachtte. "Kom je nog, Hutson?"

"Jazeker. Waarom niet?"

Ze werden gevolgd door de gebruikelijke menigte van sportliefhebbers. Phil gleed onder de bar door. "Dit wil ik zelf zien."

T-Bone bleef op haar plaats zitten, het hoofd treurig gebogen. Door de deur kwamen geluiden van een vechtpartij: sissen, kreunen, het schrapen van schoenen over stoeptegels. Een doffe dreun, luider dan de voorgaande, toen een droger, meer galmend geluid. Een korte stilte. Toen klonk het geluid als van een basdrum, gevolgd door een helder staccato geluid. En weer was het stil. Toen gingen de geluiden verder, nu met wat meer nadruk. *Dreun! Knal! Bons!* En dan een veelzeggende stilte.

Phil liep weer naar binnen. Hoofdschuddend dook hij onder de bar door. "Ik heb hem gewaarschuwd. Hij was echt gewaarschuwd."

De toeschouwers keerden terug naar hun zitplaatsen. De normale geluiden van de Masquerade Bar begonnen weer: geklets, het vrolijke tinkelen van flessen tegen glas. Darrell kwam onopvallend naar binnen en ging op zijn kruk zitten. "Ik had een behoorlijk irritante dag. Ik denk dat ik alles op Duff heb afgereageerd."

"Laat het maar zitten. Het is jouw schuld niet. Verdorie, het is niet eens de schuld van Duff. Het is mejuffrouw Spetter hier. Ze gebruikt Duff al geruime tijd als een soort jojo, tot de arme kerel achterstevoren loopt."

"Phil, doe niet zo raar. Ik ga naar bed. En nu echt." T-Bone schudde verontwaardigd met haar zijdeachtige kastanjebruine haren. Ze stond stil en wendde zich aarzelend tot Darrell. "Wil je echt met me uit eten?"

Achter de bar lachte Phil spottend. Darrell zei: "O, ja. Natuurlijk."

"Een uur of acht?"

"Heel goed. Acht uur."

T-Bone glimlachte even en liep toen naar de lobby van het Balmoral. Ze hoorden haar gehakte schoenen de trap opgaan.

"En zo doe je dat," zei Phil. "Die meid zal nooit honger hoeven te lijden."

"Heeft ze eigenlijk wel iets van een eigen inkomen?"

Phil poetste ijverig de bar. "Daar kunnen we alleen maar naar raden. Ik denk dat er ergens wel wat geld binnendruppelt: alimentatie, belastingteruggave, chantage. Ze verdient een dollar hier, een dollar daar... Ze heeft een van haar vriendjes zo gek gekregen om een Jaguar voor haar te kopen; meneer Burdette heeft haar commissie betaald voor de verkoop. Zo af en toe verkoopt ze roddel en achterklap aan haar vrienden bij de kranten. Ze werkt een paar keer per week als mannequin. Op de een of andere manier kan ze rondkomen."

Darrell zuchtte diep. "Wel, ik ga naar bed. Morgen..."

"Wat gebeurt er morgen?"

"Ik heb geen idee. Ik ben compleet vastgelopen."

Maar toen Darrell de bar verliet zag hij een bekende gestalte uit de schaduwen van een portiek naar buiten komen. "Meneer Hutson!"

"Ja?"

"Ik zag u vechten met meneer Mekkinesser. U best goede vechter." Slip-Slip maakte een paar onhandige boksgebaren. "Vecht alstublieft nooit niet met mij."

Darrell draaide zich om en wilde oversteken, maar Slip-Slip protesteerde. "Meneer Hutson, wacht! Wilt u niet meer weten over Noel?"

"Heb je iets ontdekt?"

Slip-Slip knikte met plechtstatige nadrukkelijkheid. "Ik heb met een man gepraat. Morgen hij komt hier om u te spreken. Goed?"

"Goed," zei Darrell. "Wie is deze man?"

"Hij is goede man. Misschien hij weet iets."

Darrell voelde zich niet echt optimistisch. "Prima. Ik spreek hem morgen wel."

"Hoeveel geld geeft u?"

Darrell keek hem bepaald onvriendelijk aan. "Waarvoor zou ik geld geven?"

"Ik werk voor u. Ik praat met deze man."

"Als ik iets hoor over Noel, dan krijg je je geld. Dan betaal ik goed. Kom me later nog maar eens opzoeken."

Slip-Slip glimlachte schelms. "Misschien u beter mij nu geld geven."

"Nee. Ik zie je morgen."

"U denkt ik lieg? U denkt de man niet komt?"

"Als ik nieuws krijg over Noel, dan krijg jij je geld."

Slip-Slips grijns vervaagde als de avondgloed.

Darrell vroeg: "Hoe laat komt de man?"

"In de ochtend. Vroeg. Negen uur."

"Waarom heb je meneer Upshaw niets verteld over deze man?"

"Ik begrijp het niet, meneer Hutson."

Darrell herhaalde de vraag.

Slip-Slip keek hem half-begrijpend aan. "Ze mij niet mogen. Zij mij jagen van hun boot af. Zij denken, ik ben slecht. Ik ben niet slecht. Ik ben goed. Ik werk voor u."

"Dat valt nog te bezien," zei Darrell. "Goed — om negen uur morgenochtend."

"Dat klopt. De man komt u opzoeken."

Om negen uur de volgende ochtend kwam de man in kwestie inderdaad opdagen: een magere Marokkaan in een djellaba van grijze gabardine, een man met een sluw, strak gezicht, een vreemd smalle, dunne neus. Hij keek de lobby in, zag Darrell en wenkte naar hem.

Darrell ging naar buiten, de straat op. Het was een prachtige morgen, helder en koel, met zonlicht dat tussen de acaciabomen doorscheen. Darrell liep naar waar de man stond, naast de zongebleekte gestuukte muur van het hotel, hem aankijkend met harde, sluwe bruine ogen. "Uw naam is Darrell Hutson?" Hij sprak Engels met het harde, snelle, plaatselijke accent.

"Ja."

"U bent op zoek naar Noel Hutson?"

"Ja."

"U komt met mij mee." De Marokkaan maakte een snelle beweging, begon weg te lopen.

"Een ogenblikje. Kom terug."

De Marokkaan stopte, gebaarde; kwam weer terug.

"We kunnen hier ook praten," zei Darrell.

"Nee." De Marokkaan schudde gedecideerd met zijn hoofd. "We gaan naar Fez."

"Fez! Waarom?"

"Om Jilali te spreken."

"Wie is die Jilali?"

"Hij is belangrijke man. Ik breng u naar hem toe."

"En Jilali weet wat er met Noel gebeurd is?"

"Ik breng u, u vraagt hem."

Darrell dacht aan Mohammed Ali Aktouf en zijn onplezierige dood. Maar toch, waarom zou dit met hem gebeuren? Hij had geen ijzers in het vuur; hij wist niets van wapens of narcotica; hij had geen vijanden onder de Marokkanen. Maar aan de andere kant, wat zou Jilali hem in Fez kunnen vertellen wat hij niet hier kon vertellen? En als iemand iets wist over Noel, waarom zouden ze dan niet met hun nieuws naar Arthur Upshaw gegaan zijn, die minstens zo goed zou betalen als Darrell?

Er waren vast eenvoudige antwoorden op deze vragen, maar Darrell kon er niet één bedenken. Dat betekende natuurlijk niet dat ze niet bestonden. De essentie van de kwestie was, dat als hij met deze Marokkaan met het harde gezicht naar Fez zou gaan, dat hij zichzelf zou blootstellen aan omstandigheden waar hij geen controle over had, iets waartegen al zijn instincten in opstand kwamen. Maar toch, dit was de enige overgebleven kans om iets te weten te komen over de verdwijning van Noel. Het was dit of niets.

Hij kon het doen — maar toch enkele voorzorgen nemen. Hij stapte naar voren. "Laat mij uw identiteitsbewijs zien."

De man keek hem even zwijgend aan en pakte toen zijn identiteitskaart. De foto klopte en de naam die er stond was: Abd Allah el Kazim.

Darrell schreef de naam en het nummer van de kaart op de achterkant van een envelop. "Hoe gaan we?"

Abd Allah el Kazim wees naar een kleine, stoffige Citroën. Hij stapte in en gaf aan dat Darrell op de passagiersstoel kon plaatsnemen. "Een ogenblikje," zei Darrell. Hij noteerde het kenteken van de auto en liep terug naar het hotel.

Hij liep naar de receptionist en liet de envelop zien. "Ziet u dit nummer? Het is de kentekenplaat van een auto, een Citroën. Ik ga naar Fez met deze man, Abd Allah el Kazim. Dit is het nummer van zijn identiteitsbewijs. Als ik morgen niet terug ben, breng deze informatie dan naar de politie. Begrijpt u dit?"

De receptionist nam de envelop weifelend aan. Darrell verzekerde zich ervan dat zijn instructies goed overgekomen waren en ging weer naar buiten. Hij verwachtte half dat de Citroën er niet meer zou staan.

Maar de auto stond nog op precies dezelfde plek. Darrell stapte in en el Kazim startte de motor zonder een woord te zeggen. Ze reden de Calle Miranda af, gingen de heuvel op in de richting van de snelweg langs de kust en lieten Tanger weldra achter zich.

Hoofdstuk VIII

Abd Allah el Kazim zat voorovergebogen tijdens het rijden, met zijn kin bijna op het stuurwiel. Uit zijn hele houding sprak vijandigheid. Was dat een teken dat hij kwade plannen had? Of juist het tegenovergestelde? Als hij en die Jilali hem iets wilden aandoen, zouden ze dan niet beter hun best doen om hun vijandigheid te verbergen? Zo redeneerde Darrell, zonder overtuiging. Nu hij eenmaal onderweg was bedacht hij tientallen andere voorzorgsmaatregelen die hij had kunnen nemen: een bezoek aan het politiebureau, de aanwezigheid van een derde partij, erop staan dat hij meer details te horen kreeg voordat hij Tanger verliet. Afijn, de teerling was geworpen. In stilte verwenste hij die vervloekte Noel.

De afstand tussen Tanger en Fez was ongeveer driehonderd kilometer. El Kazim reed met een snelheid tussen de 80 en 90 kilometer per uur. Dat betekende dus dat ze vroeg in de middag in Fez aan zouden komen.

Ze reden door een landschap van rollende heuvels, groen van het lentegras, bezaaid met bloemen. Hier en daar werkten Marokkaanse boeren op het veld, met teams van kamelen en ezeltjes: een vreemd gezicht. Zo af en toe reden ze door een vervallen dorpje bestaande uit een pompstation, een fruitkraampje, een Frans café en een groepje lemen hutten.

El Kazim verbrak eindelijk de stilte. "U bent nog nooit in Fez geweest?"

"Nee. Dit is mijn eerste bezoek aan Marokko."

"Fez is een heel oude stad, een heilige stad. Heel interessant."

"Dat kan ik me voorstellen."

Ze reden weer door een armoedig dorpje; el Kazim gebaarde in de richting van de lemen hutjes. "U denkt dat de mensen arm zijn?"

"Daar lijkt het wel op."

"Het is de schuld van de Fransen. Die bezitten alles in heel Marokko. Ze zijn overal, als mieren die alles wegslepen."

Darrell zei niets.

"Er is veel rijkdom in Marokko," zei el Kazim, "maar de mensen zijn arm. Ik vertel u iets dat weinig Amerikanen weten; op een dag, Noord-Afrika is rijk!"

"Ik hoop het," zei Darrell. "Ik heb een hekel aan armoede."

"Maar u doet niets om ons te helpen! U geeft de Fransen geld om wapens te kopen; u helpt hen de moslims te doden."

"Dat is niet de bedoeling," zei Darrell. "We hebben ook ontwikkelingshulp naar Marokko gestuurd."

"Weet u wat de Russen voor ons willen doen? Ze zijn van plan ons te helpen, als broeders. Ze gaan goed water maken van zeewater, en een grote pijpleiding aanleggen om het naar het midden van de Sahara te brengen. Er zal een groot meer komen, alles wordt anders!"

Darrell lachte. "Dat gelooft u toch zeker zelf niet? Dat project is absoluut niet uitvoerbaar."

El Kazim glimlachte dunnetjes. "Natuurlijk zegt u dat."

"Inderdaad. Omdat ik van beroep civiel ingenieur ben. Het plan is niet praktisch. In de eerste plaats is er geen bassin voor een meer in de Sahara. In de tweede plaats weet niemand hoe je zout uit zeewater kunt halen op de schaal die nodig zou zijn om een dergelijk meer te vullen."

El Kazim snoof. Even later vroeg hij: "Hoe denken Amerikanen over de Pan-Arabische Unie?"

"Ik geloof dat wij vinden dat het een zaak is die alleen de betrokken landen aangaat," zei Darrell.

"Maar waarom helpen jullie dan de Fransen?"

Darrell lachte. "De Fransen vragen: 'Waarom helpen jullie de Arabieren?' Het is net als met de meeste menselijke problemen: goeden en kwaden aan beide zijden. Ik ken de oplossing niet."

"Als de Fransen de zee in geduwd zijn: dat is de oplossing," zei el Kazim grimmig.

"Als je dat waar kunt maken."

"De Fransen kunnen niet op tegen de moslims. Heel Noord-Afrika is straks Pan-Arabië. Veel sneller dan u denkt. Nasser gaat dit doen. Hij is een groot man! Hij is onze George Washington!"

Vanuit het perspectief van de moslims was deze analogie geenszins absurd, dacht Darrell.

"Wat denk u?" daagde el Kazim hem uit. "Gelooft u dat de Fransen Algerije moeten bezitten, dat zij rijk moeten zijn terwijl wij arm blijven?"

Darrell aarzelde. "Ik denk dat uiteindelijk alle landen van de wereld zich zouden kunnen verenigen in grote territoriale federaties; ik denk dat ik in principe voorstander ben van de Pan-Arabische Unie. Hoewel ik niet kan zeggen dat ik een fan ben van Nasser."

"Omdat hij een moslim is die de westerlingen in het gezicht spuugt."

"Dat is een onplezierige gewoonte," merkte Darrell op.

El Kazim gaf geen antwoord; de conversatie bloedde dood. De omgeving werd droger en ruwer, de heuvels kaler. Af en toe groeiden en een paar eucalyptussen langs de weg; op de rotsachtige hellingen groeide een dikke laag stekelige, witte affodillen. Ze kwamen bij een kruising: Rabat en Casablanca rechtsaf, Meknes en Fez linksaf. Zonder enige aarzeling ging el Kazim naar links. De kilometerpaaltjes gleden langs hen heen, de weg ging in lussen omhoog, over de lage heuvels. Even na de middag bereikten ze Meknes, maar ze zagen niet meer dan de hoofdstraat van deze Franse stad. Buiten Meknes ging de weg met een scherpe bocht naar het noordoosten en leek over een lange afstand heel licht omhoog te lopen. Ver voor hen lag een grijze massa aan de horizon: het Atlasgebergte. Ze passeerden een kilometerpaaltje met het opschrift FEZ 60. Darrell rekende. Zestig kilometer. Een uur rijden.

Het landschap was saai en lelijk, de motor bromde hypnotisch, het uur ging snel voorbij. Ze kwamen aan in de buitenwijken van Fez — kleine, door de wind gladgestreken huizen van gedroogde klei, openbare gebouwen van baksteen en golfplaat. De weg splitste hier; el Kazim ging linksaf, en de weg werd een steeg die bochtig en hobbelig omhoog ging langs de heuvel, die blijkbaar een enorme, slecht onderhouden begraafplaats was. Rechts van hem ving Darrell een glimp op van de stad, stoffig van kleur, ingewikkeld als de doorsnede van een bijenkorf, en toen verdween het uitzicht achter een lemen muur.

De weg verbreedde zich hier tot een plein, vol met mannen, vrouwen en kinderen in djellaba's variërend van rijk versierd tot versleten, in wit, gebroken wit, beige, bruin en grijs; ezels wankelend onder barbaarse ladingen; graatmagere honden. Aan de achterzijde van het plein bevond zich een muur van zeker twaalf meter hoog, met daarin een ronde poort; hier zat een hele rij bedelaars. El Kazim parkeerde de auto en sprong soepel naar buiten. Darrell volgde hem iets langzamer. "Waar gaan we nu heen?"

"Dit is Bab Boujeloud. Bab betekent poort. Het is de ingang van de medina. Kom met mij mee."

Ze liepen door Bab Boujeloud een smal straatje in. De menigte lette niet op hen. De straat was geplaveid met keitjes, glad op plaatsen waar het water langsdruppelde, opgesloten tussen hoge bakstenen muren aan weerszijden. De weg draaide, deelde zich, kwam samen met andere straatjes, nam plotseling een sprong opzij in een rare bocht, werd breder, dan weer smaller, dook onder poorten met houten dwarsbalken. El Kazim ging rechts, links, rechts, links, links, links, rechts, schijnbaar geheel willekeurig. Ze liepen langs zware, bewerkte houten deuren, fonteinen met blauwe tegeltjes, kleine donkere werkplaatsen. Een onregelmatige streep blauwe lucht volgde hen van boven, en soms was er een glimp zonlicht. Af en toe veranderde het gangetje in een smalle tunnel van tien, twaalf, vijftien meter lang. Darrell verloor al snel ieder gevoel van richting; deze stad had geen patroon, geen grondvorm. Toen, na een kronkelpad dat nauwelijks breed genoeg was voor twee mensen naast elkaar, kwamen ze uit op een brede laan. El Kazim ging een hek door; ze stonden in een grote openbare tuin met cipressen, sinaasappel- en citroenbomen, volop bloeiende rozenstruiken, ligusterheggen, borders vol met heliotroop, verbena en diverse soorten viooltjes. Een hoog gebouw met colonnades, opgetrokken uit beige zandsteen, omzoomde de tuin aan drie zijden. Zowel moslims als mannen en vrouwen in Europese kledij liepen rond in de tuin en gingen de vertrekken achter de colonnade in.

Darrell keek verwonderd om zich heen. "Wat doen we hier?"

"Dit is de Dar Batha. Het is een oud paleis, en nu is het een museum. Kom mee. Ik laat u een paar interessante dingen zien."

Darrell vroeg: "Is dit waar we uw vriend zullen ontmoeten?"

"Hij is niet hier. Het is nog geen tijd om hem te spreken. We gaan naar het museum."

Darrell wendde zich af en keek de tuin in. Niets, bedacht hij, kon iemand meer belachelijk eruit laten zien dan hulpeloze woede; als hij nu liet zien hoe geïrriteerd hij was, dan zou dit el Kazim alleen maar amuseren. "Prima," zei Darrell met formele beleefdheid. "Als u het museum wilt bekijken, dan doen we dat."

"Het is niet voor mij," sprak el Kazim op scherpe toon. "Het is voor u!"

Darrell maakte een beleefd gebaar dat aangaf dat het el Kazim vrij stond om zichzelf te amuseren zo lang hij maar wilde. El Kazim kneep zijn mond samen; zijn ogen schitterden. "Kom," zei hij. "Ik laat u wat dingen zien."

In een van de zalen was een tentoonstelling van hedendaagse Marokkaanse olieverfschilderijen. Darrell, die geen buitengewone interesse had in dit soort zaken, keek met beleefde aandacht om zich heen. Voor zover hij kon zien waren de schilderijen op een competente manier uitgevoerd, volgens een of meerdere moderne stromingen.

El Kazim was echter veel enthousiaster. Hij liep heen en weer, en keek met glanzende ogen van de schilderijen naar Darrell. "Wat denkt u hiervan?" vroeg hij. "Zijn deze niet goed?"

"Ze zien er prima uit," zei Darrell.

"Ziet u, wij kunnen dit soort dingen net zo goed als jullie," zei el Kazim. "Wij zijn geen onontwikkelde inheemsen!"

"Dat heb ik ook nooit gedacht," zei Darrell.

"We bekijken andere dingen," sprak el Kazim. Hij ging hem voor door een zaal waar honderden musketten van Berbers hingen, met korte, kromme kolven en absurd lange lopen. Aan een tweede rek hingen dolken, stiletto's, ponjaarden, hartsvangers — rijen van glanzende lemmeten, moorddadige punten, symbolen van haat en dood.

El Kazim leidde Darrell naar een andere zaal, behangen met oude kleden en brokaten gewaden van lang geleden gestorven hoogwaardigheidsbekleders. In het midden van de zaal stond een kooi, met zijden van ongeveer een meter: een zwaar houten frame met ijzen tralies van zeker twee centimeter dik. El Kazim leek de kooi interessant te vinden. Hij liep eromheen en bekeek het krappe interieur. "Kijk!" Hij wees naar een bordje. "Lees!"

Darrell gaf toe dat hij dit niet kon. "Het is in het Frans."

"Hier staat dat deze kooi in 1909 door de Sultan gebruikt is. Hij heeft er een rebel ingestopt tot hij dood was. Niet aardig, ja?"

"Nee. Absoluut niet aardig."

El Kazim lachte kort en knikte nadenkend. Hij leidde Darrell verder naar een zaal met een collectie nietszeggend aardewerk. Darrell nam niet eens de moeite om te doen alsof hij het bestudeerde.

El Kazim keek hem een paar keer met snelle, sardonische blik aan, en zei toen: "Laten we naar Jilali gaan."

Nogmaals doken ze in het complexe doolhof van de medina. Ze liepen twintig minuten, waarbij El Kazim geen moment aarzelde, geen moment stilstond bij een afslag. Het leek onmogelijk dat hij wist waar hij heen ging. Alle hoeken leken op elkaar; iedere passage, iedere steeg leek op degene waar ze net uitkwamen. Ze staken een kruidenmarkt over: een rij kraampjes waarin in ondiepe bakken bergen paprika, nootmuskaat, saffraan, komijn, peper en kurkuma waren uitgestald. De kleuren waren rijk als verfpigmenten; oker, vermiljoen, ruwe siena, omber, cadmium-oranje, chroomgeel.

El Kazim sloeg af in een doolhof van donkere, bochtige passages die stonken naar rottend vlees en ammonia, en waar verder niemand was op enkele anonieme hopen vodden, bot en kraakbeen na. Hij stopte naast een wel heel oneffen muur, klopte op een zware houten deur.

De deur ging open; een oude vrouw keek naar buiten. El Kazim gebaarde en Darrell liep een kleine tuin in. Citroenbomen, gesnoeid tot perfecte bollen, omringden een fontein waaruit twaalf dunne waterstralen omhoog spoten. Vier identieke cipressen stonden op de hoeken van een vierkant pleintje, ieder omgeven door een perk van viooltjes. Granaatappels groeiden tegen de muren, rozen klommen langs de kolommen van een pergola achterin de tuin.

De oude vrouw dook onder de pergola en ging achteruit een deur door. El Kazim gebaarde Darrell dat hij moest volgen. Ze kwamen een hal binnen die bekleed was met tegeltjes met ingewikkelde patronen. De deur ging open: een bleke, goed-uitziende man met opvallende zwarte wenkbrauwen, gekleed in een net donkerblauw pak, maakte een buiging en stapte beleefd naar achteren.

Darrell gaf gehoor aan de impliciete uitnodiging, en ging het vertrek binnen. El Kazim liep achter hem aan.

"Dit is Moulay Aziz ben Jilali," zei el Kazim. "Dit is meneer Hutson. Gaat u zitten, alstublieft."

Darrell keek van de ene man naar de andere. Gaf el Kazim nu de bevelen in het huis van Jilali? Hij liet zich voorzichtig op een lage divan zakken. Er lag een schitterend kleed op de vloer; aan de muur tegenover hem hing een portret van Gamal Abdel Nasser.

Jilali en el Kazim gingen op een divan aan de andere kant van de kamer zitten. Niemand zei iets. Het bleef geruime tijd stil.

Darrell ging ongeduldig verzitten. "Meneer Jilali, ik heb begrepen dat u mij nieuws kunt geven over mijn broer Noel."

Jilali maakte een gebaar van desinteresse. "We zullen straks ter zake komen. We hebben alle tijd. Heeft u een prettige reis gehad?"

"Zeker. Marokko is een interessant land."

"Marokko is een geweldig land," sprak Jilali.

De oude vrouw kwam binnenhobbelen met een theepot, een pot bruine suiker en drie kopjes op een koperen dienblad. Er ging nog meer tijd verloren met het inschenken van de thee. Door het raam had Darrell uitzicht over de tuin. Het enige geluid dat te horen was, was het spetteren van de fontein.

Jilali sprak op milde, bijna verontschuldigende toon. "Er zijn heel veel van dit soort tuinen in Fez. Iemand die door de straten loopt kan nooit weten wat zich achter de muren bevindt. In een huis als dit is een man werkelijk een koning."

Darrell dronk bedachtzaam zijn thee. Een dreigende hint? Hij had deze mensen geen kwaad gedaan; ze hadden geen enkele reden om hem kwaad toe te wensen. En hadden de moslims geen bijzonder strakke regels betreffende de gastvrijheid, zeker als de gast het brood had gebroken? Hoewel — er was nog geen brood geserveerd.

"Fez is de oudste van de keizerlijke steden," zei Jilali. "Het is een van de meest heilige steden van de Islam; studenten komen overal vandaan om hier de Koran te bestuderen. Heeft el Kazim u ook een *medersa* laten zien? Een *medersa* is een hogeschool."

"Nee. We hebben andere dingen bekeken."

Jilali knikte traag. "Misschien krijgt u nog een kans." Hij zette zijn kopje neer. "Het is goed van u dat u hier gekomen bent."

"Ik wil mijn broer heel graag vinden."

El Kazim sprak in het Arabisch; Jilali legde met een traag gebaar zijn handen achter zijn hoofd en leunde achterover op de divan. "Goed, we zullen praten."

"Dit is wat wij u kunnen vertellen," sprak El Kazim snel. "Noel Hutson bestuurde een truck met wapens naar een depot voor het Algerijnse Nationale Leger. Het was de eerste van veertien leveringen. Door een vergissing gaf men hem de betaling voor de hele vracht, meer dan veertig ton wapens. Toen hij terugreed naar Tanger kwam hij een groep Franse soldaten tegen. Noel is snel weggereden. Hij was bang om gevangengenomen te worden, en verborg de betaling voor de wapens. Maar hij werd weldra toch opgepakt. De Fransen zijn wreed als ze iemand ervan verdenken dat ze helpen Algerije te bevrijden. Ze hebben Noel geslagen. Hij heeft niets losgelaten. Ze hebben hem in een kooi gestopt — zoals degene die u in de Dar Batha hebt gezien."

Darrell trok zijn wenkbrauwen op. "Wat vreemd dat ik nu net vandaag precies zo'n zelfde kooi te zien kreeg."

El Kazim ging met toonloze stem verder: "Er is een man onder de Fransen die wij betalen. Hij heeft ons verteld dat zij Noel hebben. We zeiden, maak hem los! Nee, hij kan dat niet doen; het is een groot risico. Niet zonder veel geld te betalen. En dat is vervelend! Wij hebben het geld niet. Al ons geld is weg. Als we weten waar Noel onze betaling heeft verstopt, dan hebben we genoeg geld, en Noel komt vrij."

Darrell leunde achterover en glimlachte bitter. "U heeft geen al te hoge dunk van mijn intelligentie."

El Kazim keek lichtelijk verbaasd.

Jilali zei loom iets in het Arabisch; el Kazim wendde zich weer tot Darrell. "Begrijpt u het?" vroeg hij op scherpe toon. "Eerst moeten we de betaling vinden, en dan kunnen we Noel bevrijden van de Fransen."

Ofwel denken ze dat ik een stommeling ben, dacht Darrell, ofwel hopen ze dat ze mij een uitweg bieden, een manier om het op te geven zonder gezichtsverlies te lijden. "Ik kan maar moeilijk geloven dat de Fransen Noel in een kooi zouden stoppen."

"Nee, nee," zei el Kazim op heftige toon. "Ze zijn wreed! De kranten schrijven nooit eerlijk over wat de Fransen allemaal doen."

Jilali ging rechtop zitten. Hij stak zijn hand in zijn zak, pakte een foto en stak die uit naar Darrell.

"Dit is de foto die onze vriend heeft gemaakt," sprak el Kazim op formele toon. "Hier ziet u Noel in de kooi."

Darrell bestudeerde de foto. Het was ongetwijfeld een foto van een man die gehurkt in een kooi zat, en het gezicht van de man was overduidelijk het gezicht van Noel. Darrell bestudeerde de foto zo aandachtig dat Jilali ongeduldig werd en zijn hand weer uitstak. Darrell gaf de foto terug. "Ik ben bang dat uw vriend u bedrogen heeft."

"Wat zegt u?" vroeg el Kazim op scherpe toon.

"Deze foto is nep."

Jilali en el Kazim staarden hem aan; Jilali verwijtend, el Kazim met het air van een geïrriteerde wesp.

"Het is een foto," zei Jilali. "Is het Noel niet?"

"Jazeker, het is Noel. En dat is overduidelijk een kooi. Maar kijk eens goed naar de schaduw aan de linkerzijde van Noels gezicht. De kooi is frontaal gefotografeerd, met een flits. Noels gezicht is dwars door de tralies heen zichtbaar. Zijn het glazen tralies? Waarom glimlacht Noel zo vrolijk? Omdat hij zich veilig voelt?"

Jilali bekeek de foto met een frons. El Kazim keek Darrell aan met een harde glimlach. "Soms is het onverstandig om te slim te willen zijn. De foto is niet belangrijk. Wat u moet doen is ons vertellen waar we de drugs kunnen vinden. Waar zijn ze?"

"Ik heb geen idee."

"U heeft een brief gekregen van uw broer. Deze informatie hebben wij. Hij moet het u verteld hebben."

"Hij heeft me er niets over verteld."

"Dit is een serieuze zaak, meneer Hutson. Beseft u dat wel?"

"Heren, laten we redelijk blijven." Darrell ging rechtop zitten op de divan. "Ik weet dat u de brief wilt lezen die Noel naar huis heeft geschreven. Ik ben bereid u die brief te laten zien in ruil voor enige informatie: de waarheid is dat de enige reden waarom ik naar Fez ben gekomen, is dat ik deze deal met u wilde maken."

Jilali knikte bedachtzaam en deed zijn mond open, maar el Kazim stak zijn arm met een scherp gebaar naar voren. "Zodat u Noel kunt helpen ontsnappen met de drugs!"

"Nee," zei Darrell geduldig. "Absoluut niet. Ik wil er niets mee te maken hebben." Hij keek van el Kazim naar Jilali. "Welnu — afgezien van al dit gedoe over kooien — kunt u mij iets vertellen over Noel? Leeft hij nog of is hij dood?"

El Kazim wachtte tot Darrell was uitgesproken, en ondertussen spetterde de vijandigheid openlijk en onplezierig van zijn gezicht. "Wij willen weten wat er in uw brief staat. Heeft u hem meegenomen?"

"Nee. Er staat niets in over uw heroïne. Als er zoiets in vermeld stond, had ik de brief wel overgedragen aan de politie."

"Aha! Aha! Aha!" El Kazim leunde triomfantelijk naar voren. "Dus u bent tegen ons!"

"Ik ben niet voor en niet tegen. Ik ben alleen tegen de handel in drugs."

"Waarom hebben u en Noel dan een overeenkomst om de heroïne te verkopen?"

Darrell zuchtte, nauwelijks in staat om zijn ergernis te verbergen. "U maakt alles veel te ingewikkeld. Geloof mij, ik weet niets, en ik wil ook niets weten over uw business. Als u iets weet over mijn broer, zeg het dan gewoon. Zo niet, dan zou ik graag teruggaan naar Tanger."

Jilali zei iets in het Arabisch, el Kazim knikte. Hij wendde zich weer tot Darrell. "U heeft gelijk, er is geen reden om boos te zijn. Laat ons die brief zien, en dan brengen we u terug naar Tanger."

"Als u me eerst vertelt wat u over Noel weet."

"Hij is verdwenen met ons eigendom; meer weten wij niet. We willen hem vinden."

"Maar waarvandaan is hij verdwenen? Wie heeft hem als laatste gezien? Heeft hij een boodschap achtergelaten?"

El Kazim schudde zijn hoofd. "Die dingen kunnen wij u niet vertellen. U zou het kunnen doorgeven aan de Fransen…"

"Nee. Ik wil alleen Noel vinden en terugkeren naar de Verenigde Staten."

"Onmogelijk. En nu —"

Darrell moest zijn uiterste best doen om zijn stem kalm te houden. "U heeft me voor niets hierheen gebracht!"

"En nu — de brief, alstublieft."

"Ik heb hem niet bij me. En hoe dan ook, het is een persoonlijke brief; er staat niets in waar u iets aan zou kunnen hebben."

"Het spijt me, meneer Hutson, maar we kunnen u niet op uw woord geloven. Wilt u opstaan? Ik zal u fouilleren."

Darrell voelde al zijn spieren verstijven.

De stem van el Kazim bleef glad en onbewogen. "Maakt u alstublieft geen moeilijkheden, meneer Hutson. Ga staan alstublieft. Ik zou niet graag de bedienden erbij roepen. Het is eenvoudiger als u meewerkt."

Darrell keek van de een naar de ander. Jilali trok met een quasi-verontschuldigend gebaar zijn smalle wenkbrauwen op; el Kazim stapte naar voren, grijnzend als een vos.

Darrell brandde van woede om de vernedering, was woest op zichzelf, maar had geen zin om op te spelen over een triviale zaak als dit, dus hij stond op. El Kazim doorzocht zijn zakken, pakte zijn portefeuille, zijn paspoort, een paar andere kleinigheden. Jilali keek toe, zijn mondhoeken geërgerd omlaag gebogen.

"Waar is de brief?" vroeg el Kazim. "In uw hotel?"

"Nee."

Jilali zei kortaf iets in het Arabisch; el Kazim leunde achterover. "Ik moet dit heel zorgvuldig uitleggen, zodat u precies begrijpt hoe belangrijk deze brief is. Gaat u alstublieft zitten."

Darrell ging weer op de divan zitten.

"Er bevindt zich een enorme lading wapens in Tanger. Onze wapens. We hebben de heroïne gestuurd om ervoor te betalen. Nee, nee, kijk nu niet zo minachtend. De heroïne zal in Parijs worden verkocht. Is dat geen rechtvaardigheid? Dat de Fransen die slaven van ons proberen te maken uiteindelijk voor onze geweren zullen betalen? Het maakt niet uit. Goed of fout, het kan ons niet schelen. We hebben één enkele trucklading wapens ontvangen. We kunnen de andere niet krijgen totdat we betaald hebben. Maar dat is nu niet langer mogelijk. De heroïne is via de woestijn uit Egypte gekomen, een lange weg, erg gevaarlijk, erg duur. Een miljoen dollars, zo veel is het waard. Ik ben wat u noemt de koper in deze transactie; de heroïne was onder mijn beheer, en daarom krijg ik nu de schuld. Ik wil de schuld niet. Dus u helpt ons, en dan is er geen schuld. Zelfs als u ons niet zou willen helpen, dan moet u dat toch doen. Ik heb al uitgelegd dat dit heel ernstig is. Begrijpt u dat?"

"Ik begrijp het."

"Waar is de brief?"

"In de post."

"Het postkantoor? U heeft hem op de post gedaan?"

"Ja."

Jilali sprak in het Arabisch; el Kazim gaf antwoord en wendde zich toen weer tot Darrell. "Waarheen heeft u de brief gestuurd?"

Darrell dacht na voordat hij antwoord gaf. Het zou eenvoudig zijn om hen een leugen te vertellen; ze konden niets bewijzen. Maar toen dacht hij aan Aktouf, de receptionist. Laat ze die brief ook maar in handen krijgen, ze hadden er tenslotte niets aan. Het was onzin om zichzelf zoveel problemen op de hals te halen om geen enkele andere reden dan dat hij er een hekel aan had om tot iets gedwongen te worden.

El Kazim en Jilali keken hem scherp aan.

"Ik heb hem naar mijzelf gestuurd," zei Darrell. "Per adres American Express."

"In Tanger?"

"Ja, in Tanger."

"Mooi," zei el Kazim. Jilali klapte in zijn handen; een donkere bediende met een zure blik verscheen ten tonele. Jilali gaf enkele bevelen.

"U zult American Express schrijven," zei el Kazim. "U moet hen opdragen uw post te geven aan de man die uw paspoort meebrengt. En dan moet u hier wachten tot ik de brief heb."

Darrell bleef stil zitten. Dit verzoek was het vervolg van het voorgaande deel van het gesprek; maar genoeg was genoeg. Hij stond op, leunde voorover en pakte zijn paspoort. "Ik zal u de brief laten zien. Maar ik hou mijn eigen paspoort."

De ravenzwarte wenkbrauwen van Jilali kropen omhoog terwijl zijn mondhoeken bedroefd omlaag zakten. El Kazim glimlachte echter. "Meneer Hutson, doet u alstublieft niet zo moeilijk. Dit gaat gebeuren op de manier zoals het ons goeddunkt."

"U brengt me terug naar Tanger; morgen haal ik de brief voor u op. Ik geef u mijn woord, en ik zie geen enkele reden waarom ik hier zou blijven."

Jilali sprak wederom in het Arabisch, blijkbaar in een poging om de ander tot redelijkheid te manen; el Kazim protesteerde en gebaarde heftig met zijn vingers. Jilali haalde zijn schouders op.

"Het spijt me," zei el Kazim. "Misschien wilt u nog van gedachten veranderen. Het zou beter zijn als u die brief gewoon schrijft."

Darrell draaide zich om, liep de kamer uit en ging de hal in. Achter hem klonk de stem van el Kazim: "Als u de tuin in gaat, dan schiet ik u neer."

Darrell stond abrupt stil en keek achterom. El Kazim richtte een automatisch pistool op zijn middenrif. Hij sprak met een geknepen grijns: "Kom terug alstublieft."

Darrell liep langzaam terug. Hij voelde zich nu iets gemakkelijker. Deze situatie was minder schadelijk voor zijn zelfrespect: hij gaf niet toe vanwege intimidatie, maar vanwege de universele taal van de kogel. El Kazim was, waarschijnlijk om dezelfde reden, nijdiger geworden. Hij had ervan genoten om de Amerikaan te kunnen vernederen, had genoten van zijn ingehouden dreigementen en zijdeachtige hints. Maar nu speelde het wapen de hoofdrol.

Hij gebaarde naar Darrell dat hij terug moest naar de divan. Jilali deed niets, en keek gelaten toe hoe el Kazim het pistool tegen Darrells lichaam duwde. "Ga zitten alstublieft." Hij schoof papier en een balpen in Darrells richting. "Schrijf: 'Geef alstublieft al mijn brieven aan de man die u mijn paspoort toont.' En teken het."

Darrell schreef. El Kazim pakte het briefje en las het zorgvuldig door. "Uw paspoort."

Zwijgend gaf Darrell hem het document.

"Dank u wel. Sta nu op alstublieft."

Jilali sprak in het Arabisch; el Kazim antwoordde met heftige nadruk. Darrell keek van de een naar de ander. In naam leek Jilali de baas te zijn, maar el Kazim, die veel meer energie tentoon spreidde, bepaalde de stemming van de situatie. El Kazim had het laatste woord; Jilali haalde met een zuur gezicht zijn schouders op. El Kazim zwaaide met zijn pistool. "Naar de deur, rechtsaf, en dan doorlopen tot het eind van de gang."

Darrell deed wat hem werd opgedragen en liep door tot een deur van zware planken hem de doorgang versperde.

"Doe de deur open."

Darrell duwde de deur open.

"Naar binnen."

Darrell ging een enorm schemerig vertrek binnen waar een lucht hing van stro en nat hout. Het was duidelijk ooit een stal geweest. Er zaten zware houten deuren met ijzeren scharnieren in de tegenover-liggende muur; een tweetal hoge ramen liet het late middaglicht binnen via ruiten die verduisterd werden door stof en spinnenwebben.

De ruimte werd nu voor andere doeleinden dan de huisvesting van ezels gebruikt. In het midden van de met stro bezaaide vloer stond een kooi die bijna identiek was aan de kooi die Darrell in het museum had gezien.

Hij staarde naar de kooi. Achter hem klonk de stem van el Kazim, nu weer even vloeiend als eerder. "We hebben geen prettige manier om te zorgen dat u veilig bent vannacht. Dus we zullen u in deze kooi moeten stoppen. Als alles goed gaat, dan wordt u morgen weer vrijgelaten."

Darrell draaide zich langzaam om en staarde in el Kazims harde, bruine ogen. De gloeiende, triomfantelijke blik vermengd met onre-delijke kwaadaardigheid toonde hem het nieuwe aangezicht van het Oosten; hij wist dat hij moest boeten voor eeuwen van opgedrongen onderdanigheid. "U dwingt me een kant te kiezen," zei Darrell. "Ik weet nu zeker dat ik geen hoge pet op heb van de Pan-Arabische Unie."

"Wat u vindt maakt niets uit. We zullen Afrika schoonvegen; we zul-len jullie de zee in drijven. Jullie denken dat je beter bent dan wij, met je roze buiken en beschilderde vrouwen. Jullie zijn rijk en vet en zwak; wij zijn arm en sterk. We zullen zien wie er gaat winnen. De kooi in!"

Darrell keek naar de kooi. Ze was niet veel groter dan een honden-hok. Het deksel scharnierde open; het was duidelijk dat el Kazim verwachtte dat hij op zijn hurken in de kooi ging zitten, waarna el Kazim het deksel dicht zou gooien.

El Kazim sprak: "Als u niet in die kooi gaat zitten —" hij bukte en pakte een opgerold touw van de vloer "— dan roep ik een bediende om u vast te binden. Opschieten!"

"Dit geloof je toch niet," mompelde Darrell. "Denkt u dat —"

"De kooi in! Of het touw, als u dat liever heeft!"

Darrell slikte alle nutteloze woorden die in hem opkwamen weer in, samen met zijn trots. Hij liep zijdelings in de richting van de kooi, hopend dat el Kazim hem de gelegenheid zou bieden om het pistool te pakken te krijgen. Maar el Kazim bleef bij hem uit de buurt.

Hij hief een been op en zat op de rand van de kooi. El Kazim kwam dichterbij. Darrell trok langzaam zijn tweede been over de rand.

"Omlaag!" raspte el Kazim hees.

Darrell liet zich langzaam zakken. De uitdrukking op het gezicht van el Kazim maakte hem misselijk. Zoals de man zich nu gedroeg, zou het echt gevaarlijk zijn om hem tegen te werken. Hij ging op zijn hurken zitten. El Kazim kwam met lange, veerkrachtige passen op hem af en sloeg het deksel op de kooi. Darrell bukte. De slag van het deksel deed de tralies trillen en galmde door zijn hersenen heen. Het hangslot klikte dicht. El Kazim liep achteruit en stopte het pistool in zijn zak.

"Dus u dacht dat de foto van uw broer in de kooi een vervalsing was? Dat klopt. Als hij in die kooi had gezeten, zou hij niet glimlachen."

"Waar is Noel?" vroeg Darrell, alsof de vraag nu pas in hem was opgekomen.

El Kazim grijnsde. "Ik heb geen idee. Maar we zullen hem vinden. En zal ik eens wat zeggen? Hij heeft mijn broer vermoord; het is niet meer dan terecht dat u ook een klein beetje zult moeten lijden. U mag dankbaar zijn dat ik u niet doodschiet. Wees blij dat deze kooi het ergste is dat u overkomt!"

Darrell zei niets. El Kazim bleef nog tien seconden naar hem staan kijken en liep toen naar de deur. Hij draaide zich nog een keer om, wierp hem een laatste blik toe, en toen was hij verdwenen. De deur ging met een klap dicht; Darrell was alleen, in elkaar gedoken in een kooi, zijn armen om zijn knieën. Met onvoorstelbare irritatie blies hij zijn ingehouden adem uit. "Dit is ongelooflijk...Noel, waar je ook bent, ik zou het prima vinden als jij hier in mijn plaats zat."

Hij veranderde van houding, leunde tegen de tralies met zijn knieën opzij. Hij keek op zijn horloge. Zes uur. Als Noel dit te horen kreeg, zou hij zich kapot lachen. Iedereen zou erom moeten lachen. Noel roept om hulp, Darrell komt als een galante ridder aangereden en wordt in een kooi gestopt...Waar voor de drommel was Noel? Parijs? De Riviera? Capri? Darrells zelfverzekerdheid begon te wankelen. Misschien had iedereen gelijk en had hij het bij het verkeerde eind. Misschien was Noel er echt met de buit vandoor gegaan. En ondertussen zat Darrell gehurkt in een kooi...Hij keek nogmaals op zijn horloge. Eén minuut over zes. Het beloofde een lange nacht te worden.

Hoofdstuk IX

DARRELL VERANDERDE EEN PAAR KEER van houding. Hij keek voor de twintigste keer op zijn horloge. Er waren zeventien minuten voorbij-gegaan. Woede rees in hem op, blokkeerde zijn keel alsof hij moest overgeven. Hij slaakte een zachte, hese, gepassioneerde kreet, maar ging daarna direct beschaamd weer tegen de tralies zitten. Was er dan geen enkele manier om zichzelf uit deze verrekte kooi te bevrijden?

Hij trok aan een van de tralies. Deze waren van zacht gietijzer, een centimeter of twee dik, en gaven een klein beetje mee onder spanning. Hij trok met al zijn kracht, maar de tralie, die boven en onder in het houten frame verzonken was, had niet veel speling. Darrell ontspande zich. Er waren negentien minuten voorbijgegaan.

Misschien zou el Kazim vannacht nog in Fez blijven slapen en pas morgen richting Tanger vertrekken, wat zou betekenen dat hij nog twaalf uur in deze kooi zou moeten zitten. Darrells afkeer voor Abd Allah el Kazim was groter dan welke emotie hij ooit in zijn leven gevoeld had. Weer pakte hij een tralie, trok eraan tot zijn keel dichtsloeg van de inspanning. Hij vouwde zichzelf dubbel, duwde met zijn voeten. De tralie gaf wel iets mee, maar was toch sterk genoeg om niet verder door te buigen.

Hij onderzocht het houtwerk boven en onder. Het was verweerd en oud, en misschien zelfs hier en daar een beetje rot, maar te sterk voor zijn spieren. Hij dacht aan de gereedschappen die hij thuis had: hydraulische krikken, pneumatische beitels, zware snijtangen, acetyleenbranders. Zelfs met een beugelzaag, een fretzaag, welke zaag dan ook, zou hij zichzelf kunnen bevrijden. In het schemerlicht dat door de ramen viel keek hij de kamer rond. Aangezien el Kazim en Jilali niet gek waren, zouden ze vast geen bruikbaar gereedschap binnen zijn bereik hebben laten liggen. Zoals hij al verwacht had, kon de inhoud van de stal hem verder niet helpen. In een van de hoeken lag een stapel brandhout; rottende leidsels, dekens en tuigage voor ezels hing aan haken. Hier en daar zag hij wat losse spullen — flessen, kratten, versleten autobanden, de rol touw waarmee el Kazim hem had willen vastbinden, een stapel gebroken borden. Darrells blik bleef hangen op het touw. Een vindingrijk man kon veel doen met een eind touw. Maar het lag zeker vijf meter van hem vandaan en hij kon er niet bij.

Darrell overdacht zijn mogelijkheden. Hij zou zijn overhemd in stukken kunnen scheuren, de repen aan elkaar binden, zijn schoen eraan binden en daarmee proberen het touw naar zich toe te trekken. Het was te doen, maar misschien was er een manier waarvoor hij zijn overhemd niet zou hoeven op te offeren. Hij probeerde de kooi in beweging te krijgen. Ze was zwaar; met de allergrootste moeite kon hij niet meer doen dan haar aan het wiebelen brengen. Hij ging anders zitten in de kooi, wurmde zijn voet door het gat in de bodem. Hij zette zijn rug tegen de bovenkant van de kooi. Hij duwde. De kooi ging omhoog, gleed een paar centimeter opzij; de zijkant van het gat klapte pijnlijk tegen zijn enkel. Hij duwde weer. Vijf centimeter...Tien minuten later had Darrell het touw te pakken. Het werd nu snel donker, en Darrell maakte haast. Hij maakte een lus, gooide het touw in de richting van een stapel haardhout en slaagde er na enkele pogingen in om een stok van iets meer dan dertig centimeter te pakken te krijgen. "Nu gaan we het zien," dacht Darrell. Een ingenieurstitel, zes jaar hard werk en een zekere hoeveelheid gezond verstand zouden hem nu goed van pas moeten komen.

Maar hij aarzelde nog even en keek naar de deur. Stel dat el Kazim nog bij hem kwam kijken voordat hij naar Fez ging? Stel dat een bediende voedsel kwam brengen? Het zou onmiddellijk opvallen als de kooi verplaatst was; ze zouden de zaak onderzoeken en het touw weghalen. Vloekend en zwetend wurmde Darrell zijn voet door het gat en duwde de kooi centimeter voor centimeter terug op haar oorspronkelijke plek.

Hij rustte uit, probeerde zijn rug te strekken, masseerde zijn gekneusde enkel. Hij luisterde: stilte. Hij kon wachten tot het donker werd, of het nu proberen...Hij had het geduld niet om te wachten; het moest nu gebeuren.

Hij koos een tralie aan de zijkant van de kooi. Hij trok het uiteinde van het touw om de tralie heen, terug doorheen de kooi, rond drie tralies aan de tegenoverliggende zijde, dan weer terug om de oorspronkelijke tralie heen, zodat hij een driehoek van touw had. Hij herhaalde dit proces nog vier keer, trok het touw strak en legde een knoop. Toen duwde hij de stok in de driehoek, tussen twee stukken touw, en begon te draaien. Rond en rond. Het touw ging steeds strakker staan, het werd steeds lastiger om de stok te kunnen draaien. De tralie verboog naar binnen toe. Darrell maakte het touw los, trok het slaphangende deel strak en maakte nog twee windingen om het geheel nog sterker te maken. Weer begon hij te draaien. De tralie verboog, het hout kraakte. Het draaien werd moeilijk. Darrell maakte het touw los, trok het loshangende deel strak, begon weer te draaien. Nu was de spanning enorm. Darrell draaide langzaam, voorzichtig. Er klonk een geluid van splijtend hout, en ineens werd het draaien een stuk gemakkelijker; hij had de top van de tralie door het hout getrokken.

"Dat is één," zei Darrell. "Nog twee, of misschien drie te gaan."

Snel maakte hij het touw los en herhaalde de hele operatie op de naastliggende tralie; dit ging een stuk eenvoudiger omdat het hout gespleten was. Een derde en vierde tralie volgden; en door te draaien, te buigen en te trekken slaagde hij erin het gat zo groot te maken dat hij erdoor kon kruipen.

Hij stond op en strekte zijn verkrampte spieren. Dat was de kooi. Nu nog het huis uit. Hij liep naar de deuren die op de straat uitkwamen; ze waren vergrendeld, even ondoordringbaar als de muren. In de grijze schemering zag hij een paar enorme ijzeren sloten. Hij liep in de richting van de deur waardoor ze oorspronkelijk binnengekomen waren. Deze zat ook op slot, maar leek wat minder solide dan de andere deuren.

Hij legde zijn oor tegen het sleutelgat, en hoorde het zachte geluid van stemmen. Hij kon de deur niet forceren zonder de aandacht te trekken.

Hij keek omhoog naar de ramen. Daar voorzag hij geen problemen. Hij trok de kooi onder de ramen, waarbij hij een zacht schrapend geluid maakte waarvan hij hoopte dat niemand buiten het vertrek het zou horen. Nu volgden de kratten: twee kleintjes naast elkaar, met daarbovenop een grote. Darrell klom voorzichtig omhoog en zocht naar hang- en sluitwerk. Er was niets te vinden, de ramen konden niet open.

Hij sprong omlaag, vouwde een oude deken dubbel en gooide die bovenop zijn provisorische trap. Hij bond een uiteinde van het touw aan de kooi vast, klom weer omhoog, legde de rest van het touw in de brede uitsparing voor het raam.

De voorbereidingen waren getroffen. Hij keek door het raam en probeerde zonder succes de straat te zien. Er was geen enkele reden om te aarzelen. Hij hief de gevouwen deken op, hield deze tegen de ruit en sloeg met zijn vuist. Glas rinkelde en viel omlaag.

Darrell nam de deken weg en stak zijn hoofd naar buiten. Hij keek uit op een steegje van minder dan twintig meter lang, geheel verlaten. Hij drukte de rest van het glas naar buiten, legde de deken over het kozijn, gooide het touw naar buiten. Toen kroop hij achter het touw aan en liet zich naar beneden zakken.

Hij strekte zijn armen en lachte uitgelaten. Zijn enkel klopte, zijn rug deed pijn, maar dat waren maar kleine ongemakken. Hij was vrij. Nu moest hij nog uit dit doolhof zien weg te komen. Hij had geen flauw idee waar hij was, of hoe ver het was naar de dichtstbijzijnde poort. Hij had onderweg geen hoofdstraat of doorgaande weg gezien, niets dan dit ongelooflijke netwerk van straten, steegjes en paadjes.

Hij voelde in zijn zak en vond daar ongeveer duizend frank in los geld. Genoeg om een gids te betalen. El Kazim had de naam genoemd van de poort waardoor ze naar binnen waren gekomen: Bab Bou — nog wat. Bab betekende poort, dat was wellicht genoeg.

Hij begon te lopen, door straten die nu slecht verlicht waren door kale peertjes. Er waren niet veel mensen op straat, en de voorbijgangers die hij zag bekeken hem met argwaan. Hij had ergens gelezen dat christenen niet welkom zijn in moslimsteden na zonsondergang. Als dat waar was, dan kon hij er niets aan doen, en hij wilde niets liever dan de stad verlaten. Hij liep langs een jongen van een jaar of zestien, met een smal gezicht, en hield hem aan. Hij wees naar zichzelf en toen in de verte. "Bab? Jij brengt me naar bab?" Hij deed een greep in zijn zak en pakte tweehonderd frank. "Ik wil naar de bab."

De jongen deinsde achteruit, en wreef niet-begrijpend over zijn neus.

"Bab." Darrell wees in verschillende richtingen. "Bab?"

De jongen glimlachte met de simpele superioriteit van de stedeling tegenover de provinciaal. Hij wees. "Bab Ftouh." Hij wees een andere kant op. "Bab Boujeloud."

Darrell knikte. "Bab Boujeloud." Hij pakte de jongen bij de arm. "Kom. Bab Boujeloud. Breng me daar. Tweehonderd frank."

Eindelijk begreep de knaap wat Darrell van hem wilde, en met een air van belangrijkheid en een flinke dosis opwinding begon hij al gebarend voor hem uit te rennen. Darrell zag dat hij blijkbaar een niet al te slimme gids had uitgezocht. "De blinde leidt de blinde," zei hij tegen zichzelf. "Ga me maar voor, ik voel me nergens te goed voor, als we er maar komen."

Achter de jongen aan, die vol trots voor hem uit huppelde, baande Darrell zich een moeizame weg terug door de wirwar van de medina van Fez. Het volstond niet voor de knaap om hem te leiden; hij vond het ook noodzakelijk om Darrell er onophoudelijk van te verzekeren dat ze er bijna waren, wenkend en om zich heen wijzend en achterwaarts voor hem uit springend. Toen ze bij de drukkere straten aankwamen, voelde Darrell zich steeds meer opvallen. De jongen was trots op zijn nieuwe broodwinning. Darrell bleef hem koppig volgen en werd uiteindelijk beloond met de aanblik van de massieve muur en de hoge poort met de puntige boog.

De jongen bracht hem tot aan de opening, incasseerde zijn tweehonderd frank en vertrok. Darrell liep het plein op, voorbij de plek waar el Kazim zijn Citroën geparkeerd had. Die plek was nu leeg. Blijkbaar was el Kazim al onderweg naar Tanger.

Vijftien meter verderop was een taxistandplaats. Hij liep naar de eerste auto in de rij. *"Taxi, monsieur?"* riep de chauffeur.

"Ja," zei Darrell. "Ik wil naar Tanger."

"Tanger?" vroeg de chauffeur met een mengeling van twijfel en achterdocht. *"Beaucoup d'argent, monsieur."*

"Ik had niet anders verwacht," zei Darrell. Hij deed de deur open en liet zich vermoeid op de achterbank ploffen. "Niettemin — Tanger."

De chauffeur bestudeerde hem van over de rug van zijn stoel.

Amerikaan, dus een miljonair, en ofwel gestoord, ofwel bezopen.
"Tanger, monsieur?"

"Tanger."

De chauffeur haalde zijn schouders op: een rit was een rit. Hij stapte
de taxi uit, sprak even met een van zijn collega's en kwam toen terug.
Hij startte de motor, keerde de taxi en vertrok.

Ergens na middernacht kwam de taxi de heuvel over en bereikte het
helder verlichte amfitheater van Tanger. Darrell ging rechtop zitten en
dirigeerde de chauffeur in de richting van de Masquerade Bar.

Hier was de nacht nog jong. Uit de deuropening klonk het geluid
van gebabbel en gelach, de koperen bollen spetterden hun kleurige
lichtjes tegen de ramen. Darrell gebaarde naar de chauffeur dat hij
hem moest volgen. De tafeltjes en de bar zaten allemaal vol. Meneer
Burdette zat op zijn favoriete kruk aan het eind van de bar te drinken
met de rondborstige jonge vrouw met de kastanjebruine haren, die
hem aansprak als 'Skatje', met een afschuwelijk krakend, bijna kikker-
achtig stemgeluid. Achter de bar stond Phil Beresford te werken, te
praten, te lachen, te drinken, grapjes uit te wisselen met oude vrienden,
nieuwkomers te begroeten, vaarwel te zeggen tegen degenen die
vertrokken, bestellingen aan te nemen, drankjes te mixen, geld in
ontvangst te nemen, de kassa te bedienen, flessen te openen, ijs te
breken. Deze avond was hij gekleed in een mintgroen sportjasje, een
broek van donkergroene gabardine, een stropdas van donkergroene
zijde. Darrell trok zijn aandacht. "Goedenavond, beste man," riep Phil.
"Waar heb jij gezeten? T-Bone dacht al dat ze de hongerdood zou
sterven toen je niet kwam opdagen."

"T-Bone? Ik was haar helemaal vergeten." Hij nam Phil ter zijde. "Ik
ben mijn portefeuille kwijtgeraakt. Kun jij mijn taxi betalen? Ik betaal
je morgen terug."

"Met alle plezier. Is dit de man? Hoeveel?"

"Geen idee. Ik spreek zijn taal niet. En ik kom helemaal uit Fez."

Phils wenkbrauwen vlogen omhoog. "Met een taxi vanuit Fez? Dat
is net zoiets als uit Londen komen op de Koningssloep. Nou, nou."
Hij rekende af met de chauffeur en wendde zich weer tot Darrell.
"Vijftienduizend frank. Dertig dollar, zo ongeveer. Niet slecht."

"Geef hem maar een extra duizend, en een drankje als hij wil."

De chauffeur sloeg het drankje af, nam het geld aan en vertrok.

Darrell zocht een lege kruk en ging zitten. "Is de keuken nog open? Ik ben uitgehongerd."

"Van twee uur in de middag tot twee uur in de nacht."

"Ik wil een biefstuk ter grootte van een koffer. Ik heb sinds vanochtend niets meer gegeten."

"Komt voor elkaar. Kom, ga even aan de andere kant van de bar zitten, naast meneer Burdette, dat is net iets handiger. Iets te drinken?"

"Doe maar een highball. Wil je er zelf ook een?"

"Zoals gewoonlijk."

Mevrouw Phil kwam weldra met de biefstuk de keuken uitgezeild, met een kalme, afstandelijke uitdrukking op haar gezicht. Ze liep langs Phil heen alsof hij niet bestond, zette het bord neer en vertrok weer.

Meneer Burdette sprak Darrell aan op een toon die luid genoeg was voor Phil om hem te kunnen horen. "Heeft u Phils nieuwe kleding gezien. Nogal kleurrijk, nietwaar?"

Phil keek meneer Burdette aan met gewonde verbazing. "Ja, het is kleurrijk. Waarom niet?"

"De zaken gaan blijkbaar beter," zei Burdette tegen Darrell. "Ik zag mevrouw Phil vandaag kijken naar de prijs van een nertsjas."

"Eerder naar nertsenmest voor haar Kaapse viooltjes."

Burdette knipoogde naar Darrell. "Kaapse viooltjes! Wat een leuke hobby!"

"Na de eerste hectare gaat het vervelen," bromde Phil. "Ik hoef niet meer zo nodig."

"Het huwelijk is een kwestie van geven en nemen, Phil."

"Begrijp me niet verkeerd! Ik heb geen bezwaar tegen hier en daar een plantje. Maar het moet geen obsessie worden. Op een gegeven moment moest ik de bladeren voor de ramen opzij duwen om te kunnen zien of de zon scheen of niet. Toen heb ik gezegd: 'Nu is het genoeg! Haal die jungle hier weg anders hak ik een doorgang met mijn machete!' En toen heeft ze de hele zooi in haar eigen slaapkamer ondergebracht. Geen idee waar ze slaapt."

"Ik heb me vaak afgevraagd waarom en hoe je met haar getrouwd bent," zei Burdette nadenkend.

"Dat is iets waar ik liever niet over praat," zei Phil. "Maar goed — aangezien u Mama het hof maakt — denk ik dat u het recht hebt om het te weten. Vertel het alleen niet verder. We komen allebei uit dezelfde stad: Atlanta, Georgia. Mama slaagde erin lid te worden van de commissie die over de dienstplicht gaat. En op een dag zei ze tegen mij: 'Zal ik je eens wat vertellen? Morgen roepen we een hele nieuwe groep op, alle vrijgezellen met de initialen P.R.B.' Mijn tweede naam is Roger, dus ik nam de hint ter harte. Soms denk ik dat ik beter af was geweest als ik bij de paratroepers gegaan was."

Meneer Burdette leunde over de bar heen. "Nu we het toch over Mama hebben, waar zit die mooie jonge T-Bone vanavond?"

"De laatste keer dat ik haar zag," zei Phil, "zat ze op de stoeprand op Darrell te wachten. Die meid is echt gek op eten. Vroeger voerde ik haar nog weleens zo af en toe. Maar in de laatste sandwich die ik voor haar besteld heb, heeft Mama een lange zwarte haar gestopt."

"Aha! Jaloezie!"

Phil schudde zijn hoofd. "Mama is niet jaloers. Ze heeft haar Kaapse viooltjes. Ze heeft gewoon een hekel aan T-Bone."

"Telefoon," zei mevrouw Phil, nog geen halve meter van Phil vandaan. "Voor meneer Burdette."

"O, natuurlijk." Burdette gleed van zijn kruk af zoals een zeehond van een ijsschots glijdt. "Excuseert u mij." Hij trippelde achter de bar langs, de keuken in.

Phil keek hem met een veelzeggende blik na. "T-Bone, bah! Meneer Burdette maakt Mama het hof. Hij is de enige man die haar keuken mag betreden, mijzelf niet uitgezonderd. En hij komt altijd kauwend weer naar buiten."

Burdette kwam weldra de keuken uit, nog druk bezig om een laatste beetje voedsel in zijn mond te proppen. De rondborstige jonge vrouw riep: "Skatje, skatje!" Burdette keek op. "Kom mee, skatje. We gaan allemaal. Als je mee wilt, natuurlijk."

"Jazeker," riep Burdette met hoge stem. "Laat me hier niet achter." Hij vertrok.

Phil liep langs de bar naar Darrell. "Zie je wat ik bedoel over de keuken? Hij fascineert Mama met zijn kennis over Kaapse viooltjes, en terwijl zij wegdroomt, bakt hij een biefstuk voor zichzelf."

"Hoe verdient hij zijn geld?"

"Autoverkoop. Hij is degene die Ellen McKinstry die zwarte koelkast der wrake heeft verkocht. Hij hoeft nu alleen zijn maandelijkse betalingen nog maar te incasseren. Hoe smaakt de hap?"

"Het is niet genoeg. Maar verder prima."

"Wil je meer? Ik hou er niet van mensen honger te zien lijden. Wat dacht je van een stuk taart?"

"Een stuk taart lijkt me beter."

Phil bracht de taart zelf. "Je zit te eten als een man die een heftige dag achter de rug heeft."

"Ik heb een paar mannen gesproken in Fez."

"Iets te weten gekomen?"

"Niet veel."

Darrell maakte de taart op en kwam vermoeid overeind. "Ik ga naar mijn bed. Ik reken morgen wel af. Of zodra ik geld van thuis heb ontvangen."

"Ik weet dat je er goed voor bent."

Darrell liep naar de deur. Hij keek links en rechts de straat in. Het was een rustige nacht. De wind ruiste door de acaciabladeren; de straatverlichting knipperde en flikkerde tussen de bomen door. Hier en daar viel nog wat licht op het trottoir uit de ramen van verlaten winkels; een stuk of wat auto's stond langs de stoeprand geparkeerd.

Darrell stak over en liep zijn hotel binnen. Bij de balie liet hij een verzoek achter om om acht uur gewekt te worden, waarna hij de trap beklom naar zijn kamer. Hij nam een hete douche en ging naar bed.

Lange tijd lag hij in de duisternis omhoog te staren. Als hij dat touw niet te pakken had kunnen krijgen! Dan zou hij op dit moment nog steeds in die kooi zitten: op zijn hurken, verkrampt, in pijn... Ondertussen wisten ze waarschijnlijk wel dat hij ontsnapt was; Jilali of een bediende had vast wel eten of drinken gebracht. Misschien hadden ze el Kazim al kunnen inlichten; misschien ook niet. Het was afwachten of el Kazim zich de volgende ochtend zou laten zien.

Het American Express kantoor ging om negen uur open. Darrell zou zorgen dat hij er was. Hij hoopte dat el Kazim er ook zou zijn. Hij glimlachte in het donker en viel weldra in slaap.

HOOFDSTUK X

De ochtend was fris en helder; Tanger schitterde als een schaal ijsschilfers. In de straten klonken piepende banden, stemmen in een dozijn talen. Toeristen en inwoners van Tanger liepen door elkaar op de Boulevard Pasteur, zich verbazend over elkaars eigenaardigheden.

Om tien over halfnegen vatte Darrell post in een deuropening tegenover het kantoor van American Express. Het was niet de beste schuilplaats, maar als el Kazim klokslag negen uur aankwam, dan zou Darrell geen tijd hebben om voor hem naar binnen te gaan en de zaak uit te leggen aan de beambten van het kantoor. El Kazim zou zomaar naar binnen kunnen kijken, Darrell zien staan, en vertrekken met Darrells paspoort nog in zijn zak.

De minuten verstreken; het werd negen uur. Een man in een bruin pak — duidelijk een werknemer van het bedrijf — stond stil bij de deur, deed een sleutel in het slot en ging naar binnen. Darrell keek links en rechts de straat in en wachtte op een eerste glimp van grijze gabardine.

Om vier minuten over negen verscheen Abd Allah el Kazim, die met grote stappen uit de richting van de Arabische Wijk kwam. Naast hem liep, tot Darrells grote verbazing, Jilali, hip en charmant in zijn nette zwarte pak.

Ze liepen zelfverzekerd in de richting van de deur. Darrell, branddend van woede, zag hun kalme gezichten. Ze waren volkomen op hun gemak en het was wel duidelijk dat ze geloofden dat hij nog altijd in Fez was, gehurkt in de kooi.

Jilali deed de deur open; el Kazim beende naar binnen zonder links of rechts te kijken, en Jilali liep achter hem aan.

Darrell stak over, ging naar de deur en keek het kantoor binnen. De man in het bruine pak kwam van achterin de zaak naar voren gelopen. El Kazim overhandigde hem het briefje dat Darrell geschreven had.

Plotseling stond er iemand achter Darrell — een bediende die aan het werk ging. Hij keek Darrell even nieuwsgierig aan, deed de deur open en ging naar binnen. Jilali keek even om toen hij binnenkwam en draaide toen weer terug. Darrell stapte naar binnen voordat de deur helemaal dicht was.

De man in het bruine pak stond de brief te lezen terwijl hij met een bedachtzame vinger over zijn wang krabde. Hij sprak; el Kazim gooide het paspoort op de balie.

Darrell stapte naar voren. El Kazim draaide zijn hoofd om en staarde hem met harde, bruine ogen aan. Hij draaide zich weer om en stak een hand uit naar het paspoort. Darrell greep zijn pols, groef zijn vingers in de botten en pakte zijn paspoort.

De man in het bruine pak deinsde gealarmeerd achteruit. "Wat is dit? Wat is dit?"

Darrell zei: "Ik heb besloten dat ik zelf mijn post kom halen. Mijn naam is Darrell Hutson, en dit is mijn paspoort." Hij draaide zich om naar el Kazim. "Mijn portefeuille."

El Kazim draaide zich om en begon naar de deur te lopen; Darrell greep de capuchon van de gabardine djellaba en trok hem terug. El Kazim draaide zich weer om en stond hem met een blik als een havik aan te staren. "Mijn portefeuille," zei Darrell. "Of ik bel de politie."

Zonder ook maar een ogenblik zijn waardigheid te verliezen stak Jilali zijn hand in zijn borstzak en trok Darrells portefeuille tevoorschijn. "We zijn geen dieven," sprak hij beledigd.

Darrell inspecteerde de portefeuille. Voor zover hij kon zien zat al zijn geld er nog in. De Marokkanen probeerden het kantoor te verlaten. "Een ogenblik nog," zei Darrell. "We hebben nog het een en ander te bespreken."

Jilali stond onzeker stil voor de deur. El Kazim stormde furieus de deur uit en de straat op.

De beambte in het bruine pak had eerst geagiteerd voorovergeleund, staan toekijken en had zich vervolgens met een ijskoude blik van afkeuring teruggetrokken. "Is dit een zaak voor de politie? Hebben ze u beroofd, mijnheer? Ik bel de politie!"

"Nee," zei Darrell. "Het is een misverstand. Kunt u alstublieft kijken of ik post heb."

De man liep weifelend naar de brievenbus en pakte een enkele brief. "Darrell Hutson."

"Ja, dat klopt. Dank u wel."

Hij ging naar buiten, gevolgd door Jilali. El Kazim stond dertig meter verderop woedend toe te kijken.

Darrell sprak met kille stem: "Weet u waarom ik de politie er niet bijgehaald heb? Er is maar één reden. Ik wil mijn broer vinden. Begrijpt u dat?"

Jilali trok verwijtend zijn goedgevormde zwarte wenkbrauwen op.

"Ik wil u een voorstel doen. Hetzelfde als waarvoor ik naar Fez ben afgereisd. U beantwoordt mijn vragen, en dan laat ik u deze brief zien."

"Welke vragen?" vroeg Jilali op zijn hoede. "Wat wilt u precies weten?"

"Ik wil alleen informatie die mij kan helpen om Noel te vinden."

El Kazim, die tegen zijn wil toch gefascineerd was, kwam schoorvoetend dichterbij.

"En, bent u het ermee eens?" vroeg Darrell. "Anders bel ik alsnog de politie."

Jilali keek el Kazim aan en maakte een gebaar met zijn hoofd. De twee mannen spraken samen in het Arabisch. El Kazim keek Darrell van opzij aan. "Kom met ons mee."

Darrell lachte bitter. "Daar is weinig kans op."

Jilali sprak: "Het is verkeerd om zo te praten. Wij wilden u alleen maar veiligstellen. We willen onze grote oorlog winnen. Een man, twee mannen — dat betekent niets."

"Gaat u mijn vragen beantwoorden?"

"U moet uw vragen stellen. Misschien geef ik antwoord."

"Als u geen antwoord geeft, dan krijgt u mijn brief niet te zien en dan draag ik u beiden over aan de politie. Kom hierheen." Darrell leidde hen enkele meters een zijstraat in.

El Kazim stak zijn hand uit. "Eerst moet u ons de brief laten zien."

"U babbelt als een idioot," sprak Darrell minachtend.

Jilali legde Kazim, die hem van repliek wilde dienen, met een ongeduldig gebaar het zwijgen op. "Stel de vragen."

"Noel is op de avond van negen maart met een vrachtwagen vol wapens uit Tanger vertrokken. Waar is hij heen gegaan?"

El Kazim sprak scherp: "Die dingen kunnen wij u niet vertellen."

"Wat maakt het uit?" vroeg Jilali. "De Fransen weten dat er wapens zijn aangekomen in de buurt van Taouz."

"Taouz? Waar ligt Taouz?"

"Het is een dorp in de Tafilalt, vlak bij de Algerijnse grens — een tussenstation voor karavanen."

"Noel heeft de truck dus naar Taouz gebracht. En toen?"

"De wapens zijn uitgeladen. En toen heeft iemand een vergissing gemaakt. Wij hadden onze betaling dwars door de woestijn uit Egypte gebracht. Maar de sjeik in Taouz was bang dat de Fransen zouden komen, en heeft deze betaling met Noel en Habdid el Kazim naar Tanger gestuurd. Onderweg hebben de twee mannen gevochten. Noel heeft Habdid el Kazim gedood."

Abd Allah el Kazim deed een stap naar voren. "Hij heeft hem uit de vrachtwagen gegooid als een stuk oud vuil! Uw broer heeft dat mijn broer aangedaan!"

Darrell negeerde hem. "Ga door," zei hij tegen Jilali.

"Noel is naar Erfoud doorgereden. Daar ging hij naar het plaatselijke hotel. De Fransen noemen het de Gîte d'Étape. Hij heeft daar de nacht doorgebracht. Hij heeft een brief geschreven en twee telefoontjes gepleegd naar Tanger. De volgende ochtend werd hij gebeld. Maar hij had de Gîte al verlaten en niemand weet waar hij heengegaan is of waar de betaling voor de wapens gebleven is."

"En meer weet u niet over Noel?"

"Meer weten we niet."

"Hij heeft twee telefoontjes gepleegd, zei u?"

"Volgens onze informatie."

"Wie heeft hij gebeld?"

"Dat weten we niet. We hebben navraag gedaan in Erfoud. Noel vroeg naar Arthur Upshaw en sprak met iemand die de telefoon aannam."

Darrell keek el Kazim van opzij aan. "Dat had Aktouf kunnen zijn, de receptionist van het Balmoral Hotel."

"Dat dachten wij ook," zei Jilali op neutrale toon.

"Maar dat denkt u nu niet meer."

"Nee."

"U heeft hem doodgemarteld om daar achter te komen."

El Kazim kon zich niet langer inhouden. "Hij was het meest verachtelijke varken onder de varkens. Hij was een Arabier die zijn eigen volk haat, een Arabier die met de Fransen heult. Hij was smerig, onrein, en met mijn eigen twee handen —" hij liet Darrell een paar trillende handen zien "— zou ik al deze francofiele honden de strot dichtknijpen!"

"Dat heeft verder niets met u of met uw broer te maken," zei Jilali kortaf.

"Heeft u mij een krantenknipsel gestuurd met de beschrijving van de dood van Aktouf?"

Jilali en el Kazim keken allebei verbaasd. "U heeft een knipsel ontvangen? Van wie?"

"Geen idee."

Jilali haalde zijn schouders op. "Heeft u verder nog vragen?"

"Nee." Hij overhandigde de brief aan Jilali. El Kazim greep hem, scheurde de envelop open en hield de brief in het licht. Ze lazen de brief moeizaam, lazen hem nogmaals, en keken toen allebei op met een verbaasde, gepijnigde blik in de ogen, alsof Darrell hen op de een of andere manier voor de gek gehouden had. "Maar hier staat niets in," zei Jilali.

"Ik heb toch gezegd dat er niets in de brief stond."

"Maar waarom verborg u hem dan? Waarom heeft u hem op de post gedaan?"

"Omdat de mensen die de brief wilden lezen mij niets wilden vertellen."

De twee Marokkanen lazen de brief nogmaals. "Wat bedoelt hij met 'indekken'?"

"Dat zeg ik niet. Dat gaat net voorbij de grenzen van onze afspraak, en ik geef jullie nog geen halve centimeter. Jullie hebben me in een kooi gestopt, weten jullie nog? Zonder enige reden."

"Uw broer heeft een goede moslim gedood! Mijn broer!" bracht el Kazim uit.

Jilali gebaarde dat hij zijn mond moest houden. "Ik wil dit overschrijven."

"Ga uw gang."

Jilali schreef de brief zorgvuldig over op de achterzijde van een envelop en gaf hem terug. De twee Marokkanen keken elkaar aan, lusteloos en teleurgesteld.

"En dan nog wat," zei Darrell. "Jullie hebben mij voor de kat z'n viool naar Fez laten komen."

"De kat — waar heeft u het over?"

"Jullie hebben me een nutteloze reis naar Fez laten ondernemen. Jullie zijn me vijftienduizend frank schuldig voor een taxi terug naar Tanger."

El Kazim blies minachtend tussen zijn tanden door. "Dat is uw eigen schuld. Uw brief heeft ons niets wijzer gemaakt. Het was niet de moeite waard om u te spreken."

"Het was niet nodig om mij daarvoor helemaal naar Fez te brengen. U had mij hier ook kunnen spreken. Maar u heeft me naar Fez gebracht, en het heeft me vijftienduizend frank gekost om weer terug te komen. Ik wil mijn geld terug."

"Van ons zult u het niet krijgen." Ze draaiden zich om en liepen zonder verder ceremonieel de straat uit.

Darrell bekeek de brief van Noel. Dat 'mijzelf indekken' — wat voor de duivel bedoelde hij daarmee? De brief bevatte veel hints, maar weinig informatie... Er werd aan zijn mouw getrokken. Darrell draaide zich om. Slip-Slip sprong behendig achteruit. Hij kwam langzaam weer naar voren, met een geslepen glimlach.

"Ik ben blij dat ik u zie, meneer Hutson. Misschien u geeft me nu het geld?"

"Geld? Waarvoor?"

"Ik zei de man komt om negen uur. U gelooft me niet. Ik werk om de man te brengen."

"Je hebt hem zeker gebracht. Hij heeft me vijftienduizend frank gekost. En nog wat andere zaken. Maak dat je wegkomt."

Slip-Slip schudde treurig zijn hoofd. "Ik werk voor u. Nu u betaalt niet!"

Darrell liep terug richting Boulevard Pasteur. Slip-Slip kwam achter hem aan. "Wat u wilt dat ik voor u doe, meneer Hutson? Ik doe alles wat u wilt."

Darrells oog viel op een bord: OFFICIEEL TOERISTENCENTRUM

VAN MAROKKO. Hij stak de straat over en ging het gebouw binnen, om enkele minuten later terug te keren met een stuk of twaalf kaarten en folders.

Slip-Slip stond hem op te wachten. "Wilt u een ritje maken? Ik weet waar een goede auto is. Goedkoop. Goede auto."

"Nee, bedankt."

"Ik ben goede gids."

"Ik heb geen gids nodig." Darrell liep de Boulevard Pasteur op; Slip-Slip keek hem terneergeslagen na. Op de Place de France ging hij zitten voor de deur van een klein cafeetje, en bestelde koffie. Schoenpoetsers dromden op hem af als haaien op bloederig vlees. Darrell joeg ze weg, en wimpelde de oranjegele zijden sjaals, de rubberen tarantula's, sierraden, horloges en kalotjes af. Ook weigerde hij diverse onzedelijke foto's te bekijken. Uiteindelijk werd hij met rust gelaten en kon hij rustig zijn koffie opdrinken.

Hij vouwde een kaart open en vond Erfoud. Het lag aan de overkant van het centrale Atlasgebergte, aan de rand van de Sahara. De weg liep langs Erfoud naar een kleiner dorp met de naam Rissani. Een andere weg, niet veel meer dan een pad, liep naar Taouz, dat bijna tegen de Algerijnse grens aan lag. De weg die Noel moest hebben gereden toen hij Erfoud verliet liep naar een stad die Ksar-es-Souk heette. Hier had hij naar het zuidwesten kunnen gaan, richting Ouarzazate, en uiteindelijk Marrakesh en Casablanca, of in noordelijke richting naar Meknes en Tanger. Hij moest ergens gestopt zijn om te tanken. Na al deze tijd was het spoor natuurlijk koud, maar er was een kans dat iemand zich Noel zou herinneren. Of zelfs de vrachtwagen, vooral als daar iets opvallends aan was.

Darrell probeerde in te schatten waar Noel zoal gestopt kon zijn. De truck was ongetwijfeld uit Tanger vertrokken met een volle tank, en zeer waarschijnlijk had Noel in Meknes de tank weer volgegooid. Op de terugrit vanuit Erfoud zou hij in Ksar-es-Souk opnieuw tanken, als daar tenminste een benzinepomp was. Er hing veel af van de capaciteit van de benzinetank. Arthur Upshaw zou hem die informatie kunnen geven als hij dat wilde. Dit leek Darrell echter erg onwaarschijnlijk. Het was al even nutteloos om te proberen medewerking te krijgen van Duff. Van Ellen kon je niet verwachten dat ze wist hoe ver de vrachtwagen kon rijden op een enkele tank benzine, maar misschien wist ze wel wat voor merk het was en waar hij was aangeschaft of hoe hij eruit zag.

Darrell aarzelde. Als hij Ellen belde liep hij de kans dat hij op een gênante manier afgepoeierd zou worden. Maar toch...Waarom niet? Hij telefoneerde vanuit de dichtstbijzijnde drogisterij.

Ellen vertoonde niet het geringste spoor van vriendelijkheid toen hij zijn naam noemde. "Heb je het erg druk?" vroeg hij.

"Hoezo?"

"Ik wil je spreken."

"Het gaat weer om Noel, neem ik aan."

"Ik ben bang van wel."

"Ik heb geen interesse. En ik heb het druk met inpakken."

"Inpakken? Waarom?"

"Het huis is niet langer ons eigendom."

"Aha. In dat geval zou ik denken dat je een goede reden hebt om mij te helpen Noel te vinden." Darrell voelde ogenblikkelijk een scheut van schuldgevoel, want nu leek het wel of hij impliceerde dat zijzelf, Duff en Arthur recht hadden op een miljoen aan heroïnegeld. Hij begon aan de situatie te wennen, waardoor de drugs ineens een stuk minder kwaadaardig leken.

"Ik ben de naam Noel spuugzat," zei Ellen. "Ik ben de naam Hutson spuugzat."

"Wel, misschien dat je een paar vragen kunt beantwoorden. Ik ben te weten gekomen dat Noel Tanger heeft verlaten in een truck."

"Een vrachtwagen."

"Goed dan, een vrachtwagen. Wat voor merk? Wat voor kleur?"

"Ik heb geen idee wat voor merk. Waarom wil je dat weten?"

"Ik wil naar Erfoud om daar navraag te doen. Ik wil weten waar ik naar moet vragen."

"Dus je hebt over Erfoud gehoord." De stem van Ellen klonk bedachtzaam. "Hoe?"

"Dat is een lang verhaal."

Het bleef even stil. Toen vroeg ze: "Waar ben je nu?"

"De Place de France."

"Ik ben over vijf minuten bij je."

"Maak er tien van. Ik heb liever niet dat je jezelf doodrijdt."

"Is dat zo?" Ellen sprak op neutrale toon. "In ieder geval duurt het niet lang."

Darrell hing de telefoon op en ging op de stoep staan.

Acht minuten gingen voorbij, en toen kwam de omlaag gekromde snuit van de Mercedes-Benz in zicht, met het bruine haar van Ellen achter de voorruit. Ze stopte en Darrell sprong naast haar in de auto. De motor brulde, en ze reden weg.

"Waar gaan we heen?" vroeg hij.

"Overal en ergens." Op deze warme, zonnige dag was Ellen gekleed in een korte witte tennisbroek, een witte bloes, oude witte sportschoenen. Darrell wendde zijn ogen af van de slanke, door de zon gebruinde benen. Ellens haar waaide op in de wind en het viel hem op dat haar neus bezaaid was met vage sproeten.

"Als je genoeg gestaard hebt," zei ze zonder haar hoofd om te draaien, "kun je me misschien vertellen waarom je me wilde spreken."

Darrell grinnikte. Ellen was niet bepaald in haar vriendelijkste stemming. "Jij bent de enige van je hele familie die met me *wil* praten. En ik staar naar je omdat je elke keer dat ik je zie mooier bent."

Ellen snoof minachtend.

"Laten we ergens gaan lunchen," stelde Darrell voor.

"Nee, bedankt."

"Heb je geen honger? Het is al na enen."

"Eet maar als je zin hebt. Ik wacht wel in de auto."

"Laten we dan tenminste ergens iets drinken."

Ze knikte afstandelijk en reed de heuvel af in de richting van het water.

"Hoe zit het met die truck? Of liever gezegd, vrachtwagen?" vroeg Darrell.

"Hij was lichtgrijs en had een bak die kon kiepen. Het was een vrij grote vrachtwagen."

"Een grote lichtgrijze kiepwagen," zei Darrell. "Was er nog iets bijzonders mee? Iets dat de aandacht zou kunnen trekken?"

"Natuurlijk niet," zei Ellen. "Hoe idioot denk je dat Arthur is?"

"Absoluut niet idioot. Het was slechts ijdele hoop."

"Ik neem aan dat je een of ander ingenieus plan bedacht hebt?"

"Ik dacht dat ik misschien navraag kon doen bij de benzinestations waar Noel eventueel getankt kan hebben."

"Daar kom je nergens mee. Er zijn honderden van dat soort vrachtwagens op de weg. De wegenbouwers gebruiken ze. Daarom heeft Arthur hem ook gekocht, om de Fransen voor de gek te houden."

"Ik begrijp het." Ze reden de Avenida de España op, gingen naar links en reden langs het fijne, brede strand.

"Hoe kom je aan die informatie over Erfoud?" vroeg Ellen. "Arthur heeft het je zeker niet verteld, en Duff ook niet."

"Jij ook niet."

"Je hebt me nooit iets gevraagd."

"Zou je het verteld hebben?"

"Natuurlijk. Waarom niet?"

"Ik wou maar dat ik het jou gevraagd had. Ik heb mijn informatie op de moeilijke manier verkregen. Van een Marokkaan, Moulay nog wat ben Jilali. Ken je hem?"

"Ik ken de naam. Hij is de contactpersoon in Fez voor de Algerijnse rebellen — een soort hoge politieke hotemetoot."

"Ken je Abd Allah el Kazim?"

"Nee. Wie is dat?"

"Iemand in dezelfde business. Geen vriendelijke man. Hij houdt vol dat Noel zijn broer heeft vermoord."

Ellen lachte schaterend. "Als hij een ouderwetse moslim is, dan zal hij nu jou willen vermoorden."

"Het idee lijkt je te plezieren."

"Ik zou hele begraafplaatsen gevuld met Hutsons willen zien." Maar ze klonk eerder somber dan vijandig. Plotseling trapte ze heftig op het gaspedaal, alsof ze zich erover verbaasde dat ze zo langzaam reed. De weg voor haar was relatief leeg; Darrell hield zijn mond.

"Waar heb je de Marokkanen ontmoet?" vroeg Ellen uiteindelijk.

"Zij hebben mij opgezocht. Ze wisten dat ik een brief van Noel had. Slip-Slip heeft ze dat blijkbaar verteld; hij heeft mij met Duff horen praten op de eerste dag dat ik hier aankwam."

Ellen knikte. "Slip-Slip houdt de haven in de gaten — voor het geval Noel probeert naar Spanje te ontsnappen. Ik zou niet graag in Noels schoenen staan als ze hem te pakken krijgen." Ze wierp Darrell een kwaadaardige zijdelingse blik toe. "Jij bent ook het haasje als iemand besluit zeker te weten dat jij en Noel onder één hoedje spelen."

"Het hele idee is belachelijk."

"Zó belachelijk is het nu ook weer niet. Iedereen heeft dat idee gehad."

Ze draaide de parkeerplaats op van een restaurant aan de kust, haalde een kam door haar verwaaide haren en sprong uit de auto. Darrell volgde haar over de parkeerplaats, naar een terras met uitzicht op de zee en een tafel onder een grote oranje met groene parasol. Ellen liet zich in een stoel vallen, kruiste brutaal haar benen en staarde terug naar de andere klanten die haar aanstaarden.

Er kwam een ober aan en Darrell bestelde. Ellen keek hem met wrange interesse aan. "Weet Arthur dat je van plan bent naar Erfoud te gaan?"

"Ik heb het hem niet verteld."

"Ik zou je aanraden om dat ook niet te doen. Hij is niet blij met jouw gespeur."

"Hij is onredelijk."

"Je vergeet dat Arthur behoorlijk van streek is. Hij heeft al zijn geld in een zaak gestoken die in zijn ogen nooit mis zou kunnen gaan, maar nu is hij plotseling blut. Duff en ik ook, uiteraard. Het huis staat te koop; we moeten er aan het eind van de week uit zijn. De auto is van mij, maar alleen tot die verschrikkelijke Burdette me te pakken krijgt. We zijn de *Deirdre* kwijt, of zullen haar over een paar dagen kwijt zijn."

Darrell staarde ongemakkelijk naar de zee. "Waar ga je heen?" vroeg hij.

"Ik heb geen idee. Ik ben doodziek van Tanger en alle andere plaatsen die ik maar bedenken kan." De kelner bracht de drankjes, Ellen pakte haar glas, hield het schuin en liet het ijs tegen de rand tikken. "Wat doe je als je die heroïne vindt? Niet dat dat waarschijnlijk is."

"Waarschijnlijk gooi ik die troep gewoon in de oceaan. Wat zou jij doen als je het vond?"

Ze dronk, en zette het glas met een luchtig, nonchalant gebaar op de tafel. "Ik zou het aan Ventriss verkopen en ervandoor gaan. Voordat Arthur me vermoordt."

"Denk je echt dat Arthur je zou vermoorden?"

"Ik weet dat hij dat zou doen, en met alle plezier. En ik zou hém met nóg meer plezier omleggen."

"Je bent een gemeen, wild diertje."

"Ik heb zo mijn redenen. Ik neem aan dat je bekend bent met *Hamlet*?"

"In de Verenigde Staten hebben een aantal van ons inderdaad leren lezen."

"Hmmf. Waar ben je naar school gegaan?"

"Massachusetts Institute of Technology."

"Is dat zo'n Ivy League school?"

"Niet bepaald."

"Massachusetts is ergens in het oosten, geloof ik. Of ligt het in de Bible Belt?"

Darrell begreep dat ze de spot met hem dreef. "Aangezien je Tanger toch gaat verlaten, zou je naar de Verenigde Staten kunnen komen om het zelf te bekijken."

"Honderdtachtig miljoen exemplaren zoals Phil Beresford? Nee, dank je. Hoe ga je naar Erfoud?"

"Ik wilde een auto huren."

"Ik breng je wel — voor tienduizend frank. En jij betaalt de benzine."

Darrell keek haar verrast aan. "Het is een aardig eind rijden."

"Ik weet waar Erfoud ligt."

"We zullen de nacht daar moeten doorbrengen."

"Niet noodzakelijk samen."

"Niet noodzakelijk. Ik neem aan dat je extra rekent als we dat wel doen."

"Aangezien je geld bespaart als je geen auto hoeft te huren, zou je het je misschien zelfs kunnen veroorloven."

"Geen honderdveertig dollar — of wat je prijs ook is. Maar ik heb er geen bezwaar tegen als jij rijdt, gewoon als een zakelijke overeenkomst. Tienduizend frank plus onkosten. Correct?"

"Correct."

"En er is nog een ding dat we maar beter nu meteen kunnen bespreken. Als we bij toeval die heroïne vinden, dan was ik niet van plan om hem aan jou te geven."

Ellens ogen schitterden. "Misschien kun je me de helft geven. De helft voor mij, de helft voor jou."

Darrell vroeg zich af of ze nog altijd met hem spotte. "Nee. Ook niet de helft. Helemaal niets."

"Morele bezwaren?"

"Noem het wat je wilt. Met een dergelijke hoeveelheid heroïne kun je honderd levens verwoesten. Misschien wel duizend of tienduizend. Weet ik veel."

"En daar heb je het mis, mijn verwarde jonge vriend. Het is niet de heroïne die levens verwoest. De levens zijn al verwoest. Die heroïne is het symptoom, niet de oorzaak. Ik zal je een geheim vertellen, meneer Hutson." Ze ging overeind zitten en zette haar ellebogen op de tafel. "Dit is niet de best mogelijke wereld. De waarheid is, dat het een heel slechte wereld is."

"Het is slechts een wereld, noch goed, noch slecht."

"De wereld bestaat uit mensen, en mensen zijn van nature slecht. Slechtheid is als de lucht, zo basaal en zo doordringend dat het niet eens meer opvalt."

"Daar kan ik niet in meegaan."

"Nee? Kijk dan. Kijk dan naar de straat hier."

Darrell draaide zijn hoofd om en zag een man met een vieze, versleten djellaba en een klein, veel te zwaar belast ezeltje. De man had een korte, puntige stok waarmee hij het ezeltje regelmatig in het dijbeen prikte, met een ziek, scherp genoegen. Af en toe mikte hij expres op een open wond. Het ezeltje, verdoofd en lusteloos, weigerde sneller te lopen of was daartoe misschien niet in staat, en schudde alleen zijn kop.

"Kijk," zei Ellen. "Kijk naar de mensen om ons heen: winden die zich op, of zijn ze verontwaardigd? Ze zien het niet eens. Jij zou het ook niet uit jezelf gezien hebben. Je doet alsof het kwaad niet bestaat. Die man martelt de ezel. De Russen martelen de Hongaren. De Amerikanen martelen de zwarte bevolking. Het kwaad is overal. Je windt je enorm op over die heroïne; waarom doe je niets aan die man die zijn ezel martelt?"

Darrell keek haar somber aan. "Wat zou ik kunnen doen?"

"Prik hem met zijn eigen stok. Leg uit dat de ezel precies hetzelfde voelt. Dan moet je natuurlijk ook de ezel van hem kopen, anders neemt hij later wraak."

Darrell keek zwijgend uit over de zee.

"Wel," zei Ellen zachtmoedig. "Ik zie je niet opspringen om die ezel te redden. Waarom niet? Je bent bang om een scène te maken. En je weet dat dit ene kleine boosaardige incident slechts een druppeltje is in een oceaan van kwaad. En aangezien je bij deze dus actief kwaad toestaat, ben je hierbij passief onderdeel van het kwade, want je zou het kunnen stoppen. Straks ga je naar huis en ga je verder met je oude leven van worsten verkopen, of wat het ook is dat je doet, en je leven zal rustig verder kabbelen. Je zult ieder jaar een nieuwe auto kopen, klagen over de prijs van ijs en biefstuk, dik worden en nog meer opgeblazen dan je nu al bent, en blijven volhouden dat de wereld lief en goed is."

"Hé!" protesteerde Darrell. "Zo erg ben ik nu ook weer niet."

Ellen besteedde geen aandacht aan hem. "Ik geloof dat ik het passieve kwaad erger vind dan het actieve. De Russen hebben de Hongaarse opstand gesmoord. Dat was walgelijk. En overal in de wereld hebben de mensen achter hun hand gekucht en hun ogen afgewend. Soms hebben ze dingen geroepen, als valse foxterriërs achter een hek. Die misselijkmakende Nehru ontkende dat er überhaupt iets gebeurd was. Er spreekt een zekere grandeur uit de kwaadaardigheid van de Russen. De mensen die toekijken zijn alleen maar verachtelijk."

Darrell dacht terug aan zijn bezoek aan het huis van Jilali in Fez. Zonder enige weerstand had hij erin toegestemd gefouilleerd te worden. Het was een rationele beslissing geweest. En eerloos? Hij kon het niet zeggen. Het was zeker vernederend geweest, en zijn wangen brandden bij de herinnering eraan. Bijna woest zei hij: "Ik zal niet ontkennen dat ik soms compromissen sluit. Maar ik martel geen ezels en verkoop geen drugs. En ik zie jou ook niet de straat op rennen om die ezel te beschermen."

"Nee. Ik geef toe dat ik slecht ben. Ik weet het. Ik ben slecht, en onnadenkend, en laf. Ik pretendeer niet iets anders te zijn."

Darrell zag tot zijn verbazing dat er tranen in haar ogen blonken. Hij keek schuldig de andere kant op.

Even zaten ze samen in een niet-onvriendschappelijk zwijgen te drinken en uit te kijken over het water.

"Overcompensatie," zei Darrell op meditatieve toon.

"Waar heb je het over?"

"Het is gewoon een gedachte. Over jou. Iemand die zich zo druk kan maken over ethiek kan niet slecht zijn. Ik denk dat jij een beter en idealistischer mens bent dan ik."

Ellen kwam overeind. "Eerst dwing je me om naar je platitudes te luisteren, en nu besmeur je me met sentimentaliteit. En verder, als we die heroïne vinden — wat ik betwijfel — ga dan alsjeblieft niet proberen om galante gebaren te maken ten behoeve van de samenleving."

"Ik ben niet op zoek naar heroïne," zei Darrell. "Ik ben op zoek naar Noel. En als ik toevallig die heroïne vind, dan ben ik zeker van plan er iets drastisch mee te doen, ongeacht wat Arthur, Duff, het FLN of jijzelf ervan denken."

"Bah," sneerde Ellen. "Jij met je opgeblazen heldhaftigheid."

Ze liepen terug naar de auto. Ellen zei kortaf: "We kunnen maar beter vroeg vertrekken. Het is een lange rit."

"Wil je nog steeds gaan?"

"Zeker. Denk je echt dat jouw houding mij verbaast?"

"Ik neem aan van niet. Hoe vroeg is vroeg? Zes uur? Acht uur?"

"Een uur of zeven. Ik zal de tank vanavond volgooien. Je moet me nu alvast mijn geld geven, en vijfduizend frank voor de benzine."

"Goeie hemel," zei Darrell, "heb je maar zo weinig geld?"

"Weinig? Ik ben blut. Waarom denk je anders dat ik me laat inhuren als chauffeur?"

"Ik weet het niet. Ik wil geen misbruik maken van je situatie. Tienduizend frank is niet echt veel geld. Onderhoud, banden, waardevermindering — dat soort dingen —"

"Burdette's probleem, niet het mijne."

Darrell overhandigde vijftienduizend frank. "Morgenochtend om zeven uur dan."

Later die avond wandelde Darrell de Masquerade in om nog wat te drinken. Hij kocht ook een drankje voor Phil Beresford, en betaalde zijn openstaande rekening.

T-Bone kwam aangelopen vanuit de lobby van het Balmoral. Toen ze Darrell zag bleef ze staan en ging weer naar binnen door de ijzer-met-glazen deur.

"Duff hoeft zich over mij geen zorgen te maken," zei Darrell tegen Phil. "Ik sta ver onderaan op de lijst van T-Bone."

Phil keek verbaasd. "Omdat je gisteren niet bent komen opdagen voor het diner? Dat is zo verholpen. Vraag het haar gewoon nog een keer."

Darrell schudde zijn hoofd. "Gisteren, in Fez, zag ik een foto van Noel — een vervalsing. Het gezicht was afkomstig van die foto van hem en T-Bone aan het strand."

"Apart," merkte Phil op. "Heel apart. En toen?"

"Wel, toen kwam ik haar vanmiddag toevallig tegen, op de Place de France, en vroeg ik haar ernaar. Het was gewoon pure nieuwsgierigheid — had zij zelf een afdruk, was ze onlangs een afdruk kwijtgeraakt? Kende ze deze Abd Allah el Kazim? T-Bone ontkende alles, flink verontwaardigd."

"Probleem opgelost," zei Phil. "Je hebt haar meest mysterieuze geheim ontrafeld. T-Bone probeert geheim agente te worden."

Darrell was geschokt. "Upshaw zei me dat ze dingen doorvertelt aan de Fransen. Het kan toch niet zo zijn dat ze tegelijkertijd ook voor de Arabieren werkt?"

"Het is niet meer dan een fantasietje van T-Bone," zei Phil. "Op dit moment beschouwt ze zichzelf als een soort dubbelspionne. Ze probeert zoveel mogelijk klanten te krijgen. Waarom stuur je haar er niet op uit om Noel te vinden? Het zou haar vast nog lukken ook."

"Als ik niet snel verder kom, dan doe ik dat misschien wel."

"Heb je nog aanwijzingen, als ik het vragen mag?"

"Niets dat anderen niet weten. Morgenavond rond deze tijd is dat misschien anders. Ik ga naar de plek waar hij verdwenen is."

Hoofdstuk XI

Darrell werd om zes uur wakker gebeld door de receptie. Een ogenblik lang bleef hij slaperig liggen om zijn gedachten te ordenen. Vandaag, Erfoud. Ellen McKinstry kwam hem ophalen. Darrell gooide de dekens van zich af en sprong zijn bed uit.

Hij nam een douche, kleedde zich aan en ging naar de lobby, waar broodjes en koffie op hem wachtten. Het was weer een betoverende lentedag, met strengen gouden zonlicht door de takken van de acacia's.

Om zeven uur ging Darrell de straat op. Het werd tien over zeven, toen kwart over zeven. Toen, voorafgegaan door het inmiddels bekende motorgeluid, kwam de Mercedes-Benz de hoek om en de heuvel op.

Darrell deed een stap naar voren; de auto stopte. Ellen keek hem aan met een open blik en een ontspannen mond. Het kostte Darrell moeite om niet te glimlachen. Ellen kneep haar ogen half dicht. "Wat is er zo grappig?"

"Helemaal niets," verontschuldigde Darrell zich. "Gewoon een goeie bui."

"Spring in de auto voordat Arthur uit zijn raam kijkt en ons ziet staan."

Darrell ging zitten. "En wat zou dat?"

"Een goed punt. Daar zijn we het over eens." Ze schakelde terug. "Wat zou dat?" De auto ging met brullende motor de heuvel op. "We zijn onderweg, en het is een prachtige dag."

Deze keer slaagde Darrell erin om zijn gezicht in de plooi te houden. Hij ging zijwaarts in zijn stoel zitten en bestudeerde haar. Ellen droeg haar coltrui, een rok van grijze tweed, mocassins en een baret die haar haren min of meer in bedwang hield. "Heb je ontbeten?" vroeg Darrell.

"Alleen een kopje thee."

"Heb je honger?"

"Nee."

De conversatie bloedde dood. De Mercedes-Benz bereikte de open weg. De naald van de snelheidsmeter begon omhoog te kruipen. Toen kwam er een stuk weg met meer verkeer — trucks, een bus vol passagiers in witte gewaden — en moesten ze noodgedwongen weer vaart minderen.

"Vandaag gaan we niet naar Fez," zei Darrell.

"Nee. Almaar rechtdoor vanaf Meknes."

"Ik was twee dagen geleden nog in Fez, om die figuur Jilali te spreken."

"Bezint eer gij begint en zo."

Darrell glimlachte fijntjes. "Ik moest toch ergens mijn informatie vandaan halen."

"En, vond je het leuk in Fez?" vroeg ze op beleefde toon.

"Niet echt. Ik had te veel aan mijn hoofd. Maar die winkeltjes, of bazaars, of hoe ze ook mogen heten —"

"De soeks."

"Van het weinige dat er ik ervan heb kunnen zien, zagen ze er interessant uit."

Ellen duwde het gaspedaal verder in; de Mercedes-Benz sprong naar voren, om een vrachtwagen heen. Ze kwamen achter een grote gele bus. Ellen scheurde erlangs, waarbij ze op een halve seconde een grote olie-vrachtwagen miste die uit de tegenovergestelde richting kwam. Darrell ving een glimp op van een verschrikt gezicht in de cabine. Voor hen liepen een paar kamelen langs de kant van de weg. Eén stak zijn nek uit en begon kalmpjes naar de overkant te slenteren. Ellen maakte een slinger en ze gingen nog maar net onder zijn nek door. De treurige ogen keken omlaag naar Darrell.

"Ellen," zei Darrell, "Ellen!"

"Ja?"

"Kun je iets langzamer rijden alsjeblieft."

"Jammer dat je zo nerveus bent, anders zouden we er veel eerder kunnen zijn."

"We hebben de hele dag de tijd."

"Nu we die auto die ons achtervolgde afgeschud hebben wel, ja."

Darrell draaide zich om in zijn stoel. De weg achter hen was leeg. Langzaam draaide hij weer terug.

Weer bleef het een tijd stil. Ellen ontspande. Door het geraas van de wind wist Darrell het niet zeker, maar het leek wel of Ellen in zichzelf zat te neuriën.

Darrell hield een oogje op de weg, maar zag niets verdachts. Uiteindelijk vroeg hij: "Werden we echt achtervolgd?"

"Een auto verliet Tanger op het moment dat wij dat ook deden, en bleef steeds op dezelfde afstand achter ons rijden; een oude Renault, of een Fiat of iets dergelijks."

"Wie zou zich nu interesseren voor waar wij heen gaan?"

Ze keek hem ongelovig aan. "Zo naïef kun je niet zijn. Je bent Arthurs enige hoop. Hij is ervan overtuigd dat jij iets van Noel gehoord hebt. De Marokkanen hebben waarschijnlijk precies hetzelfde idee. Je wordt van alle kanten in de gaten gehouden."

"Dat is belachelijk."

"Vierhonderdduizend pond is allesbehalve belachelijk."

Darrell keek over zijn schouder naar de weg achter hen. Hij zag een vage stofwolk, rijen eucalyptusbomen, een vrachtwagen die richting Tanger reed met een snelheid die groter leek omdat zij zelf zo snel reden. Hij draaide zich om. "Ik heb het niet zo op dit soort avonturen."

"Dat had je je broer dan duidelijker moeten vertellen."

"Ik ben duidelijk geweest tegen Noel vanaf het moment dat hij oud genoeg was om me te begrijpen. Hoe meer ik zei, hoe erger het werd. Twee jaar geleden ben ik gestopt met praten."

"Heb je ook een zus?"

"Ja. Ze is ongeveer even oud als jij."

"Ongetwijfeld is ze veel leuker dan ik."

"In bepaalde opzichten wel. Ze is lang niet zo leuk om te zien als jij."

Er verscheen een uitdrukking van minachting op haar gezicht. "Leuk. Wat een nietszeggend woord."

"Knap. Lieflijk. Aantrekkelijk. Een schoonheid. Opvallend. Magnifiek. Exquise."

"Je bent een seksmaniak, net als alle Amerikanen."

Darrell zei niets meer, maar richtte zijn aandacht op het landschap waaraan ze voorbij reden: groepjes kromgewaaide kurkeiken, stoffige wijngaarden, rotsige heuvels met hier een daar wat rozemarijn, wolfsmelk en affodil.

De kilometers gleden voorbij, heuvels op, dalen in; de Mercedes-Benz reed met een motor die snorde als de elektriciteit in de kabels langs de weg. De zon klom hoger en glom bijna wit aan de stoffige blauwe hemel.

Om elf uur bereikten ze Meknes, waar ze stopten om te tanken. Samen sloten ze het cabrio-dak ter bescherming tegen de schittering van de zon en de hemel. Darrell bood aan om te rijden; Ellen weigerde kortaf.

Darrell bestudeerde het vastberaden profiel naast hem en vroeg zich af wat er omging in dat hoofd met die verwaaide haren.

Ze verlieten Meknes via het Franse stadsdeel, zonder ook maar iets van de oude stad te zien op een glimp van het enorme bastion van kleien muren in het noorden na.

Voor hen rees de Centrale Atlas op. De weg werd smaller, stoffiger, hoger in het midden dan aan de zijkanten; het soort weg dat overal in de wereld naar een achterafgebied leidt. Zonverbrande lage heuvels doemden op aan weerszijden van de weg, met hier en daar boomgaarden met olijfbomen zo breekbaar als uitgedroogd schuim. Het verkeer werd gevarieerder, primitiever: zwaaiende, slingerende kamelen; karavanen van ezeltjes beladen met houtsnippers, huiden en brandhout vanuit de heuvels; geiten gehoed door Berbervrouwen in oranje, lichtpaars en zwart.

De weg ging omhoog door valleien, over ronde bruggen. Het aantal olijfbomen nam af, frissere, meer heldere vegetatie verscheen langs de weg. De lucht werd koeler, en een stille wind gleed langs de ravijnen omlaag. Ze kwamen uit op een hoogland-savanne, met een open hemel, de massa van de bergen voor zich, met hier en daar vlekken bebossing en strepen sneeuw.

Om twaalf uur bereikten ze Azrou, een eenzame kleine Franse nederzetting. Vlakbij tegen de heuvel lag een Berberdorp met huizen van klei: tienduizend rechthoekige vormen en schaduwen, een kubistische constructie gekleurd in tinten van zand, klei en roet van de lampen. Darrell stelde voor te gaan lunchen; Ellen stemde zonder enthousiasme in. Ze parkeerde de auto en stapte uit met het air van iemand die met tegenzin een ander een plezier doet.

Ze aten in het restaurant van een klein Frans hotel. Ellen had niets te vertellen, en Darrell hield zichzelf voor dat haar sombere overpeinzingen, waar dan ook door veroorzaakt, zijn zaak niet waren. Ze aten zwijgend, en toen ze uiteindelijk klaar waren vroeg Darrell om de rekening. Ellen deed haar handtas open en gooide duizend frank op tafel. "Waar is dat voor?" vroeg Darrell.

"Mijn lunch, uiteraard."

"Als je erop staat," zei Darrell. "Maar we hadden afgesproken dat ik de onkosten zou betalen."

"Ostentativiteit is geen aantrekkelijke eigenschap, meneer Hutson."

"Maar verdraaid, ik ben helemaal niet ostentatief. Ik wil alleen —" Darrell slikte de rest van zijn zin in. Hij pakte het geld, betaalde de rekening en gaf haar haar wisselgeld.

Ze verlieten het hotel. "Wil je dat ik rij?" vroeg Darrell met overdreven beleefdheid.

"Nee, dank je." Ellen ging sereen achter het stuur zitten. "Ik word nerveus als iemand anders rijdt." Ze startte de motor, schakelde en de Mercedes-Benz sprong de weg op. De telefoonpalen schoten met grote snelheid langs de wagen heen.

Darrell sprak geduldig: "Je kunt niet per ongeluk zo onuitstaanbaar zijn. Je moet wel een hele goede reden hebben om mij tegen je in het harnas te jagen."

"Absoluut niet. Heb je het nu nog niet door? Ik ben pervers."

"En als je nu niet langzamer gaat rijden, dan mag je straks verder gaan lopen."

Ellen vertrok haar lippen in hooghartige minachting. "Dan is het avond voordat we in Erfoud zijn."

"Maar dan komen we in ieder geval aan."

De weg liep nu omhoog, slingerend, bochtig, met zo af en toe een strakke haarspeldbocht. Hier en daar stonden kleine groepjes ceders; in de schaduwen lagen plekken sneeuw. Een halfuur nadat ze Azrou verlaten hadden, gingen ze een hoog plateau op. Hier lagen diepe sneeuwbanken aan weerszijden van de weg. Overal zagen ze kromme zwarte rotspieken omhoogsteken.

Ellen keek Darrell van opzij aan. "Tenzij je hier liever blijft zitten chagrijnen, mag je wat mij betreft wel een stukje rijden."

"Als je even wilt uitrusten, neem ik met alle plezier het stuur van je over."

Ellen dacht na. Darrell keek hoe ze fronsend met zichzelf leek te debatteren, en was uiteindelijk verbaasd toen ze zonder verder nog een woord te zeggen de auto stilzette. Ze stapten allebei uit en liepen om de auto heen. Voor de motorkap botsten ze bijna tegen elkaar. Darrell legde zijn handen op haar schouders, en even stonden ze elkaar recht aan te staren. Ellen trok haar wenkbrauwen op in een soort ijzige vraag; langzaam, en met grote waardigheid, haalde ze Darrells handen van haar schouders. Inwendig woedend ging Darrell achter het stuur zitten. Ellen plukte een kleine witte krokus die naast de weg bloeide en bracht die mee de auto in.

Darrell dacht bij zichzelf dat ze ofwel gestoord was, ofwel een groots actrice. Ze was duidelijk een raadselachtig wezen...Als ze wil dat ik een hekel aan haar krijg, dan slaagt ze daar niet in. Hoe groter mijn hekel, hoe meer ik haar wil kussen. En dat kan ik uiteraard niet maken, ik wil geen misbruik maken van haar situatie...Terwijl dit alles door zijn hoofd schoot zette hij de stoel naar achteren en schakelde toen voorzichtig terug.

"Ruk niet te hard aan het stuur," zei Ellen. "Als je maar een klein beetje draait, dan draait de auto mee."

Darrell trapte op het gaspedaal; de auto gleed naar voren.

"Op de vlakke weg kun je makkelijk tweehonderd rijden," zei Ellen. "Maar liever niet hier."

Na een paar kilometer kreeg Darrell wat meer zelfvertrouwen. Ellen ontspande zich en krulde zich op in de stoel. Darrell voelde weer de bijna onweerstaanbare neiging om te glimlachen. Hij wist zeker dat hij zijn gezicht in de plooi wist te houden, maar Ellen keek scherp opzij. "Zit je me nu uit te lachen?"

Darrell schudde zijn hoofd. "Dat zou niet de goede insteek zijn voor dit soort onderneming."

"Kun je goed opschieten met Noel?" vroeg Ellen.

Darrell haalde zijn schouders op. "We zijn nooit echt goede vrienden geweest. Hij vindt mij saai, ik vind hem een flierefluiter."

"Flierefluiter? Dat is zwak uitgedrukt. Noel is een ezel. Koppig, luidruchtig, zo af en toe opgejaagd, barstend van een teveel aan jongensachtig enthousiasme."

"Noel is, net as jij, een romanticus."

"Ik, een romanticus?" riep Ellen verbaasd uit. "Wat een onzin."

"Je bent wel degelijk een romanticus."

Ze schudde haar bruine haren. "Echt niet. Romantici hebben een roze sluier voor hun ogen."

"Jouw sluier is misschien niet roze. Maar hij is er wel degelijk."

"Vind je jezelf nu niet een beetje arrogant?" vroeg Ellen hooghartig.

"Iedereen heeft recht op een mening. En om eerlijk te zijn, toen ik je pas had leren kennen dacht ik dat je voor meer dan de helft gestoord was."

Ellen glimlachte met grimmige voeldoening. "En nu?"

"Dat zeg ik liever niet. Je zou je alleen maar ergeren en me gaan uitschelden."

"Misschien. Maar zeg het toch maar."

"Wel, mijn mening valt in drie delen uiteen. Allereerst ben je een vroegwijs, verwend nest."

"Hmm."

"Ten tweede ben je een romanticus. Je hoort niet in dit tijdperk thuis. Ik weet eerlijk gezegd ook niet waar je wel thuis zou horen. Ten derde — dat kan ik niet echt helder onder woorden brengen."

"Probeer het."

"Nee. En deze keer laat ik me niet vermurwen."

Ze reden zwijgend verder, door een maanlandschap bezaaid met rotsen, door een uitgestorven winters Berberdorpje, Midelt, en kwamen toen bij een enorm dal dat zich ver voor hen uitstrekte om uiteindelijk breeduit aan de horizon te verdwijnen. De sneeuw verdween, de rotsen waren hier kaal en scherp. Er volgden nog een stuk of zes Berberdorpjes: kubussen van klei en steen die muur aan muur gebouwd waren. De inwoners bekeken hen onbewogen; de mannen waren verweerd en somber, de vrouwen iets meer geanimeerd, in gewaden met zwarte, witte en blauwe strepen en gezichten met blauwe figuren erop getatoeëerd.

Ze bereikten een stadje, Rich, met een Frans hotel en een paar Franse winkels, en lieten het Atlasgebergte achter zich. Vóór hen, nu nog verborgen achter de laatste rijen lagere heuvels, bevond zich de Sahara.

Even voorbij Rich zagen ze de eerste palmbomen. De weg liep nu langs de Oued Ziz, een grijsgroene rivier, ondiep en traag, met kleine akkers langs de oever. Er groeiden steeds meer palmen: eerst groepjes van twee of drie, toen zes of tien, waarna het een ononderbroken lint langs de rivier werd.

De zon stond al laag in het westen toen ze bij het tomaatrode Ksar-es-Souk kwamen, waar ze tankten bij een groot, modern benzinestation. In Ksar-es-Souk splitste de weg zich. De hoofdweg liep naar het zuidwesten, achter de Atlas langs, en verbond kasba's, oftewel ommuurde fort-dorpen, vanaf de rand van de woestijn tot aan Ouarzazate en Marrakesh. De smallere weg ging door naar het zuiden, richting Erfoud en dan de woestijn in naar Taouz, dat laatste een eindbestemming voor karavanen.

Ze gingen naar het zuiden, richting Erfoud, en passeerden een Land Rover die naast de weg geparkeerd stond. Vier soldaten stonden koffie te drinken in tinnen bekers, uit een thermoskan die op de bumper stond. Ellen keek om over haar schouder. "Franse patrouille."

"Is er een kans dat de Fransen Noel hebben gearresteerd?"

"Erg gering. De Marokkanen zouden er dan zeker van op de hoogte zijn."

De weg strekte zich nu uit over een doods, desolaat terrein bezaaid met miljoenen en miljoenen kleine ronde zwarte kiezels. In de verte verscheen een donkere vlek, die stof opwierp als een kleine komeet. De vlek werd groter, kwam dichterbij, passeerde hen: een grote blauwe bus die tot de nok toe gevuld was met kratten, koffers, fietsen, meubels, zakken en bundels. Het stof daalde langzaam neer; toen was er weer niets anders meer te zien dan de woestijn die zich plat als een bakplaat uitstrekte tot aan een stel kaneelkleurige heuvelruggen in de verte.

In werkelijkheid was het terrein niet zo vlak als het eruit zag; de weg dook plotseling omlaag, met een scherpe bocht tussen rotswanden van rode zandsteen door, de vallei van de Ziz in. Hier waren de palmen schitterender dan ooit; bladeren als veren, zacht ogend, hoog en laag, in diverse tinten prachtig groen, hangend over tuinen van fruit, gras en groenten. De rivier zwenkte in een wijde bocht naar het westen; de weg klom weer omhoog naar de woestijnbodem, het vruchtbare lint verdween uit het zicht.

Kilometers snelden voorbij, de zon zakte lager; het was nu bijna zes uur. "Het is verder dan ik verwacht had," merkte Darrell op.

"Zevenhonderd kilometer," zei Ellen op vlakke toon.

Toen de zon al bijna verdwenen was kwamen ze bij een muur met zware kantelen, tussen de palmen: Erfoud. Een zijweg ging naar rechts, met een bordje naar de Gîte d'Étape. Darrell stopte de auto. "Is dat het hotel waar Noel verbleef?"

"Dat heb ik begrepen."

"Tenzij je bezwaar hebt, kunnen we hier overnachten."

"Absoluut geen bezwaar. Dit is jouw onderneming, niet de mijne."

"Prima. Ik neem aan dat ze ons van voedsel en bedden kunnen voorzien."

"Dat lijkt mij ook."

De oprit naar het hotel slingerde tussen de palmen door; de Gîte d'Étape stak af in silhouet tegen de ondergaande zon. "Goeie hemel," zei Darrell. "Is dit een hotel of een kasteel?"

"Een hotel dat wacht op toeristen die tot nu toe niet zijn komen opdagen."

"En hiervandaan heeft Noel naar Tanger gebeld?"

"Ja."

"En nadat hij hier is vertrokken —"

"Is hij verdwenen."

De weg liep met een bocht omhoog en eindigde op een parkeerterrein van gravel. Darrell zette de motor uit, deed de deur open voor Ellen en stapte zelf ook uit. Hij keek om zich heen naar het landschap. "Wat een prachtige plek."

"Heel romantisch."

Darrell pakte haar bij de arm. "Ik weiger om jouw vijand te zijn. We zullen ons opfrissen; daarna gaan we wat drinken en eten en doen we alsof we vrienden zijn."

"Jij betaalt, dus jij bepaalt." Ze trok haar arm los. "Maar ik ga niet met je dansen."

Een piccolo duwde de plaatglazen deuren open; ze liepen een beklede trap op naar de grote, helder verlichte lobby.

Darrell liep naar de registratiebalie. De receptionist, een magere, nauwgezette man met een hoornen bril, maakte een buiging. Hij keek niet verrast toen Darrell om twee aparte kamers vroeg.

"Als u uw paspoorten hier wilt laten, alstublieft." Hij sprak Engels met maar een heel licht accent. "Wenst u hier te dineren?"

"Later vanavond."

"En uw auto, wilt u dat die in de garage gezet wordt?"

"Alstublieft."

De piccolo bracht hen naar hun kamers, die uitkwamen op een groot balkon dat boven de lobby langs liep. Darrell zei tegen Ellen: "Als ik me heb opgefrist, ga ik naar beneden om met de receptionist te spreken. Dus ik zie je in de lobby."

"Wil je niet liever alleen met de receptionist spreken?" vroeg Ellen op haar meest kleurloze toon.

"Helemaal niet. Als je wilt, dan wacht ik op je."

"Ik heb niet lang werk."

Toen Darrell weer naar beneden kwam zat Ellen al te wachten op de leuning van een stoel. In diepe leren fauteuils in de buurt zat een stel van middelbare leeftijd, de enige andere gasten die hij kon ontdekken.

"Zullen we eerst iets drinken?" vroeg Darrell.

"Wat jij wil."

"Het zou kunnen helpen bij het onderzoek."

Ze doorkruisten de lobby en gingen naar de bar. Darrell bestelde twee highballs, en keek om zich heen. "Een maand geleden zat Noel hier. Hij had zojuist een man vermoord — de broer van el Kazim. Ongetwijfeld moet hij naar de bar gegaan zijn. Ongetwijfeld heeft hij iets gedronken." Hij keek onderzoekend naar de barman, die, zoals hij al had ontdekt toen hij de highballs bestelde, alleen maar Frans sprak. "Vraag hem of hij zich Noel nog kan herinneren."

Ellen sprak enkele woorden in het Frans. De barman luisterde, leek even na te denken en gaf toen antwoord.

"Hij kan zich Noel herinneren," zei Ellen, "maar heeft hem niet gesproken. Hij denkt dat Noel drie of vier drankjes heeft gehad."

"En herinnert hij zich verder nog iets?"

Het antwoord was een ongeïnteresseerd *"Non, madame."*

"Niet erg verhelderend," zei Darrell. "Wel, zullen we de receptionist dan maar onder handen nemen?"

"Zodra je er klaar voor bent."

Weer staken ze de lobby over. De receptionist legde zijn handen met precieze, correcte bewegingen op de glasplaat. "Ja, mijnheer?"

"Zoals u al weet is mijn naam Darrell Hutson."

"Jawel, mijnheer."

"Een maand geleden logeerde mijn broer hier. Noel Hutson."

"Jazeker. Dat herinner ik mij nog. Andere heren hebben ook al naar hem gevraagd. Ik hoop niet dat er problemen zijn."

"Geen enkel probleem, behalve dan dat ik niet weet waar hij is."

De receptionist schudde zijn hoofd. "Het spijt mij dat te horen, mijnheer. Maar ik weet verder niets. Hij heeft geen adres achtergelaten."

"Het is allemaal heel raadselachtig," zei Darrell. "Ik begrijp dat hij naar Tanger heeft getelefoneerd?"

"Jazeker. Ik heb dit ook met de andere heren besproken. Hij heeft naar Tanger gebeld en een boodschap achtergelaten voor een man met de naam Arthur. Ik kon er niets aan doen dat ik het gesprek heb gehoord, en ik ben er natuurlijk al enkele keren over ondervraagd inmiddels."

"Kunt u zich de boodschap nog herinneren?"

"Niet precies. Ik heb niet meer opgelet toen meneer Hutson uiteindelijk verbinding kreeg. Het was zoiets als: 'Stuur iemand hierheen, want ik heb geen zin om met deze lading naar Tanger te rijden.' En toen zei hij: 'Ja, in de Gîte.' En ik geloof niet dat hij veel meer heeft gezegd."

"Hij vroeg alleen naar Arthur? Niemand anders?"

"Volgens mij sprak hij de tweede keer ook nog over iemand anders."

"Duff?"

"Ja, Duff. Dat was de naam. Maar de boodschap die hij doorgaf was gericht aan Arthur."

Darrell wendde zich tot Ellen. "Arthur heeft de boodschap nooit ontvangen?"

"Hij zegt van niet."

"Ik neem niet aan dat jij degene was die de telefoon heeft opgenomen."

"Nee," zei Ellen. "Ik was het niet. Arthurs gedachten gingen dezelfde kant op. Het was niet Aktouf, dus dan moet ik het geweest zijn. Maar ik was niet thuis."

Darrell wreef over zijn kin. "Er was nog iets dat ik had willen vragen. O, ja." Hij wendde zich weer tot de receptionist. "U zei dat hij *uiteindelijk* verbinding kreeg. Heeft hij meer dan één keer gebeld?"

"Twee keer. De eerste keer kreeg hij geen verbinding. En de tweede keer liet hij die boodschap achter."

Darrell haalde zijn vingers door zijn haar. Hij keek Ellen weifelend aan. "Vreemd."

"Hoezo vreemd?"

"Twee telefoontjes. Het meest logische is dat hij eerst het Balmoral geprobeerd heeft. Daarna moet hij jullie huis gebeld hebben, in de verwachting dat hij in ieder geval Duff zou treffen als Upshaw er niet was."

"Inderdaad. Daar ben ik het mee eens. Net als iedereen, trouwens."

"Maar de eerste keer kreeg hij geen verbinding. Dus dan moet hij eerst jullie huis gebeld hebben, en toen pas het hotel. Maar dat slaat nergens op, om twee redenen. Ten eerste omdat hij naar Duff vroeg, en ten tweede omdat Aktouf geen boodschap heeft aangenomen — zo heeft men mij verzekerd." Hij wendde zich nogmaals naar de receptionist. "En waren dit de enige twee telefoontjes die hij gepleegd heeft? Er was geen derde?"

"Twee, mijnheer. Ik heb de andere heren hetzelfde verteld."

"Weet u het echt heel zeker?"

"Jawel, mijnheer. Hij kwam uit zijn kamer en heeft maar twee keer gebeld. Dat moet ook op zijn rekening na te kijken zijn." Hij deed een la open, bladerde door een dun stapeltje formulieren en pakte er eentje uit. "Twee telefoontjes, zoals ik —" Hij staarde. "Nee, het waren er drie." Hij keek verbaasd op. "Maar ik weet heel zeker dat hij maar twee keer heeft gebeld. Misschien dat hij de telefoon in zijn kamer heeft gebruikt terwijl ik pauze had. Dat is natuurlijk altijd mogelijk. In dat geval moet de manager de verbinding tot stand gebracht hebben." Hij keek Darrell bezorgd aan. "Is dit een belangrijk gegeven? Ik heb die andere heren verteld —"

"Het doet er niet toe," zei Darrell. "De nummers staan niet genoteerd?"

"Nee, mijnheer."

"Ik begrijp het. En de andere heren die vragen kwamen stellen zijn er dus niet van op de hoogte dat meneer Hutson drie telefoontjes gepleegd heeft?"

"Nee, mijnheer."

"En dit waren de enige drie telefoongesprekken die hij gevoerd heeft?"

"Dit was alles. Natuurlijk is er nog wel het telefoongesprek dat de volgende ochtend voor hem is binnengekomen."

"Dat had ik begrepen. Had u toen ook dienst?"

De receptionist knikte met een soort van gespannen trots. "We hebben niet veel gasten, en dus maar weinig personeel. Ik werk in de ochtenden en de avonden. In de middag en als ik pauze heb, dan vervangt de hotelmanager mij."

"Weet u nog hoe laat meneer Hutson weer vertrokken is?"

"Ik denk rond een uur of zeven. Hij heeft niet ontbeten, herinner ik mij."

"En hoe laat werd er voor hem gebeld?"

"Ik weet het tijdstip niet meer precies, mijnheer. Maar het was korte tijd nadat meneer Hutson vertrokken was."

"Heeft de beller zijn naam nog genoemd?"

"Nee, mijnheer."

"Ik neem aan dat het een man was?" Vanuit zijn ooghoeken zag Darrell hoe Ellen verstijfde.

"Ik geloof het wel, mijnheer. Ik kan het me nauwelijks herinneren."

"En er was geen boodschap?"

"Nee."

"Kunt u zich verder nog iets herinneren over Noel? Wat dan ook? Heeft hij verder nog met iemand gesproken?"

"Nee, mijnheer. We hadden die avond verder geen gasten. Meneer Hutson was eerlijk gezegd onze enige gast in vier dagen." Hij glimlachte. "Dat maakt het wel veel eenvoudiger om dingen te onthouden, als er maar zo weinig gasten zijn. Hij heeft natuurlijk ook nog een brief op de post gedaan."

"Heeft u toevallig het adres ook gezien?"

"Een brief naar de Verenigde Staten, geloof ik."

"Verder nog iets?"

"Dat is alles wat ik nog weet, mijnheer."

"Heeft iemand anders hem gesproken? De manager?"

"Ik denk het niet. De andere heren vroegen hier ook naar, maar ik weet zeker dat de manager hen niets kon vertellen."

Darrell keek Ellen aan. "Kun jij verder nog iets bedenken dat we zouden kunnen vragen?"

"Nee."

Darrell wendde zich weer tot de receptionist. "Zouden we de manager kunnen spreken?"

"Hij is er niet, mijnheer. Hij is op een conferentie in Casablanca."

"Ik begrijp het. Hartelijk dank voor uw hulp." Hij legde duizend frank op de balie.

"Dank u, mijnheer."

Darrell pakte Ellens arm en leidde haar terug in de richting van de bar. Halverwege de lobby werd ze zich bewust van zijn greep, en trok zichzelf los.

"Kleine duvel," zei Darrell op milde toon.

"Ik word betaald om je rond te rijden. Als je verder nog galant wilt gaan lopen doen, dan kost dat extra."

"Dan zal ik me inhouden. Ik weet wat je tarieven zijn."

"Die zijn omhoog gegaan. Ik heb besloten dat je mij verveelt."

Met een houding van overdreven afstandelijkheid begeleidde Darrell haar naar een van de diepe leren fauteuils, waarna hij nog twee highballs bestelde aan de bar.

"Ben je nog dingen te weten gekomen die je nog niet wist?" vroeg Ellen zo koel en nonchalant als ze maar kon.

"Ik weet dat Noel drie telefoontjes pleegde, geen twee."

"Is dat van belang? Hij heeft Arthur in ieder geval nooit gesproken, en zijn boodschap is ook niet doorgegeven."

"Volgens Arthur."

"Geloof je hem niet?"

"Het zou kunnen dat Arthur een geheimzinnig spelletje speelt."

Ellen schudde haar hoofd. "Niet zó geheimzinnig. Dus Noel heeft drie keer gebeld, en niet twee keer. En verder?"

"Het telefoontje in de ochtend kwam nadat Noel al was vertrokken."

"En dat is alles?"

"Dat is alles."

"Als je het mij vraagt, heb je een heleboel moeite gedaan voor niets."

"Misschien. Maar we zijn nog niet klaar."

"Nee?"

"Het telefoontje in de ochtend intrigeert mij. Wie kan hem gebeld hebben? Zeker geen vriendinnetje."

"Wat maakt het verder uit? Noel was al onderweg."

"Waarom zou iemand hem bellen? Wie wist dat hij hier was?"

"Het maakt niet uit. Hij had al besloten ervandoor te gaan. Hij was al lang en breed onderweg naar Casablanca."

Darrell schudde zijn hoofd. "Als dat was wat hij van plan was, waarom zou hij dan nog de moeite genomen hebben om Arthur te bellen?"

Ellen keek hem aan met een ongeduldige trek om haar mond. "Omdat hij van gedachten veranderd was! Omdat vierhonderdduizend pond heel veel geld is als je een hele nacht hebt om erover na te denken!"

"Ik ken Noel beter dan dat. Hij was dan misschien in staat zichzelf ertoe te zetten om een lading wapens af te leveren, maar Noel zou zich niet inlaten met drugs. Dat zou zijn hele zelfbeeld verwoesten, al zijn zelfrespect. Het is veel waarschijnlijker dat hij zich alleen maar druk maakte over de vraag hoe hij van de rotzooi af kon komen."

Ellen snoof. "Als dat zo is, waarom heeft hij de troep dan niet gewoon in een greppel gegooid?"

"Misschien uit loyaliteit jegens Arthur, ondanks dat hij walgde van de hele toestand."

"Wat een onzin."

"Helemaal niet. Hij zou zich verplicht hebben gevoeld om zijn standpunt duidelijk te maken. En dat is precies wat hij gedaan heeft. Dat zegt hij in zijn brief aan mij. Hoewel ik nog altijd niet begrijp hoe hij zichzelf wilde indekken —"

"Indekken?"

Darrell greep in zijn binnenzak. "Jij hebt de brief nog helemaal niet gelezen."

Ellen las de brief met toenemende interesse. "Het klinkt inderdaad niet alsof Noel van plan was om te vluchten. Maar het kan natuurlijk altijd nog dat hij van gedachten veranderd is."

"Niet erg waarschijnlijk. Maar dat 'indekken' — hoe dan? Hij moet aan het FLN hebben gedacht. Als die hoorden dat hij de broer van el Kazim had vermoord, dan zouden ze korte metten met hem maken. Hij wilde er zeker van zijn dat hij heelhuids zou aankomen in Tanger, of Casablanca — of waar hij dan ook heen wilde. Zullen we iets eten?"

"Als je wilt."

Darrell stond op en reikte haar een hand. Ze negeerde hem, sprong overeind en slenterde voor hem uit het restaurant in.

De hoofdkelner, gekleed in een jas met slippen en een glanzend overhemd, begeleidde hen dwars door de echoënde eetzaal. Vijftig tafels glansden met zilverwerk en sprankelden met kristal onder drie enorme kroonluchters. Darrell en Ellen kregen een tafel naast een van de grote glazen ramen met uitzicht over de palmgroeve. Aan de andere kant van de zaal zat het oudere paar al te eten, met twee obers naast hun tafeltje. Verder was de zaal leeg.

Er kwamen hors d'œuvres op tafel, de wijn werd geopend en uitgeserveerd. Een enorme abrikooskleurige maan rees op achter de bergtoppen in de verte. Darrell dacht, als ik daar nu iets over zeg, dan zal Ellen mij een sneer geven over mijn Amerikaanse sentimentaliteit; ik zeg dus helemaal niets. Hij deed alsof hij de maan niet zag, en keek vanuit zijn ooghoek naar Ellen. Ze keek naar de maan, keek hem onderzoekend aan, en keek toen weer naar de maanverlichte palmgroeve.

Darrell kon zich niet meer inhouden. "Zelfs als we er niet in slagen om Noel te vinden, dan ben ik nog blij dat we gekomen zijn."

"Het is hier mooi," gaf Ellen met tegenzin toe.

"Ben je hier nooit eerder geweest?"

"Is dit jouw idee van een kruisverhoor?"

"Een onschuldige vraag, meer niet."

"Ik ben nooit eerder in Erfoud geweest."

Ze aten zwijgend verder. Het oudere paar was klaar met eten. Ze stonden op en beenden de zaal uit. De maan hing hoog boven de heuvels, de palmgroeve zag eruit als een verzameling donkere kristallen.

De maaltijd liep ten einde, en Darrell en Ellen gingen terug naar de lobby, waar ze onzeker bleven staan, allebei onwillig om de ander in de ogen te kijken.

"Heb je zin om een stukje te wandelen?"

"Een wandeling in het maanlicht?" vroeg Ellen onverschillig. "Goed, als je dat wilt."

De piccolo rende voor hen uit om de plaatglazen deuren te openen. Ze liepen naar buiten in het bleke witte licht. De palmgroeve strekte zich voor hen uit als een net van zwart met zilverlamé; ze sloegen af langs een paadje. Het maanlicht verlichtte het landschap tot in de kleinste details; iedere kluit aarde wierp een schaduw diep als Oost-Indische inkt; ieder smal sprietje gras, iedere platina snorhaar van een passerende kat was duidelijk omlijnd. Vanuit de richting van de kasba klonken geluiden van leven: het blaffen van een hond, het kwaken van kikkers, het droge gefluit van krekels.

Ze wandelden verder: Darrell pakte Ellens hand; tien seconden later trok ze de hare met een heftige beweging terug. "Mijn excuses," sprak Darrell waardig.

Ze kwamen bij een open terrein met hier en daar puntige stenen van zo'n halve meter hoog. "Een begraafplaats," zei Ellen. "Ze graven maar een paar voet diep, leggen het lichaam in het gat en zetten stenen bij het hoofd en de voeten."

Ze liepen terug naar de groeve. Darrell zei: "Ik was behoorlijk nijdig op Noel, maar als hij die brief niet had geschreven, dan zouden we hier nu niet zijn. En jouw gezelschap is in ieder geval heel stimulerend... Ik begin het ergste te vrezen."

"Waarover?"

"Over Noel. Als hij nog zou leven —"

"Noel, Noel, Noel," zei Ellen nijdig. "Is dat echt alles waaraan je kunt denken?"

Darrell zuchtte diep. "Je bent een compleet raadsel, Ellen. Als ik je hand pak deins je achteruit alsof ik een melaatse ben. Als ik je met respect behandel is het ook niet goed."

Ellen bukte zich en plukte een sprietje gras. "Ja," zei ze bedachtzaam. "Ik ben wispelturig en pervers..." Ze keek hem recht in het gezicht en legde haar handen op zijn schouders. "Kus me."

"Gratis?"

"Ja. Gratis."

Darrell kuste haar... Een vreemde kus, besefte hij met een klein, ontkoppeld stukje van zijn brein: warm, meegaand, serieus — maar

ergens onder het oppervlak lag een tweede kwaliteit: koele, voorzichtige oplettendheid. Darrell kuste haar op haar voorhoofd. Ellen bleef
bewegingloos staan. Darrell keek haar in het gezicht. Ben ik gek aan het
worden? Gaat mijn verbeelding met me aan de haal? Waarom kijkt ze
zo aandachtig? Wil ze dat ik verder ga? Is ze me aan het plagen door dan
weer warm, dan weer koud te zijn?…Hij verslapte zijn greep. Ellen en
haar motieven gingen hem boven de pet.

Ze stond met een serieuze blik omhoog te kijken naar de maan.
Haar mond was ontspannen, haar ogen waren helder; ze zag er jong en
onschuldig en vol van dromen uit. Weer probeerde Darrell zich voor te
stellen hoe ze in zijn leven thuis zou passen. Hij zag voor zich hoe ze eieren zou bakken op zijn ingebouwde kookplaat, languit zou liggen met de
zondagskrant, opgewonden plannen zou maken voor een nieuw huis…
Goeie hemel, dacht Darrell, waar gaan mijn gedachten helemaal heen?

"Wat denk je nu?" vroeg ze.

Darrell focuste zijn blik op haar gezicht. Ze keek hem aandachtig
aan. Hij pakte haar handen; ze lagen warm en gewillig in de zijne. "Ik
dacht aan jou, natuurlijk."

"Wat voor gedachten?"

Darrell schudde zijn hoofd. "Ik ben verward, als een neurotische rat
in een laboratorium. Ik weet niet op welk knopje ik moet drukken. Je
haat me en minacht me, en dan als ik je kus is het een soort mengeling
van whisky en elektrische prikkeling."

Ze deed haar mond open om iets te zeggen, maar bedacht zich.
"Kus me."

"Nee," zei Darrell op trieste toon. "Hoe graag ik het ook zou willen."

"Durf je niet?"

"Nee…Jawel…Dit is net alsof ik mezelf met een hamer sta te mep-
pen…Ik heb een zakelijke overeenkomst met je gesloten. Ik heb de
geest van de wet al overtreden. Door je te kussen."

"Maar ik heb er zelf om gevraagd. Dat ontslaat je van de afspraak."
Ellens stem was zacht als het maanlicht, zijdeachtig en ijl.

"Dat is waar — in zekere zin. Het ontslaat me van mijn afspraak met
jou, maar niet van die met mezelf. Het is niet dat ik het niet wil. Maar er
is iets dat me zegt, nee Darrell. Geef niet zo makkelijk toe. Ik weet niet
waarom…Goeie hemel," zei hij getergd. "Wat sta ik te bazelen."

Ellen plukte nog een blaadje gras en kauwde erop. "Heel verhelderend."

Hij plukte een grassprietje voor zichzelf. "Het is niet dat ik het niet wil. Als we weer in Tanger zijn, kunnen we ergens heen gaan — of weer hierheen komen als je dat wil — en een weekje blijven. Vind je dat een goed idee?"

"Het maakt niet uit wat ik daarvan vind. Nu is nu, en nu is alles anders."

"Dat is precies het probleem! Nu is alles anders! Ik heb een overeenkomst met je gesloten. Dat is een soort contract, waar ik niet zomaar onderuit kan zodra het lastig wordt. Dat zou jij ook niet willen."

"Maar dat wil ik wel."

Darrell legde zijn handen op haar schouders en keek in haar maanverlichte gezicht. "Je wil dat ik de overeenkomst schend die ik heb gesloten met jou, en met mijzelf?" Plotseling voelde hij dat hij ergens iets van begrip begon te ontwaren, een hint — vaag, fragmentarisch — van de onderliggende waarheid. En die was groter dan hij ooit had kunnen denken.

"Ja, als je dat wilt."

Darrell keek haar in de ogen; een vreemde truc van het maanlicht gaf ze een onnatuurlijke glans; haar mond leek te glimlachen met een vreemde hoek.

"Maar uiteraard doe ik dat niet." Hij liet zijn handen vallen en wendde zich af. Het was verbazingwekkend. Vijf minuten geleden had hij nog belachelijke waanvoorstellingen gehad over dit meisje, en hoe ze in zijn leven zou passen. En nu lag er een ravijn tussen hen dat dieper en donkerder was dan de afstand van hier tot de maan.

Ze vroeg met afgemeten stem: "Waarom kijk je me zo aan?"

"Ik probeer je te begrijpen."

"En lukt dat?"

"Ik grijp naar strohalmen. Het is moeilijk. Ik ben niet gewend aan dit soort situaties."

"Welke conclusies heb je tot dusver getrokken?"

"Je moedigt me aan om mijn hoofd te verliezen, mijn belofte te verbreken — kortom, om mezelf voor gek te zetten."

"Inderdaad. Dat doe ik."

"Dat begrijp ik — maar waarom?"

"Ik heb zo mijn redenen." Ze sprak luchtig, maar ze wendde haar hoofd af en sloeg met de grasspriet tegen haar been.

"Zijn die redenen geheim?"

"Ja. Maar ik zal het jou vertellen." Ze gooide de grasspriet op de grond. "Misschien dat je je afvraagt waarom ik hier ben, waarom ik mezelf in deze positie heb gebracht."

"Niet nadat we onze afspraak gemaakt hadden."

Ze maakte een nijdig gebaar. "Ik ben hier gekomen omdat ik je wil haten. Ik wil niets liever dan een kans om je te kunnen haten. Je hebt me geen enkele kans gegeven. Je frustreert al mijn pogingen. En daarom haat ik je!"

Darrell vroeg verbijsterd: "Maar waarom dan? Waarom wil je me zo nodig haten?"

"Ik haat alle mannen," zei Ellen. "Ik haat ze alsof ze giftig zijn." Ze draaide zich om en liep met snelle pas terug naar het hotel.

Darrell ging op de oever van een nabijgelegen irrigatiekanaal zitten. Ellen. Hij sprak de naam hardop uit, hopend dat de een of andere innerlijke reflex hem zou helpen om duidelijk te maken wat hij precies voelde. Maar zijn onderbewustzijn schoot hem niet te hulp.

Hij stond op en keerde terug naar het hotel. De lobby was leeg. Ellen was naar haar kamer gegaan. Darrell ging aan de bar zitten, bestelde een highball, dronk hem op, bestelde er nog een en nam die mee naar een van de diepe leren fauteuils.

Het restaurant was donker, de receptionist stond niets te doen achter zijn balie en de barman las een tijdschrift. Darrell bestudeerde de Berberkleden. Hij telde ze; het waren er zeventien. De patronen waren barbaars, de kleuren nog barbaarser, dissonanten die meer ontwikkelde geesten nooit zouden toepassen: oker met zalmroze; lavendel, saffraan en pauwblauw; zwart, wit, citroengeel en pompoen-oranje... Een voetstap. Ellen, bleek maar beheerst, kwam naast hem zitten. "Mag ik iets drinken?"

"Het komt eraan." Hij bestelde een highball voor haar, en nog een voor hemzelf.

Ze leunde achterover en bestudeerde hem met onbewogen gezicht. Darrell deed hetzelfde met haar, probeerde het inzicht te vangen dat hij in de palmgroeve had gevoeld: niet om de onplezierige indruk te versterken, maar om voor zichzelf te bewijzen of hij haar wel of geen recht deed. Het hielp niet. Ellen was een onbewogen, ietwat bleke jonge vrouw met een misnoegde, roekeloze uitdrukking op haar gezicht. Darrell dronk zijn tweede highball op, begon aan zijn derde. Hij was vermoeid en onthutst; de Scotch had een rustgevend effect. Ellen sloeg ondertussen haar eigen highball met grote snelheid achterover. "Nog een?" vroeg Darrell. Ze knikte; Darrell gebaarde naar de barman.

Hij stak zijn benen uit en leunde achterover in de stoel. "Er is iets dat ik niet begrijp. Je haat mannen — alle mannen. Mag ik vragen waarom?"

"Ja, dat mag je vragen," zei Ellen, "en ik zal het je ook vertellen. Het is iets dat ik maar één ander mens op de hele wereld verteld heb, en hij leeft niet meer." Ze dronk een flinke teug van haar highball en ging met vlakke stem verder: "Toen ik jonger was — veertien, om precies te zijn — is mij iets heel vervelends aangedaan."

"O?"

"Ja. En de schuldige was — laten we maar zeggen — een heel goede kennis."

Darrell kon niets bedenken om hierop te zeggen.

"Ik heb het mijn vader verteld. Hij werd woest. En diezelfde avond werd hij vermoord."

Het bleef geruime tijd stil. Darrell worstelde met het gevoel dat dit allemaal niet echt kon zijn. "Je bedoelt toch niet — Arthur."

"Ik bedoel Arthur."

"Maar jij bent zijn nichtje."

"Jij ook altijd met je nette, kleinburgerlijke regeltjes! Wat maakt dat nu uit? Hij is een man!"

Darrell zweeg even om zijn gedachten te ordenen. "Dus jij vermoedt dat je vader hem erop heeft aangesproken, dat ze ruzie gekregen hebben, en dat Arthur je vader heeft doodgeschoten."

"Ik weet het zeker. Sinds dat moment ben ik al van plan om Arthur te vermoorden. Ik heb het zeker al twintig keer geprobeerd, maar ik kan het niet. Ik heb ooit zelfs een pistool op hem gericht, maar het lukte mij niet om de trekker over te halen."

"En weet Arthur dat ook?"

"Natuurlijk weet hij het."

"En weet Duff hiervan?"

"Duff? Hem kan het allemaal niet schelen."

Darrell probeerde haar hand te pakken. Ze trok zich heftig terug. "Raak me niet aan."

"Ik probeer alleen maar een beetje meegevoel te tonen. Ongetwijfeld niet op de handigste manier."

"Ik wil je medelijden niet. Ik kan er niets mee."

"Natuurlijk kun je dat wel. Waarom zou je erin blijven hangen? Je bent nog jong—"

"Ik ben oud en wijs en vals als een heks."

Ze zwegen allebei. "Nog een highball?" vroeg Darrell uiteindelijk. "Goed."

Darrell gebaarde dat hij nog een rondje wilde bestellen, hoewel zijn hoofd nu al iets te licht begon te voelen. "Nog tien minuten, en dan zijn we allebei dronken."

"Bang?" vroeg Ellen.

Darrell schudde zijn hoofd. "Nee. Maar om nu terug te komen op deze hele kwestie van haat: je haat Arthur, prima. Maar waarom scheer je ons over één kam? Dit project van je — om hierheen te komen alleen om mij te kunnen haten — is dat wel helemaal eerlijk?"

Ellen sprak ongeïnteresseerd: "Ik had je toch al gewaarschuwd dat ik geen normbesef heb."

"Ik geloofde het toen al niet. En nog steeds niet."

"Ik probeer het al de hele tijd te bewijzen."

Darrell schudde zijn hoofd. "Je kunt niet ontkennen dat je eerlijk bent. Ik verdenk je er niet van dat je op enig moment tegen mij gelogen hebt."

"Alstublieft, meneer Hutson, zadel mij nu niet op met het soort moreel besef dat ik uit alle macht wens te ontkennen. En bovendien," veranderde ze plotseling van onderwerp, "heb jij ook niet echt het recht om te preken over eerlijkheid."

"Hoezo?" Darrell was verrast, en onthutst. "Ik ben me er niet van bewust dat ik oneerlijk geweest ben."

"Omdat je een stomme egoïst bent, geen haar beter dan Duff."

Darrell kromp in elkaar en grijnsde toen wrang. "Leg eens uit."

"Je doet me een groots aanbod — een ranzig weekje in een hotel. En dan verwacht je dat ik van opwinding in mijn handen klap?"

Darrell speelde met zijn highball. "Nu klinkt het ranzig. Toen niet."

Ellen snoof. "Je bent zo trots op het feit dat je je aan de letter van een contract weet te houden. Integriteit? Toewijding? Nee. Je bent gewoon bang om je zogenaamde overeenkomst te verbreken. Je bent een morele zwakkeling. Je hebt de moed niet om je aan te passen aan veranderende omstandigheden. Je bent bang dat je je schuldig zult voelen. Het is niet de daad zelf die je wilt vermijden — nee, het is zelfs zo dat je heel hoopvol voorstelt dat we het een week lang doen — maar je wilt pas zo ver gaan als je eerst het taboe kunt doorbreken door naar Tanger terug te gaan. Is dat dan niet pedanterig?"

Darrell hoorde haar aan met een wrang, ongemakkelijk gevoel. "Wel, het is je gelukt."

"Wat is gelukt?"

"Je hebt een manier gevonden om mij te kunnen haten. En je kon gewoon niet wachten om naar beneden te komen en het haarfijn uit de doeken te doen."

Ellen zat kaarsrecht, stijf als de rugleuning van een stoel. Toen ontspande ze zich en liet zich slap achterover vallen. "Goed dan. En ik heb het je verteld."

"Dat heb je zeker. Er zit genoeg grond van waarheid in wat je zei dat ik een hekel aan mijzelf krijg. Ik geef toe dat ik bang ben voor schuldgevoelens. En angst voor schuldgevoelens zou niet moeten bepalen hoe je je leven leidt. Het is misschien beter dan helemaal geen leidraad, dat wel. Goed — dat was het dan. Je haat mij; ik ben teleurgesteld, zowel in jou als in mijzelf. Het patroon van onze relatie is bepaald. En dat is misschien maar beter ook. Als ik straks Tanger verlaat hebben we geen van beiden een reden om spijt te hebben."

Ellen stond op. "Absoluut niet. Ik ga naar bed."

"Goedenacht."

Ze gaf geen antwoord. Hij keek hoe haar slanke gestalte de lobby overstak, met net iets minder veerkracht in haar tred.

Darrell bleef zitten. Zijn gedachten tolden door zijn hoofd, hij voelde de alcohol door zijn hele lichaam en hij dacht helderder na dan ooit tevoren. Het was alsof hij vanaf grote hoogte op zichzelf neerkeek. Ellen had gelijk, en dat deed pijn. Hij was trots geweest op zijn conservatieve instelling; hij was niet meer dan een lafaard. Hij had zich gedragen volgens zijn eigen principes, en was tot de ontdekking gekomen dat hij meer om de principes gaf dan om het eergevoel dat erachter zat. Hij verlangde naar Ellen, maar was bang om zijn nek voor haar uit te steken. Hij had een visioen gehad over een week in een hotelkamer, maar was daarbij voorbijgegaan aan de rest van het hele plaatje. Ze had er alle recht op hem te minachten. Het probleem leek zijn eigen oplossing te suggereren. Hij nam een beslissing. Dat was dat.

En dan was Noel er nog. Maar wat was daar het probleem? De hele situatie leek glashelder. Het was verbazingwekkend dat hij zo lang in verwarring had gezeten! Arthur Upshaw, de Marokkanen — waren die dan zo dom, zo onwetend? Maar nee. Hij deed hen onrecht aan. Er waren twee belangrijke feiten die zij niet kenden. Ten eerste zou Noel nooit overwogen hebben om er voor eigen gewin met een lading heroïne vandoor te gaan. Ten tweede waren er drie telefoontjes geweest, geen twee.

Darrell kwam wat onvast overeind. De receptionist was vertrokken, de lobby was bijna donker. Darrell knikte de barman een goedenacht toe, die opgelucht zijn tijdschrift neerlegde.

Darrell ging naar zijn kamer en kleedde zich uit. Het hotel was stil. Door het open raam klonk het geluid van kikkers en krekels. Hij dacht aan Ellen, die slechts een paar meter verderop waarschijnlijk precies dezelfde geluiden hoorde. Hij wilde naar haar toe en haar alles vertellen: zijn beslissingen, zijn conclusies, waar ze Noel waarschijnlijk zouden kunnen vinden. Maar zijn hoofd tolde; hij voelde zich zwak en futloos. Ze zou hem verkeerd begrijpen; het zou een puinhoop worden. Darrell zuchtte diep en dwong zichzelf te gaan slapen.

Hoofdstuk XII

Het vroege zonlicht door de ramen wekte Darrell. Halfwakker strekte hij zijn arm en keek op zijn horloge. Zeven uur.

Na enkele minuten duwde hij zichzelf overeind en zwaaide zijn benen over de rand van het bed. Zijn hoofd voelde verstopt. Hij wankelde naar de badkamer. Er was geen warm water. Vloekend en blazend tussen zijn opeengeklemde tanden door stapte hij onder de koude douche.

Een kwartier later was hij geschoren en aangekleed, klaar voor de dag. Hij liep naar Ellens deur en klopte, maar er kwam geen reactie.

Hij knopte nogmaals. Nog steeds geen antwoord.

Darrell liep de trap af. De lobby was halfdonker en leeg, het restaurant was afgesloten. Hij liep naar de voordeur en keek uit over de parkeerplaats. Geen spoor van Ellen. Darrell bleef staan en dacht diep na. Aan de overzijde van de lobby was een grote glazen deur naar een balkon. Darrell liep gehaast de lobby door. Ellen stond aan de reling, nadenkend uit te kijken over het felgekleurde landschap.

Darrell ging naast haar staan. "Goeiemorgen."

"Goeiemorgen." Ellen zag er fris en netjes uit.

"Ik heb nog op je deur gebonkt. Toen je geen antwoord gaf, was ik even bang dat je alleen terug naar huis gegaan was."

"Dat is niet eens in me opgekomen."

Darrell leunde op de reling. Badend in de ochtendzon had de palmgroeve geen geheimen meer; de vorige avond leek bijna een droom.

"Wat was je vandaag van plan te doen?" vroeg Ellen onverschillig.

"Verder zoeken naar Noel. Ik heb een theorie die ik graag zou willen uittesten; het kwam gisteravond in mij op, nadat jij naar bed gegaan was."

Ellen keek hem vol afkeer aan.

"Niet meteen nadat jij vertrok, uiteraard," verzekerde Darrell haar haastig. "Ik ben nog een tijd blijven zitten, drinkend, piekerend en peinzend over wat er gebeurd is. En toen kwam ineens dit idee over Noel bovendrijven. Ik heb er van verschillende kanten naar gekeken, en ineens had ik het. Ik denk dat ik de oplossing heb."

"Als een logische puzzel?"

Darrell knikte. "Het is niet echt ingewikkeld."

"Die theorie van jou kan niet veel voorstellen. Arthur breekt zich er al een hele maand het hoofd over, en Arthur is zeker niet dom."

"Arthur heeft twee belangrijke handicaps die zijn denken belemmeren. Het idee dat Noel zou weigeren om een miljoen dollar achterover te drukken is iets wat hij zich met de beste wil van de wereld niet kan voorstellen. En bovendien denkt hij dat er maar twee telefoontjes naar Tanger waren. Het eerste blijkbaar naar jullie huis, het tweede naar het Balmoral. Aangezien Aktouf geen boodschap heeft aangenomen, vraagt Arthur zich nog altijd af met wie hij dan gesproken heeft."

"Hij denkt dat het andersom was. Het eerste telefoontje naar het Balmoral, het tweede naar het huis. Hij denkt dat ik de telefoon heb aangenomen en hem de boodschap gewoon nooit heb doorgegeven."

"Dat maakt niet zo veel uit. Wij weten dat Noel drie keer gebeld heeft: eerst vanaf zijn kamer, vrijwel zeker naar het hotel; daarna naar jullie huis. Maar waarheen belde hij de derde keer? Iemand nam de telefoon op; laten we hem X noemen. Noel geeft X een boodschap voor Arthur die erop neerkomt dat als Arthur zijn heroïne vervoerd wil hebben, dat Arthur dan maar beter naar Erfoud kan komen om de drugs zelf op te halen."

"Ja. Tot hier toe kan je volgen."

"Noel zit hier in de lobby, en hij schrikt van elk geluid. Hij heeft zojuist een man gedood, en zijn zenuwen zijn zwaar overspannen. Hij hoort niets van Arthur, dus de volgende ochtend vertrekt hij — rond zeven uur. Een paar minuten later gaat de telefoon en iemand vraagt naar hem. Wie? Arthur?"

Ellen schudde haar hoofd. "Arthur houdt vol dat hij geen bericht van Noel gehoord heeft ontvangen."

"Dat zal ook wel niet," zei Darrell. "Waarschijnlijk was het meneer X.

Noel belde om zeven of acht uur in de avond naar Tanger. Het binnenkomende telefoontje kwam de volgende ochtend rond halfacht. Dat betekent dus dat er zo ongeveer twaalf uur verstreken zijn, nietwaar?"

"Inderdaad."

"Wij zijn gisterochtend om halfacht uit Tanger vertrokken, we hebben vrij snel gereden, kwamen hier om zeven uur aan. Elf-en-een-half uur. Dat is ongeveer evenveel tijd."

"Je hebt weer gelijk."

"Stel dat de persoon die Noels telefoontje aangenomen heeft in Tanger — meneer X — besluit om zelf een miljoen aan narcotica op te komen halen. Het is riskant, maar niet al te riskant. Stel dat deze meneer X in zijn auto sprong, de hele nacht doorreed, en toen ergens hier in de buurt naar Noel belde."

"De tijden lijken in ieder geval te kloppen."

"Nu moet ik dus een paar dingen aannemen. Ik stel mezelf in de plaats van meneer X. Zou ik helemaal naar Erfoud rijden en dan pas bellen? Ik zou waarschijnlijk onrustig en nerveus zijn. Ik zou me afvragen of Noel nog in het hotel was, of ik de hele reis niet voor niets had gemaakt. Dus ik telefoneer in Ksar-es-Souk — om te weten te komen wat Noel van plan is, om met Noel door te spreken wat ik die nacht tijdens het rijden heb uitgedacht, en om te horen wat hij zelf van plan is."

"Dat lijkt me redelijk."

"Wat zou meneer X doen als hij hoort dat Noel al vertrokken is uit het hotel? Nu worden de aannames toch iets meer sinister. Als meneer X vastberaden was om de heroïne te pakken te krijgen, dan zou hij ergens voorbij Ksar-es-Souk een goede plek zoeken om Noel op te wachten."

"Ik snap het. En uitgaande van deze theorie, wat ben je dan nu verder van plan?"

"We gaan naar Ksar-es-Souk, en vragen daar op de meest voor de hand liggende plaatsen of iemand rond halfacht of acht uur naar Erfoud heeft —" Hij zweeg. Ellen stond stijfjes voor het raam, haar ogen gefixeerd op iets voorbij de palmgroeve. Hij volgde de richting van haar blik. "Wat zie je?"

Ze wees. "Zie je dat daar tussen die twee groepen hoge bomen door?

Dat is de hoofdweg. En er kwam zojuist een auto voorbij. Een kleine, donkere auto."

Darrell keek enkele seconden naar de opening tussen de palmen. Er kwam een Marokkaan voorbij op de fiets, met zijn djellaba wapperend achter zich aan. "Alle auto's zijn hier klein en donker," zei Darrell.

Ellen keek hem met een blik vol sarcasme aan, maar als ze al iets had willen zeggen, dan leek ze zich in te houden.

Darrell vroeg beleefd: "Ben je klaar voor het ontbijt?"

"Ja."

Het streng ogende oudere echtpaar zat al in de eetzaal, met geroosterd brood en sinaasappelsap voor hen en een bewerkte zilveren koffiekan op een karretje naast hun tafel.

Een ober in een gesteven wit jasje hielp Ellen met een klik van zijn hielen op haar plaats en gaf de menukaarten aan.

Darrell zei: "Ze hebben eieren met spek, eieren met ham, allerlei soorten omeletten, haring, kaas, grill-specialiteiten —"

"Alleen thee, alsjeblieft."

"Thee? Je verhongert nog."

Ellen haalde haar schouders op en keek uit het raam. Darrell aarzelde, bestelde toen sinaasappelsap, geroosterd brood en eieren met spek voor hen allebei, thee voor Ellen en koffie voor zichzelf.

Kannen met sinaasappelsap in kommen met geschaafd ijs werden voor hen neergezet, en naast hun tafeltje werd een karretje met een koffiekan en een theepot gezet. Schalen met cloches werden naar binnen gedragen, neergezet en de cloches werden verwijderd.

Ellen schonk een kop thee in voor zichzelf en keek nippend uit het raam.

Darrell pakte een geroosterde boterham en begon te eten. Na enige tijd zei hij: "Wie is hier nu de morele lafaard?"

Ellen sprak afgemeten: "Ik heb geen trek."

Darrell knikte overdreven begripvol. "In dat geval bied ik mijn verontschuldigen aan. Je bent geen morele lafaard."

Ellen keek met tegenzin van het raam weg. "Verdraaid," mompelde ze. "Ik heb dus wel honger. Nu moet ik wel iets eten."

Darrell zei bemoedigend: "Je zult je beter voelen met een volle maag."

Ellen viel woest aan op de eieren met spek. Tien minuten later keek ze op van haar lege bord. "Daar dan. Je hebt me weten over te halen om te eten. Een nogal kleinzielige overwinning. Ben je nu blij?"

"Ik ben blij dat je hebt ontbeten." Hij dronk zijn koffie op. Ellen zat weer ijzig uit het raam te kijken. Darrell zuchtte. "Ik neem aan dat we maar eens aanstalten moeten maken om te vertrekken."

"Wanneer je maar wilt."

Een halfuur later vertrokken ze uit het hotel — in de richting van de hoofdweg, naar het noorden langs de palmgroeve, omhoog tussen een aantal hoge rode zandstenen rotspieken, en weer door de woestijn bezaaid met stenen.

Darrell zei: "Er kunnen niet veel plaatsen zijn in Ksar-es-Souk waar men om halfacht in de ochtend kan telefoneren. De meest voor de hand liggende plek is het benzinestation waar we gisteravond getankt hebben. De auto van meneer X zou ook benzine moeten hebben."

Ellen knikte afstandelijk.

"We tanken weer in Ksar-es-Souk, en dan kunnen we meteen een paar vragen stellen."

Ksar-es-Souk verscheen in de verte, een rij tomaatrode blokken tegen de vaalbeige achtergrond van het Atlasgebergte. Aan de buitenrand van de stad, vlak bij de splitsing in de weg, stond het tankstation.

Darrell ging langzamer rijden. "Dit is de plaats waar we mijn theorieën kunnen testen. Meneer X komt uit de bergen gereden. Het is halfacht in de ochtend; hij is later dan hij had gewild, en hij is nerveus — misschien dat Noel al vertrokken is uit Erfoud. Hij heeft ook bijna geen benzine meer, en hier is een benzinepomp." Hij reed het terrein van het benzinestation op en parkeerde naast de pompen. Uit het kantoortje verscheen de pompbediende, hinkend op een kreupel been; een korte, breedgeschouderde man met zwarte haren die in een midden-Victoriaanse krul over zijn voorhoofd gekamd waren. Hij had voorzichtige, oplettende ogen in een verder nietszeggend gezicht. *"Oui, monsieur?"*

"Alweer die taalbarrière," zei Darrell geërgerd. Hij draaide zich om naar Ellen. "Jij zult moeten vertalen. En je kunt hem maar beter meteen vragen om de tank te vullen."

Ellen gaf de nodige instructies; de pompbediende hobbelde richting de benzinepompen. Ellen sprong uit de auto en Darrell liep achter haar aan. Ze stelde een vraag aan de pompbediende. Darrell bestudeerde het gezicht van de man. Hij trok een wenkbrauw op, keek Ellen met een nogal vreemde blik aan, keek naar Darrell, haalde zijn schouders op en gaf antwoord. Darrell kon niet zien of zijn antwoord positief of negatief was.

Ellen vertaalde. "Hij zegt dat een slimme man niet verder denkt dan het natellen van zijn wisselgeld voordat de klant vertrekt; op die manier blijft hij uit de problemen."

Darrell pakte een biljet van vijfduizend frank uit zijn portefeuille. "Misschien dat dit zijn geheugen wat opfrist."

De pompbediende pakte het biljet aan, tuitte eerbiedig de lippen en leek diep na te denken. Vervolgens sprak hij langdurig.

Ellen zei met tegenzin: "Je theorie lijkt te kloppen. Er is hier een maand geleden een auto langsgekomen in de vroege morgen; de chauffeur is uitgestapt om te telefoneren. Deze man hier was druk bezig onder de smeerbrug; zijn assistent heeft de auto onder zijn hoede genomen. Hij heeft niet echt opgelet, en wist het alleen nog maar vanwege dat telefoontje naar Erfoud, aangezien dat, zoals jij al vermoedde, niet vaak gebeurt."

"We zijn in ieder geval op het goede spoor," zei Darrell. "Waar is die assistent?"

Ellen stelde de vraag; de pompbediende schroefde de benzinedop terug, maakte een vaag gebaar en gaf antwoord.

"Hij is er niet," zei Ellen tegen Darrell. "Hij heeft twee weken geleden ontslag genomen en is klaarblijkelijk naar Rabat verhuisd."

"Potverdorie! Kan deze man dan de chauffeur beschrijven?"

Ellen stelde de vraag, luisterde naar het antwoord. "Hij zegt dat hij niet echt goed heeft opgelet. Hij denkt dat er twee mensen in de auto zaten, een man en een vrouw."

"Een man *en* een vrouw?"

"Dat is wat hij zegt."

"Jong of oud?"

Ellen stelde de vraag, kreeg antwoord. "Hij heeft geen idee. Hij heeft er niet op gelet."

"Hoe zit het met de auto?"

De vraag werd gesteld, het antwoord kwam. Ellen aarzelde en keek Darrell weifelend aan.

"Wel?"

"Volgens hem was het net zo'n auto als deze. Hij zegt dat hij dacht dat het dezelfde auto was toen we aan kwamen rijden. Hij dacht dat wij dezelfde mensen waren."

"Dat is duidelijk niet zo. Verdraaid! Zo dichtbij, en toch zo ver. En kan hij zich verder helemaal niets herinneren?"

Ellen stelde de vraag. Ze kreeg antwoord; ze vertaalde. "Hij zegt dat hij denkt dat de auto richting Erfoud vertrok."

"En meer weet hij niet?"

"Blijkbaar."

"Weet hij waar we de vertrokken assistent kunnen vinden?"

"Dat heb ik hem al gevraagd. En hij zei nee, de man was op weg terug naar Frankrijk."

Darrell betaalde voor de benzine. "Wat een teleurstelling. Al had hij nog maar *iets* gezien! Was de man lang? Klein? Dik? Dun?"

Ellen stelde de vraag; de pompbediende haalde zijn schouders op en zei iets.

"Hij zegt dat de man van gemiddelde lengte was. Hij heeft zijn gezicht niet gezien, en heeft eigenlijk helemaal niet op hem of op de auto gelet."

Darrell startte de auto. "Wel, dat is het dan." Hij verliet het pomp-station en reed langzaam terug richting Erfoud. "Nu ik erover nadenk: Duff rijdt ook zo af en toe in deze auto, nietwaar?"

"Niet vaak. Ik heb het liever niet."

"Heeft hij hem een maand geleden soms geleend?"

"Volgens mij niet. Gaan we terug naar Erfoud?"

"Niet meer dan halverwege, want de X'en en Noel moeten elkaar voor die tijd tegengekomen zijn."

"En wat is er gebeurd toen ze elkaar zagen — nu je toch aan het theoretiseren bent?"

"Laten we doen alsof we de X'en zijn. We hebben de hele nacht gereden. We zijn van plan een lading heroïne te onderscheppen. We zijn nerveus. We willen het geld, maar we willen niet betrapt worden."

"We zouden zeker niet hier blijven, op vlak terrein," zei Ellen. "We zouden verder de weg afrijden — naar een plek waar we het verkeer van beide kanten kunnen zien aankomen."

"Je hebt gelijk. We rijden door tot we een goede plek vinden. Noel verwacht ons misschien niet… Nee, hij weet uiteraard niet dat we hier zijn. Hij denkt dat meneer X de boodschap heeft doorgegeven aan Arthur. En hij kijkt in zijn achteruitkijkspiegel omdat hij het FLN verwacht."

Ze reden terug over het kale terrein. "Iedere minuut, iedere kilometer worden we meer gespannen," zei Darrell, "omdat we niet zeker weten waar we Noel tegen het lijf zullen lopen. Als hij ons ziet, dan is het spel uit; hij is niet gek; hij weet dat we hier niet zouden moeten zijn."

Ellen zei op vlakke toon: "Als dat onze gedachten zijn, dan denk ik dat we nu al besloten hebben om Noel te vermoorden. Omdat we het ons niet kunnen veroorloven dat men in Tanger iets te weten komt."

Darrell knikte. "Dat is ongetwijfeld onze beslissing. Een hinderlaag."

De weg dook even kort de vallei in, kwam weer omhoog naar de woestijn, doorkruiste anderhalve kilometer volkomen kaal terrein en ging toen weer omlaag, met strakke haarspeldbochten door rode heuvels van zandsteen in de richting van het vruchtbare groene lint draaiend. Darrell ging op de rem staan. "Kijk. Vanaf hier kun je de weg achter ons zien liggen, voordat hij ineens omlaag duikt. Er rijdt nu net een auto omlaag. En voor je kun je de weg ook zien, niet zo goed, maar ver genoeg om aankomend verkeer een minuut of twee, drie van tevoren te kunnen zien aankomen. Kijk maar, daar in de verte — daar komt een bus aan. Zie je hem?"

"Ja."

Darrell parkeerde de auto langs de kant van de weg en stapte uit. De zon, die ondertussen al flink warm was, brandde in zijn gezicht. Rechts lag de vallei; links zag hij een richel van roestkleurige zandsteen, een door de wind geteisterd rotsblok, een brede woestijnvlakte overdekt met gravel. Voor hen ging de weg met een scherpe bocht terug de vallei in. Ellen kwam naast hem staan. Ze hoorden de bus kuchend en ratelend de heuvel op komen.

"Hier komt de vrachtwagen," zei Darrell. "We wachten hem op. We zijn er klaar voor. Hij komt langzaam aanrijden, heuvelop, in een lage versnelling."

De bus verscheen in de bocht; een rij nieuwsgierige donkere

gezichten keek op hen neer; toen was de bus voorbij, op weg naar Ksar-es-Souk.

"Dus," zei Darrell. "Ik heb de truck gedwongen te stoppen. Ik ben op de treeplank gesprongen, of misschien ben ik hier gaan staan om te schieten. Noels voet zou dan van het gaspedaal zijn gegleden. Hoe we het ook aanpakken, de truck is voor ons. We moeten snel werken. Ik gooi de heroïne eruit, jij vangt het op en stouwt het in de auto — in de achterbak, achter de bank, op de vloer, om het even waar. We hebben haast. Er is hier verkeer, dus we kunnen niet blijven dralen. We zijn ook extatisch. Een miljoen dollar! Maar we zitten wel met een truck, en een lijk. Hoe kunnen we de gruwelijke daad verbergen? We willen niet ontmaskerd worden. Dus —" hij keek naar links "— rijden we de truck van de weg af en verbergen hem ergens achter de rotsen." Hij nam een paar passen terwijl hij het landschap om zich heen bestudeerde. Ellen volgde hem.

"We zouden hem hierheen kunnen rijden, als we ons niets aantrekken van schade aan de banden — en uiteraard doen we dat niet. We rijden om dat grote stuk uitstekende rots heen. Niemand die een reden heeft om daarheen te gaan. Een vrachtauto zou daar wel vijftig jaar ongezien kunnen blijven staan…"

Ze klommen over de richel van zandsteen en liepen achter het rotsblok langs. De zon scheen fel op hun hoofden; de stenen rolden en draaiden onder hun voeten. Er groeide hier niets, behalve dan wat kleine balletjes korstmos, droog en sponzig.

"Geen truck," zei Ellen. "De theorie lijkt niet zo erg te kloppen."

Darrell keek om zich heen naar de kale vlakte. "Nee. Blijkbaar niet. Tenzij —" hij wees. "Daar is een soort ravijn."

Ze liepen door de woestijn. Het ravijn opende zich abrupt vlak voor hen, een geul met steile wanden waar ooit een beek had gestroomd die uitkwam in de rivier in de vallei, maar die nu was opgedroogd. Onder hen lag een grijze kiepwagen op zijn kant, ingedeukt en verfrommeld.

"Wacht hier," zei Darrell.

Ellen wachtte. Darrell klauterde omlaag naar de truck, keek in de cabine en trok zijn hoofd schielijk terug. Hij liep om de truck heen en klom toen moeizaam weer omhoog langs de helling. Ellen stond zwijgend op hem te wachten.

"Noel zit erin. Wat er nog van hem over is." Ze stonden samen op de truck neer te kijken, terwijl de hitte van de zon op hun huid brandde. De truck lag op zijn zij, ongemakkelijk en log, als het lijk van een dinosaurus. En in de cabine, het vergane brein van het grote dode beest, Noel.

"Wel, we hebben hem gevonden," zei Darrell.

"Het spijt me," zei Ellen. Ze aarzelde, pakte toen zijn hand. "Het spijt me echt."

"Het is geen verrassing, geen enorme schok. Het spijt mij ook — maar dat was het risico dat hij genomen heeft."

Ellen verstijfde. "Luister." Darrell hoorde ook het zwakke geluid van rotsen die tegen elkaar tikten. Hij keek om. Uit de richting van de weg kwamen drie mannen aangelopen. De eerste droeg een ruwe bruine djellaba. De tweede was gekleed in een wijde broek en een groene trui: Slip-Slip. De derde, in een net grijs gabardine pak en een rode fez, was Abd Allah el Kazim.

Hoofdstuk XIII

De Marokkanen liepen naar de rand van het ravijn om naar beneden te kijken. Abd Allah el Kazim gebaarde; Slip-Slip klom omlaag naar de truck. El Kazim wendde zich tot Darrell. "Weer ontmoeten wij elkaar."

Darrell knikte, maar bleef op zijn hoede. Hij keek in de richting van de weg, die aan het zicht onttrokken werd door het rotsblok en de lage richel van zandsteen. "Dus u heeft al die tijd geweten dat de truck hier was."

El Kazim schudde zijn hoofd. Zijn tanden schitterden. "Nee. Dat wisten we niet. Maar we wisten dat u ons erheen zou brengen. Vanaf het moment dat u in Tanger aankwam, hebben we u in de gaten gehouden. Omdat we wisten dat u ons hierheen zou brengen."

"Het levert u anders niet veel op," zei Darrell. "Alleen Noel."

"Waar is de heroïne?" El Kazim vroeg het op nonchalante toon, alsof hij wilde weten hoe laat het was.

"Ik neem aan dat degene die Noel vermoord heeft het heeft meegenomen. Ik heb geen idee, en het kan me ook niets schelen."

El Kazim keek hem met een snelle blik aan en trok zijn lippen op in die woeste grijns van hem. "Het kan u niet schelen wie uw broer vermoord heeft?"

"Noel speelde met vuur. Hij heeft zich gebrand. Hij wist dat het heet was."

"Maar hij was uw broer, de zoon van uw vader, uw eigen bloed!" Hij keek even naar Ellen en toen weer naar Darrell.

"Ik ben doodziek van deze hele toestand," zei Darrell. "Ik heb Noel gevonden. Ik kan hem nu niet meer helpen."

El Kazim lachte beleefd. "Een goede moslim zou niet rusten tot hij de man te pakken had die zo'n vuige daad op zijn geweten heeft." Weer keek hij Ellen aan.

"Dat zal dan wel," zei Darrell kortaf. "Kom mee, Ellen."

El Kazim hield zijn hand op. "Nog een ogenblikje voordat u gaat. Ik ben nieuwsgierig."

"Waarover?"

"Hoe wist u dat de truck hier was? Heeft juffrouw McKinstry dat verteld?"

"Nee, natuurlijk niet."

"Maar hoe wist u het dan? In deze hele uitgestrekte woestijn heeft u deze plek weten te vinden."

"Het leek mij redelijk aan te nemen dat Noel door iemand gestopt moest zijn, ergens langs deze weg. Dit was de eerste voor de hand liggende plek."

El Kazim knikte, en zijn blik bleef tussen Darrell en Ellen heen en weer gaan. "U bent slim. Maar weet u, wij zijn minstens even slim. Vergeet dat nooit."

Slip-Slip kwam omhoog geklommen uit het ravijn. Hij bracht verslag uit in Arabische keelklanken en spuugde vol walging in het stof. El Kazim antwoordde zachtjes, bijna schertsend. Alle drie keken ze Darrell en Ellen aan.

"We gaan," zei Darrell.

"Een ogenblik nog, blijf nog even. Ik wil nog een paar dingen vragen."

"Wel?" Darrell wachtte half omgedraaid, terwijl Ellen tegen zijn rug gedrukt stond.

"Met wie heeft Noel gebeld vanuit Erfoud?"

"Geen idee."

"Maar u liegt, Amerikaan," zei el Kazim grijnzend. "U liegt."

"Ik spreek de waarheid."

"Maar u bent gestopt bij het benzinestation in Ksar-es-Souk. Wij hebben u gezien, en wij zijn daar ook gestopt. U hebt vijfduizend frank betaald, en wij ook. Een maand geleden kwamen een man en een vrouw uit Tanger, in een zwarte sportwagen. In de wagen van juffrouw McKinstry. Als u niet liegt, dan bent u dom."

"Ik begrijp niet waarover u het heeft," zei Darrell op kille toon. Het lichaam van Ellen voelde gespannen en strak; ze ademde snel.

El Kazim knikte naar Ellen. "Zij begrijpt het maar al te goed. Noel heeft haar gebeld. Hij heeft twee keer gebeld vanuit Erfoud. Is het niet overduidelijk? Hij belt het Balmoral Hotel. Aktouf heeft ons ervan verzekerd dat hij geen boodschap heeft aangenomen. We verdenken juffrouw McKinstry al enige tijd. Zij heeft de boodschap aangenomen, zij kwam in haar auto, met een ander. Samen hebben ze Noel vermoord en de heroïne gestolen."

Darrell lachte. "Het klinkt goed, maar het slaat nergens op. In de eerste plaats heeft Noel drie keer gebeld, niet twee keer."

"Nee, meneer Hutson. Wij hebben ook met de receptionist gesproken. Hij vertelde ons dat Noel twee telefoontjes gepleegd heeft."

"Als u het hem nu nogmaals zou vragen zou hij iets anders vertellen."

El Kazim schudde zijn hoofd. "Laten we nu verstandig zijn. Het is niet nodig om nog meer tijd te verspillen. Ik zal mejuffrouw McKinstry vriendelijk en beleefd vragen waar ze de heroïne verstopt heeft. Ik weet zeker dat ze het mij zal vertellen, omdat zij zich maar al te goed zal herinneren in welke problemen die arme meneer Aktouf is geraakt... Ik vraag het nu. Waar is de heroïne, juffrouw McKinstry? Geef niet te snel antwoord. Denk goed na. Er is genoeg tijd, en we zijn hier alleen; niemand kan ons horen."

Ellen zweeg.

"Waar is de heroïne, juffrouw McKinstry?"

"Ik heb geen idee," zei Ellen.

"Wie is er met u meegekomen naar Ksar-es-Souk vorige maand?"

"Niemand. Omdat ik hier niet was."

"Denk goed na, juffrouw McKinstry." El Kazim draaide zich om en keek uit over de woestijn. Hij sprak in het Arabisch; Slip-Slip rende weg. De andere man reikte onder zijn gewaad, haalde een automatisch pistool tevoorschijn, en klikte met veel omhaal een kogel in de kamer.

"Denkt u nog, juffrouw McKinstry? Denk dan wat sneller. Mijn vriend hier gaat hulpmiddelen halen uit de auto."

"Ik weet niets," zei Ellen. "En als u hoopt dat ik bang word van dat belachelijke pistool, dan vergist u zich." Ze draaide zich om en liep naar de weg.

"Stop!" riep el Kazim hees. "Stop. Of u wordt neergeschoten."

Ellen gaf geen antwoord en liep door.

El Kazim mompelde iets over zijn schouder; zijn handlanger hief het pistool, richtte hoog op Ellens bovenbeen. "Ellen!" schreeuwde Darrell.

Ellen keek achterom. Ze zag het pistool, liet zich op de grond vallen. Op hetzelfde moment schoot de Marokkaan.

Er kwam iets vreemds over Darrell. De wereld veranderde ineens, en hij werd een ander wezen. Hij sprong op de Marokkaan af. Zijn doel was de keel: hij kromde zijn handen alsof hij die als klauwen in een stuk vlees wilde slaan. Toen hij het brede lichaam raakte namen andere reflexen het over. De Marokkaan zwaaide met het pistool; Darrell zette zich op één been af en sprong half omhoog, waarbij hij een enorme stomp gaf met zijn rechtervuist. Het hoofd van de Marokkaan klapte opzij en hij wankelde naar achteren. Het pistool viel op de grond. Darrell wou ernaar duiken maar keek achterom en herpakte zich. Abd Allah el Kazim kwam naar voren dansen als een kraai, terwijl hij zijn eigen pistool trok. Darrell schoot naar voren met het hoofd omlaag, bijna op handen en voeten om niet op zijn gezicht te vallen. Hij raakte el Kazim met een football-tackle; el Kazim viel achterover, over de rand van het ravijn, rolde en tuimelde omlaag tot hij tegen de bodem smakte. Darrell wendde zich weer tot de Marokkaan, die nu op handen en voeten in de richting van het pistool kroop. Darrell rende naar voren, schopte hem onder de kin, boog voorover om het pistool te pakken.

Hij hoorde Ellen schreeuwen. Een schaduw viel over hem heen: Slip-Slip. Darrell ving een glimp van staal op; hij liet zich op de grond vallen en rolde om. Slip-Slip spuugde en siste en danste over de rotsen met wapperende jellaba. Hij leunde naar voren, mes in de hand. Darrell rolde weg, sprong overeind, pakte een stuk rots in iedere hand. Hij gooide met al zijn kracht; de rots, ter grootte van een grapefruit, raakte Slip-Slip op de borst. Vanuit een andere hoek suisde nog een steen op hem af. Deze miste, maar leidde Slip-Slip wel af. Ellen was teruggekomen. Darrell gooide zijn tweede steen. Slip-Slip dook opzij en deinsde naar achteren.

Darrell raapte het pistool op; Slip-Slip nam de benen. De oudere Marokkaan lag plat op zijn gezicht en opende en sloot zijn handen. Ellen stond onzeker een paar meter verderop, met stenen in haar hand.

Ze glimlachte naar Darrell — een zwakke, bemoedigende glimlach. Darrell maakte een betekenisloos gebaar en liep naar de rand van het ravijn om omlaag te kijken. El Kazim, met ogen die wild stonden en rood waren als granaatappelpitten, was al halverwege de helling naar boven, kruipend met zijn pistool in de aanslag. Hij sleepte met zijn ene been en er liep bloed langs zijn gezicht. Toen hij Darrell zag slaakte hij een kreet, hief zijn arm omhoog en schoot. Darrell sprong achteruit; het schot vloog langs zijn oor.

Darrell duwde een rond zwart rotsblok, twee keer zo groot als zijn hoofd, over de rand. Er klonk een rommelend geluid, een heleboel gekletter en het geratel van kleine steentjes dat langzaam wegstierf. Darrell gluurde voorzichtig over de rand. El Kazim lag verkreukeld op de bodem van het ravijn. Was hij bewusteloos of deed hij alsof? Darrell wist het niet zeker.

"Je kunt hem het beste doodschieten," sprak Ellen op hese toon.

"Dat kan ik niet."

"Als ik bedenk wat hij van plan was —"

"Laten we gaan," zei Darrell, maar Ellen trok aan zijn arm.

"Moet je zijn hoofd zien!"

El Kazims hoofd hing achterover, zo gedraaid dat het leek alsof hij over zijn schouder keek.

"Als hij niet dood is, dan is hij er niet best aan toe," zei Darrell. Vanuit zijn ooghoeken zag hij iets bewegen; de oudere Marokkaan lag gespannen op de grond en staarde hen aan.

Darrell pakte Ellen bij de arm. "Kom mee."

Ze liepen terug over de met rotsen bezaaide woestijn. Van achter het grote rotsblok zat Slip-Slip hen na te kijken. De oudere man kwam overeind, hobbelde naar de rand van het ravijn en keek omlaag. Hij wenkte. Slip-Slip liep naar hem toe.

Darrell en Ellen keerden terug naar de weg. Naast de Mercedes-Benz stonden el Kazims Citroën en een kleine zwarte Fiat.

Ellen keek opzij naar Darrell. "Je had gelijk," zei Darrell. "Je hebt vanochtend inderdaad een klein zwart autootje gezien."

"Ik dacht al dat ik er een zag," zei Ellen. "Maar het kan natuurlijk een andere geweest zijn."

"Deze lijkt er genoeg op. En nog iets — gisteravond heb ik het besluit genomen dat ik je iets wil vragen, als het juiste moment daar is. Misschien is dit het juiste moment, misschien ook niet. Maar ik vraag het toch. Wil je met me trouwen?"

"Dit is het juiste moment," zei Ellen. "Bijna ieder moment zou het juiste zijn."

"Dus je doet het?"

"Uiteraard. Waarom zou ik anders zo veel moeite doen om je te haten?"

"Dat is onlogisch," zei Darrell, "maar ik denk dat ik weet wat je bedoelt." Hij tilde het automatisch pistool van de Marokkaan op — een gloednieuwe Mauser — duwde de veiligheidspal terug en stopte het wapen in zijn zak. "Ik hou dit ding als aandenken. Wie weet komt het binnenkort nog van pas." Ze stapten in. Darrell startte de motor, schakelde, en weg waren ze.

Ellen kuste hem op de wang. "Bedankt dat je me in bescherming hebt genomen."

Darrell grinnikte. "Bedankt dat je ze hebt afgeleid."

"Ik was hysterisch."

"Maar we leven allebei nog, en we hebben onze armen en benen nog, godzijdank!"

"En wat doen we nu?"

"De politie, neem ik aan."

Ze zuchtte. "Dat geeft weer een hele vracht problemen."

"Dat zal wel, maar ik kan het lichaam van Noel niet zomaar in de woestijn laten liggen."

De weg gleed onder hun auto door; ze kwamen langs Ksar-es-Souk en reden in de richting van de Atlas.

"Darrell," zei Ellen nadenkend.

"Ja?"

"El Kazim dacht dat ik Noel had vermoord."

"Dat zei hij."

"Het klinkt redelijk, nietwaar?"

"Ergens wel."

"Denk jij dat ik het was?"

"Ik heb over de mogelijkheid nagedacht."

"En als ik het nu gedaan zou hebben?"

"Dan zou ik een vervelend probleem hebben. Maar ik geloof niet dat jij het was."

"Waarom niet?"

"Ten eerste waren er drie telefoontjes. Ten tweede ben jij openlijk met me mee naar binnen gegaan in het benzinestation. Als jij mevrouw X was — mejuffrouw X in dat geval — dan zou je bang zijn geweest om herkend te worden. Voor zover ik kon zien is de gedachte niet eens bij je opgekomen."

"Wel, ik was het niet, dus dat probleem heb je alvast niet. En als ik het wel was geweest, dan had ik het je wel verteld. Dan zou ik huilen, en zeggen dat het me speet, en dat ik het alleen had gedaan om Arthur een hak te zetten, en jij zou me alles vergeven."

"Ja, waarschijnlijk wel."

Ze rolden terug over de Atlas: voorbij Rich, over de Passage van de Vrouwtjeskameel naar Midelt, omlaag door de Col du Zad naar Azrou. De zon hing laag boven de grote vlakte van de Maghreb.

In Meknes dineerden ze, tankten, en stuurden de Mercedes-Benz in noordelijke richting. Tegen middernacht kwamen ze de heuvels uit en reden ze de helverlichte sikkel van Tanger binnen. Ellen kroop dicht tegen Darrell aan.

"Wat is het probleem?"

"Terugkeren naar Tanger. Ik voel me gespannen van binnen, en hard, en boos… Darrell, moet ik naar huis?"

"Natuurlijk niet. Je komt met mij mee. Voor nu en altijd."

Ze zuchtte. "Ik wil niet terug naar dat huis. Ik ben al acht jaar van plan om Arthur te vermoorden, en de gedachte laat me maar niet los."

"Stil maar," zei Darrell. "Over een paar dagen gaan we weg, en dan ligt dat allemaal achter je."

Ze draaiden de Calle Miranda op en parkeerden. Bij het Hotel Miranda boekte Darrell een kamer voor Ellen, waarbij hij de laconieke houding van de receptionist volkomen negeerde.

Bij haar deur kuste ze hem. "Geef me even de tijd om te douchen."

"Een kwartier?"

"Tien minuten moet genoeg zijn. Maar misschien dat ik dan nog niet helemaal droog ben."

HOOFDSTUK XIV

DE VOLGENDE OCHTEND ging Darrell naar het hoofdkwartier van de Sûreté Nationale, op de eerste etage van een fris wit gebouw onderaan de Boulevard Pasteur. In het buitenste kantoor zaten een stuk of twaalf mannen en vrouwen te wachten, terwijl een niet-gehaaste functionaris de formulieren de ze hadden ingevuld bekeek, aantekeningen maakte, stempels zette, goedkeurde, afkeurde of afwees — aanvragen voor reisdocumenten, uitreisvisa, en allerlei andere speciale documenten die zowel de inwoners als de buitenlanders nodig mochten hebben.

Darrell liep door naar achteren en gebaarde naar een dikke jongeman in zomeruniform die zonder op te staan naar de baliemedewerker wees. Aangezien hij geen zin had om zijn zaken te bespreken waar een hele groep mensen bij waren, maakte Darrell een wat dringender gebaar. De dikke jongeman bleef even stil zitten, maar hees zich toen met een chagrijnig gezicht overeind en kwam naar hem toe. "Wat wilt u, mijnheer?"

"Ik kom een moord aangeven. Een sterfgeval."

De dikke jongeman keek Darrell met stijgende interesse aan. "U heeft iemand vermoord?"

"Nee. Ik wil de agent spreken die over dit soort zaken gaat."

"Een ogenblik alstublieft." Hij verdween in een achterkamer. Er ging een moment voorbij. Toen kwam hij naar buiten en schommelde naar voren om het luik in de balie te openen. "Kapitein Goulidja," siste hij fluisterend, "u kunt hem spreken."

Achter een groen metalen bureau zat een korte, breedgebouwde man met een Napoleontisch uiterlijk. Pijpenkrullen van zwart vermengd met grijs hingen over zijn brede voorhoofd. Zijn gezicht had een uitdrukking van mild geamuseerde scepsis, alsof hij bij voorbaat alle misdadigers, echt of vermeend, wilde laten weten dat hij hun bedrog al voorzien had en er doorheen kon kijken. Hij stak zijn hand uit.

"Uw paspoort, alstublieft."

Darrell overhandigde het groene boekje, en Kapitein Goulidja sloeg het met een routineus gebaar open, nam de informatie in zich op met een air van vage verbazing en legde het zorgvuldig op zijn bureau. "Wat kwam u doen, alstublieft? U heeft een sterfgeval te melden?"

"Mijn broer Noel is al een maand vermist. Ik ben naar Tanger gereisd om erachter te komen wat er aan de hand was. Ik ontdekte dat hij betrokken was bij de wapenhandel met de Algerijnse rebellen-beweging —"

"Het FLN," onderbrak Kapitein Goulidja, zonder enige nadruk.

"Hij schreef me een brief vanuit Erfoud."

"Ach ja, Erfoud."

"Ik ben naar Erfoud gegaan, heb daar navraag gedaan en raakte ervan overtuigd dat hij in de problemen was geraakt. Gisteren heb ik de weg afgezocht die van Erfoud naar Ksar-es-Souk loopt, en heb ik mijn broer uiteindelijk gevonden. Hij was dood, in een truck die in een ravijn gereden was. Ik heb hem daar achtergelaten, en ben gisteravond teruggekeerd naar Tanger. Als u mij een kaart geeft, dan kan ik u laten zien waar u zijn lichaam kan vinden."

Kapitein Goulidja knikte vaag en leunde achterover in zijn stoel. "Ik begrijp het. En wat is uw positie in deze zaak?"

"Mijn positie?" vroeg Darrell verbaasd. "Ik heb geen positie. Ik ben hierheen gekomen om de dood van mijn broer te melden."

Kapitein Goulidja schudde zijn hoofd in een gebaar van beleefd medeleven. "Hij is ook een Amerikaans staatsburger?"

"Jazeker."

"Dus u wilt dat wij zijn dood onderzoeken?"

Darrell bekeek het kalme gezicht met enige verbijstering. Speelde de kapitein een plaatselijke versie van blufpoker, of was hij in alle onschuld op zoek naar informatie? Een derde mogelijkheid kwam in hem op: misschien dat Kapitein Goulidja zijn gedachten eerst bij elkaar wilde rapen. Op formele toon sprak Darrell: "Het onderzoek is uw zaak. Ik neem aan dat u regelgeving heeft op dit gebied."

"Jazeker. Wij hebben regelgeving, net als in de Verenigde Staten. En waarom komt u bij ons? Wilt u dat wij de moordenaar van uw broer zoeken?"

Darrell bewoog in zijn stoel. "Maakt het iets uit wat ik wil? Mijn broer is dood — vermoord, omgebracht. Ik meld zijn dood aan u omdat ik aannam dat de wet van Marokko dat van mij eist."

"Jazeker," zei Kapitein Goulidja. "Dat klopt. Maar waarom heeft u het niet in Erfoud gemeld?"

"Omdat ik hier verblijf, in Tanger, in het Hotel Miranda."

Kapitein Goulidja maakte een notitie. "Bent u ook betrokken bij het vervoer van wapens naar Algerije?" vroeg hij quasi terloops.

"Nee. Ik ben pas kort geleden aangekomen. De datum staat in mijn paspoort. Ik kwam hier omdat mijn broer mij schreef dat hij in de problemen zat. Dit is zijn brief."

Kapitein Goulidja las de brief met geamuseerd ongeloof — of zo leek het althans. Hij legde de brief naast het paspoort, leunde achterover in zijn stoel en keek op naar het plafond. "Ik kan u zeggen dat wij een en ander hebben opgevangen over deze zaak. We weten heel veel, maar we moeten voorzichtig te werk gaan. Er zijn veel problemen in deze wereld, vindt u ook niet?"

"Heel veel problemen, zou ik willen zeggen."

Kapitein Goulidja knikte. "Wat is goed, wat is fout..." hij hief zijn handen op, trok zijn wenkbrauwen op en glimlachte. "Dat is iets voor mannen die wijzer zijn dan ik."

Darrell besefte dat Kapitein Goulidja op een heel delicate manier informatie verstrekte, waarbij hij rond zijn onderwerp heen bleef draaien zonder ooit echt iets rechtstreeks te zeggen.

"Het is uitermate triest voor u," ging Kapitein Goulidja verder. "Maar dit soort dingen gebeuren natuurlijk. Zoals u weet zijn er grote zorgen met betrekking tot Algerije. Er wordt onderhandeld. Men heeft de Fransen verzocht hun troepen uit Marokko te verwijderen. Er wordt altijd veel gesproken over wapensmokkel; het is jammer. De Fransen houden schepen tegen en dwingen vliegtuigen om te landen. Het is tegen de wet, maar wat kunnen wij doen?" Hij schudde droefgeestig het hoofd. "Er zijn momenteel veel problemen in Noord-Afrika. We weten veel. Maar we moeten voorzichtig zijn."

Darrell knikte kort. "Wat Noel betreft —"

"Ik zal de zaak onderzoeken. Maar misschien in stilte. Niet politiek." Hij sloeg zacht met zijn vuist op de tafel. "In Marokko hebben we wetten, net als in de Verenigde Staten. Dus we vergeten niets, we doen uitgebreid onderzoek. U bent niet van plan Tanger te verlaten?"

"Nee. De komende dagen niet. Ik wacht tot het lichaam van mijn broer wordt vrijgegeven." Darrell zweeg even terwijl het beeld van Noel in zijn jongere jaren voor zijn geestesoog verscheen: futloos, lui, goedgehumeurd, onbegrensd in zijn grillen. Deze flamboyante, ietwat belachelijk Noel was werkelijk dood. "Ik wil hem naar huis brengen."

Kapitein Goulidja staarde uit het raam, over de helderblauwe haven. Hij keerde zich bruusk terug naar Darrell. "Prima. Een ogenblik alstublieft." Hij pakte zijn telefoon, draaide een nummer, wachtte, en sprak toen in het Arabisch. De conversatie duurde enkele minuten. Op een gegeven moment wendde hij zich tot Darrell. "Waar bevindt die truck zich precies?"

Darrell legde het zo nauwkeurig mogelijk uit; Kapitein Goulidja ging weer terug naar zijn gesprek en sprak nog geruime tijd door. Uiteindelijk hing hij op, deed een greep in een bureaulade, pakte een notitieblok en een vulpen. "Welnu. Ik heb nog enkele vragen."

Twee uur later keerde Darrell terug naar het hotel. Toen hij daar arriveerde kwam Ellen net aanrijden in de Mercedes-Benz, met drie koffers op de stoel naast haar. "Ik ben het huis uit," zei ze op vlakke toon. Ze leek Darrells blik te willen vermijden.

"Wat is het probleem?" vroeg hij.

Ze stapte de auto uit, gekleed in een donkergroene jurk met een strak wit kraagje. "Ik heb net een verschrikkelijke ruzie gehad."

Darrell zette haar koffers op de stoep. "Met Arthur?"

"Nee. Alleen Duff. Hij heeft me voor van alles en nog wat uitgemaakt."

"Vanwege mij?"

"Gedeeltelijk. Hij mag je niet."

"Dat kan me niets schelen. Hoeveel tijd kost het om hier te kunnen trouwen?"

"Twee dagen, volgens mij."

"We kunnen het proces vanmiddag in gang zetten. En dan gaan we naar het consulaat, voor het geval dat daar nog enkele bureaucratische stappen nodig zijn."

Ze schudde haar hoofd. "Het kan niet, Darrell. Ik kan het niet. Ga jij maar naar huis. Ik ga naar Londen en zoek daar een baan."

"Goeie hemel. Waar komt dit opeens vandaan?"

Ze blikte gemelijk de straat in. "Gezond verstand. Ik ben niet verliefd op jou, jij niet op mij."

"Ik begrijp het," zei Darrell.

"Het was de nabijheid. De maan, de palmbomen. Emoties, pistoolschoten, meer nabijheid…"

Darrell dacht even na. "Als we trouwen dan blijven we met die nabijheid zitten."

"Ik weet het."

"Heb je daar bezwaar tegen?"

"Nee." Haar stem klonk gedempt. "Maar ik kan zo niet met jou meekomen, als een armlastige wees die je in Tanger van de straat geplukt hebt."

"Maar zonder jou ga ik niet terug."

"Echt niet?"

"Nee, tenzij je mij ervan kunt overtuigen dat je echt niet mee wilt."

Ze lachte. "Dat is te veel gevraagd. Ik denk niet dat ik dat voor elkaar krijg."

Darrell zuchtte diep. "Dat is dan geregeld. Heeft Duff je die ideeën aangepraat?"

"Niet helemaal. De gedachten waren er al."

"Zijn ze nu weg?"

"Ik geloof het wel."

"Mooi. Ik breng deze koffers naar binnen, en dan gaan we lunchen. Ergens waar het vrolijk is."

Een kwartier later zaten ze bij een raam bovenin het Hotel Velasquez, en bekeken het weidse blauw, wit en gele panorama onder hen. Ze reikte over de tafel heen en kneep in zijn hand "Je bent zo kalm en rustgevend, Darrell. Ik voel me nu veel beter."

"Ik voel me niet kalm. Ik zou Duff het liefst een bloedneus slaan."

"Als je er echt op staat om met mij te trouwen, dan wordt hij je zwager."

"Ik zal de slechte dingen op de koop toe nemen. Tenslotte heb jij ook geen idee wat je nog te wachten staat."

"Ik waag het erop. Ik zal me beleefd en damesachtig gedragen, zodat niemand zal vermoeden dat ik eigenlijk een echt monster ben...Vertel eens hoe het bij de politie ging."

"Er valt niet veel te vertellen. Ze brengen het lichaam hierheen. Ik heb mijn vader gesproken; hij wil dat ik hem naar huis breng. Ik zal de overtocht moeten regelen."

Ellen draaide de steel van haar wijnglas tussen haar vingers. "Hadden ze veel vragen?"

"Zo veel als te verwachten valt."

Ze keek in haar glas naar het satijn-glanzende oppervlak van haar wijn. "Wat heb je verteld?"

"Alles wat ik weet. Behalve dan dat Noel heroïne vervoerde. Dat zullen ze van iemand anders moeten horen."

Ellen wilde iets zeggen; ze wiebelde ongemakkelijk in haar stoel.

"Wat is het probleem?" vroeg Darrell.

"Ik vraag me af — wat als de politie denkt dat ik het gedaan heb, of medeplichtig ben?"

"Dat zou kunnen."

"Dat ik het gedaan heb?"

"Dat de politie jou verdenkt."

Ellen lachte beverig. "Ik heb het niet gedaan. Ik heb zelfs Arthur niet vermoord, hoe wanhopig graag ik dat zou willen." Ze zuchtte. "Darrell, je hebt mijn leven veranderd. Aangezien ik jou er niet van kan overtuigen om het slechte pad op te gaan, zal ik mijn slechtheid moeten opgeven en een nette Amerikaanse huisvrouw moeten worden — of in ieder geval moeten doen alsof — en onze kinderen een pak slaag geven voor ondeugendheid die ik heimelijk geweldig vind."

Darrell keek op zijn horloge. "Voordat we aan die kinderen beginnen moeten we eerst trouwen. Laten we die vergunning, of hoe het hier ook heten mag, nu meteen maar regelen."

"Hoe laat is het?"

"Twee uur."

Ellen knikte. "Mooi. Dan hebben we nog tijd. Ik moet vanmiddag terug naar huis. Er komt een veilingmeester om het meubilair te taxeren."

"Wil je dat ik erbij ben?"

Ze schudde haar hoofd. "Het is een ellendige toestand. Ik doe het veel liever alleen."

"Als er iets is dat je wilt houden, dan kunnen we dat naar huis laten verschepen."

"Naar huis?" Ze keek hem even verrast aan. "Natuurlijk, ik heb nu een eigen huis, nietwaar?" Ze dacht na. "Het zou fijn zijn om de staande klok te kunnen houden. En de piano. En de boeken."

"Heeft Duff daar niets over te zeggen?"

Ze lachte een kort, blaffend lachje. "Duff is me twintigduizend pond schuldig. Hij heeft niets te zeggen."

Ze reden naar het vervallen oude gemeentehuis, dwaalden door hoge, donkere gangen en bekeken tientallen deuren met drievoudige opschriften in Frans, Spaans en Arabisch. Uiteindelijk vonden ze het juiste kantoor, vulden de juiste formulieren in, lieten de juiste documenten zien, betaalden leges en ontvingen een trouwvergunning, ook opgesteld in drie talen.

Ze liepen terug naar waar ze de auto hadden geparkeerd. "Ik moet die vervelende veilingmeester nog spreken," zei Ellen. "Wat ga jij doen?"

"Nog een paar losse dingen. Misschien dat ik naar Hotel de los Dos Continentes ga om daar Noels spullen op te halen. Een vervelende taak, maar het moet wel gebeuren. Zullen we afspreken elkaar weer te ontmoeten als je klaar bent met die veilingmeester?"

"Prima. Waar?"

"De Masquerade?"

Ellen trok haar neus op. "Goed dan. De Masquerade. Om zes uur. Zal ik je bij Noels hotel afzetten?"

"Ik neem wel een taxi."

Ellen zei: "Laat me die trouwvergunning nog eens zien? Ik wil zeker weten dat hij echt is."

"Hij is echt. En ik ben ook echt."

"Ik weet dat je echt bent." Ze kuste hem. "Ik ben supergelukkig, Darrell. Ik beloof je dat ik zal proberen me te gedragen, of ik het nu meen of niet." Ze lachte. "Ik heb me nog nooit zo opgewonden gevoeld!"

"Tot zes uur dan," grinnikte Darrell. "En pas goed op jezelf."

Hij keek haar na terwijl ze naar de auto liep, slank en elegant, met haar blondbruine haren glanzend in het zonlicht van Tanger. Ze wuifde naar hem en verdween.

Darrell liep naar de Boulevard Pasteur. Hij bezocht een aantal winkels en kocht iets in de laatste. Het was nu bijna vijf uur. Het Hotel de los Dos Continentes en de kleren van Noel konden wel tot morgen wachten. Hij liep in de richting van het Hotel Miranda. Daar nam hij een douche, kleedde zich om in zijn donkere pak, en stak om kwart voor zes over naar de Masquerade Bar.

Phil Beresford begroette hem met een nonchalant handgebaar. Darrell liet zich op een barkruk glijden; Phil schudde zijn hoofd. "Dat is de troon van meneer Burdette. Hij is in de keuken om Mama een Rolls-Royce te verkopen. Ga er eentje verderop zitten."

Darrell bestelde een highball; Phil gooide ijs in een glas. "Nog nieuws? Heeft die broer van je zijn schuldige kop al laten zien?"

"Hij zag er niet zo schuldig uit toen ik hem zag."

Phil bevroor in een dramatisch gebaar waarbij hij de whiskyfles omhoog hield. "Je hebt hem gevonden?"

Darrell knikte. "Dood."

Phil mixte de highball met gepaste ernst. "Nou, dat is triest. Niet echt een verrassing meer uiteraard. Waar heb je hem gevonden?"

"In een truck, ongeveer honderd meter van de weg, ergens in de richting van de woestijn."

"Beroving, denk je?" Hij zette een highball neer.

"Ik weet het niet zeker."

"Heb je het al bij de politie gemeld?"

"Vanochtend."

"Wie heb je gesproken?"

"Kapitein Goulidja."

"Ik ken hem. Geen slechte vent. Maar hij doet niets met zaken die meer om het lijf hebben dan vrouwenmishandeling tot hij officieel toestemming heeft. Vind je het erg als ik een bevriend journaliste insein? Tenslotte is het nieuws."

"Ga je gang."

"Met 'bevriend journaliste' doel ik uiteraard op T-Bone." Hij dook onder de bar door en keek naar binnen in de lobby van het Balmoral.

"Hé, Lucky! Bel T-Bone en zeg dat ik haar wil spreken. Ik heb nieuws waar een goed verhaal in zit."

Hij dook terug onder de bar door. Burdette kwam de keuken uitgelopen terwijl hij zijn mond afveegde. "Wel ja, meneer Burdette! Weer een greep in de koektrommel gedaan?"

"Alsjeblieft, Phil," zei Burdette, "laat me nog even van jullie laatste dagen hier genieten."

Phil schudde zijn hoofd. "Het is al erg genoeg dat u de voorraad plundert; probeer nou niet om mij er ook nog sentimenteel over te laten worden."

"Ga je weg?" vroeg Darrell aan Phil.

Phil knikte. "Mijn huur is opgezegd. De nieuwe eigenaar van het gebouw wil de bar zelf runnen."

"Dat is jammer."

"Het maakt mij niet uit. Ik ben al te lang hier. De wilde gans vliegt naar het zuiden. Ik laat Mama achter bij meneer Burdette. Die twee zullen het prima met elkaar kunnen vinden. Ikzelf en T-Bone zullen heel ver weg van hier dansen op de muziek van castagnetten en fluiten."

"Heb je dit al aan Mama verteld?" vroeg Burdette.

"Mama hoeft niets verteld te worden. Ze *weet* dit soort dingen gewoon."

Mevrouw Phil zei op neutrale toon, net onder Phils elleboog: "Je wordt aan de telefoon gevraagd."

"Wie, ik? Ja meneer. Ik bedoel, ja mevrouw. Ik kom eraan."

Phil kwam weldra terug en sloeg met zijn vuisten tegen zijn slapen. "Die T-Bone. De tact en de gratie van een koe in de modder. Hoe kan ze Mama nou vragen om mij aan de telefoon te roepen." Hij wendde zich tot Darrell. "Ze komt er zo aan. Ze wilde alleen maar weten wat er nu zo verdraaid belangrijk was."

"Heb je het haar verteld?"

"Ik heb haar de grote lijnen doorgegeven."

"Was ze verrast?"

"Vraag je me nou om de gedachten van T-Bone te lezen? Dat is zoiets als een blinde aap vragen om Egyptische hiërogliefen te ontcijferen zonder de Steen van Rosetta."

"Ze schrijft die stukken toch zeker niet zelf?"

Phil schudde zijn hoofd. "T-Bone is de nieuwsvergaarder. Ze geeft de tips door, en als het een beetje een goede tip is, dan krijgt ze een paar duizend frank. Ooit heeft ze heel veel verdiend omdat ze tot de ontdekking kwam dat een zekere Zweedse actrice incognito in het Balmoral logeerde. Daar komt ze. Zet je schrap."

T-Bone glipte naar binnen vanuit het Balmoral, gekleed in een strakke jersey blouse en een zachte plooirok in de kleur van oude whisky — bijna de kleur van haar schouderlange haren.

"Darrell! Je hebt Noel gevonden! En hij is dood!"

"Hemeltjelief," piepte meneer Burdette. "Is het echt waar?"

Darrell stemde beleefd in. "Ik ben bang van wel."

"Het spijt ons allemaal enorm," zei T-Bone. "Waren het de Algerijnen?"

"Ik weet het niet," zei Darrell. "De politie onderzoekt de zaak nu."

T-Bone maakte zorgvuldig aantekeningen op een papieren servetje met een balpen die Phil haar met een fatalistisch gebaar had geleend. "Voorzichtig, T-Bone, niet aan het puntje likken. Straks heb je een gestreepte tong."

Darrell keek op zijn horloge. Halfzeven. Waar was Ellen? Waarom zou ze te laat zijn? Plotseling voelde hij een steen in zijn maag. Waarom was Ellen laat? Er konden wel tien redenen voor zijn — maar van één daarvan kreeg hij het benauwd.

Darrell sprong overeind. "Phil, als Ellen McKinstry binnenkomt, zeg haar dan dat ik zo terug ben."

"Prima, doe ik."

Darrell rende de straat op en zocht een taxi. Hij begon in de richting van de Place de France te lopen, stopte toen en rende het Hotel Miranda binnen. Met ergerlijke bedachtzaamheid gaf de receptionist hem zijn sleutel. Darrell rende de trap op naar zijn kamer, stak de automatische Mauser die hij uit Erfoud had meegebracht in zijn jaszak en rende weer naar beneden. Een taxi reed voorbij; Darrell riep hem aan en gaf het adres van de McKinstry villa aan de Calle Costanza. "Snel," zei hij. "Opschieten."

Ze raceten de heuvel op, waarbij de kleine motor snorde als een elektrische zaagmachine.

Darrell wees het huis aan. "Wacht op mij."

Hij sprong de taxi uit. De Mercedes-Benz stond op de oprit geparkeerd. Bij de stoeprand stond de grote lichtblauwe Chrysler van Arthur
Upshaw, aan de overkant van de straat zag hij een dofzwarte Citroën.

Darrell stond enige tijd naar het huis te kijken. Er steeg rook op uit
de schoorsteen, terwijl het een vrij warme avond was.

De tijd leek te vertragen. Darrell sloop in de richting van het huis.
Het doemde groter en groter voor hem op, tot het de hemel verduis-
terde en hij de treden bij de voordeur beklom. Hij probeerde de deur,
maar die was op slot. Hij liep over de veranda naar een raam en probeerde naar binnen te kijken, maar de gordijnen waren dicht. Hij
luisterde, en meende het gemompel van stemmen te horen.

Hij stak een hand uit om aan te bellen, maar hield zich in. Hij sprong
van de veranda en rende achterom, waar hij via een houten trap een
tweede veranda opliep naar de personeelsingang. Ook deze deur zat
op slot. Door op de reling te gaan staan kon hij net het kozijn van een
openstaand raam grijpen. Met een onhandige sprong wist hij zich door
het raam naar binnen te wurmen, waarbij hij plat op zijn gezicht op de
vloer terecht kwam. Hij hees zichzelf overeind, haalde het pistool uit
zijn zak, maakte de veiligheidspal los en deed de deur naar de keuken
open. Daar bleef hij even staan om te luisteren.

De stemmen waren luider, maar nog altijd niet verstaanbaar. Darrell
liep naar voren, maar aarzelde toen omdat hij niet wist hoe hij zich
moest opstellen. Als de situatie normaal was, dan zou hij een modder-
figuur staan. Hij stak zijn hand met het pistool in zijn jaszak, duwde
voorzichtig de deur open en zag de eetkamer: glimmend gepolitoerd
notenhout en zilver. Hij sloop naar binnen.

Er hing een stilte — een zware, gesmoorde stilte. Toen hoorde
hij iemand scherp naar adem snakken. Daarna de stem van Arthur
Upshaw, rustig en beheerst. "Ze is flauwgevallen."

De situatie was overduidelijk niet normaal.

Duff sprak: "Kijk eens hier, Arthur, ik denk niet —"

"Kop dicht. Haal koud water."

Duff kwam de studeerkamer uit. Hij zag Darrell en bleef stokstijf
staan.

Darrell gebaarde met het pistool. "Achteruit," zei hij met rauwe stem.

Duff liep achteruit de studeerkamer weer in. Darrell volgde hem.

Arthur Upshaw keek op, streng en fronsend. Jilali zat op de bank een sigaret te roken. Het vuur knisperde vrolijk. Ellen zat op een keukenstoel, haar polsen achter haar rug vastgemaakt met cellofaan plakband. Haar middel, dijbenen en enkels waren met een dik touw aan de stoel gebonden. Ze had blote benen; haar rok was tot ver boven haar knieën opgetrokken. Arthur Upshaw had een pook in zijn hand, wit-grijs verhit, licht rokend. Over een van Ellens knieën liep een grote rode streep.

Darrell bleef in de deuropening staan, wapen omhoog, niet in staat om een woord uit te brengen. Niemand bewoog. Er kringelde rook omhoog van de sigaret van Jilali. Tien seconden gingen voorbij, twintig seconden. Arthur Upshaw kwam langzaam overeind, strekte zijn rug, ging rechtop staan met de pook losjes in zijn hand.

Uiteindelijk deed Darrell zijn mond open. "Luister goed. Als jullie niet precies doen wat ik zeg, dan schiet ik jullie dood. Er is geen tweede kans. Hebben jullie dat goed begrepen? Geef antwoord! Hebben jullie dat begrepen?"

Duff knikte zwijgend.

"Geef antwoord," snauwde Darrell.

"Ik begrijp het," sprak Duff.

"Ik begrijp het," zei Jilali gelijkmoedig.

Darrell keek in de richting van Arthur Upshaw.

Arthur Upshaw knikte. Zijn mond was tot een smalle witte streep samengeknepen.

Darrell zei langzaam: "Draai je om Upshaw."

Upshaw zwaaide een klein stukje met de pook. Het pistool was op zijn middenrif gericht. Hij draaide zich om naar het vuur. De vlammen gloeiden en wierpen rossige schaduwen over zijn gezicht.

"Laat die pook vallen."

De pook viel kletterend op de stenen. Minachtend zei hij: "Je maakt jezelf onsterfelijk belachelijk."

"Duff, loop naar de muur aan de andere kant van de haard. Zet je handen tegen de muur."

Duff gehoorzaamde.

"Jilali, handen omhoog. Ga staan. Draai je om. Loop naar de hoek en ga tegen de muur staan."

Jilali, sigaret in de hand, liep met een air van verveling naar de hoek.

"Upshaw — hou je handen naar voren en leun tegen de muur."

Arthur Upshaw gehoorzaamde zonder iets te zeggen.

Darrell bekeek de drie mannen. "Als een van jullie ook maar de geringste beweging maakt — zelfs al draai je alleen je hoofd maar om, dan schiet ik direct. Mijn handen jeuken."

Hij luisterde aan de deur, bezorgd dat er wellicht nog anderen in het huis waren. Het huis was doodstil.

Ellen was bij bewustzijn; ze glimlachte naar hem, een akelige, zwakke grijns. Darrell vroeg haar, "Zijn er nog meer?"

"Nee. Alleen deze drie."

Darrell liep langzaam naar het bureau, trok een lade open, zonder zijn blik van de drie mannen af te wenden. Een snelle blik vertelde hem dat er een schaar lag. Hij pakte de schaar, liep langzaam naar Ellen en knipte voorzichtig het plakband door. Ze bracht haar handen naar voren en wreef over haar polsen.

Darrell gaf haar de schaar. "Hier. Maak jezelf los."

Zwakjes, met trillende handen, deed ze wat hij vroeg en kwam toen zwaaiend overeind.

Darrell besloot dat Jilali de meest waarschijnlijke was om een wapen te dragen. Hij zei: "Jilali, hou je handen omhoog. Loop achteruit, mijn kant op…Verroer je niet, Upshaw. Waag het niet om zelfs maar te bibberen…Stop, Jilali. Ga in de stoel zitten, met je armen achter je rug. Ellen, pak die plakband. Bind zijn polsen samen…Mooi. Fouilleer hem en kijk of hij een wapen heeft."

Ellen trok een klein automatisch pistool uit zijn jaszak. Darrell bekeek het wapen en klikte een kogel in de kamer. "Weet je hoe dit ding werkt?"

"Natuurlijk," zei Ellen met omfloerste stem.

"Hij staat op scherp, als je de trekker overhaalt gaat hij af."

"Ik weet het."

"Hou hem op Upshaw gericht…Duff, ga liggen, met je gezicht op de vloer."

Darrell bond zorgvuldig het plakband rond de polsen en enkels van Duff. "Nu jij, Upshaw, gezicht op de grond."

"Ze heeft je broer vermoord, achterlijke idioot," zei Upshaw woest. "Ze houdt je voor de gek!"

"Gezicht naar de grond."

"Wat denk je te bereiken met deze onzin?"

Darrell kwam voorzichtig naar voren; Upshaw liet zich met tegenzin op de grond zakken. Zowel zijn enkels als zijn polsen werden met plakband aan elkaar gebonden.

Darrell keek op hen neer. Ellen kwam naast hem staan.

"Hoe vaak hebben ze je gebrand?"

"Eén keer…Wat ben je van plan?"

"Ik weet het niet. In eerste instantie wilde ik hen doden."

Darrell pakte de pook op en legde hem in het vuur. De drie mannen bekeken hem met gefixeerde blikken. Duff hief het hoofd op en riep met hese stem: "Help!"

Darrell maakte een prop van zijn zakdoek en stopte die in Duffs mond. Duff spuugde hem weer uit, probeerde te bijten, spartelde op de vloer. Darrell sloeg hem met de loop van het pistool en knoopte de zakdoek over zijn mond bij wijze van knevel.

De pook was heet. "Jullie drie hebben mazzel dat ik precies op dit moment binnenkwam. Jullie hebben haar maar een keer kunnen branden…Misschien moet ik met jullie doen wat jullie voornemens waren met haar doen…"

Ellen greep hem bij de arm. "Raak ze niet aan, Darrell. Verbrand ze niet."

"Nee? Waarom niet?"

"Ik weet het niet. Ik kan het niet uitleggen. Ze zijn te walgelijk om aan te raken."

Darrell grijnsde. "Een klein aandenken?"

"Nee. Alsjeblieft, doe het niet. Niet dat ik me genadig voel of zo. Het is gewoon — ik kan het niet uitleggen. Ik wil hier gewoon weg. Ik wil niet dezelfde lucht inademen als die drie."

"Als jij het zegt. Heb je alles wat je nodig hebt?"

"Ja. Laten we alsjeblieft gaan."

Darrell bestudeerde de drie mannen. Duff keek nijdig, Upshaw keek kil, Jilali keek mild verwijtend, met een hint van spot.

"Ellen weet niets van jullie heroïne, en ik ook niet. Doe ons een plezier en hou ons buiten jullie verdere plannen."

Upshaw deed zijn mond open en klapte hem weer dicht.

"Ik heb andere informatie," zei Jilali.

"Jouw informatie is dat een man en een vrouw in een zwarte sportwagen Ksar-es-Souk zijn binnengereden op de ochtend dat Noel
vermoord werd. En meer informatie heb je niet."

"Het is een goed uitgangspunt," zei Jilali.

"Vanaf nu zoek je maar een ander uitgangspunt." Hij wendde zich af
en pakte Ellens hand. "Is je knie erg pijnlijk?"

"Een beetje. Het valt wel mee."

Darrell stopte het wapen terug in zijn zak. Hij keek nog een laatste
maal naar de drie mannen en draaide zich toen om. Ze verlieten het
huis. De taxichauffeur keek slaperig op. Darrell betaalde hem.

Hij reed de Mercedes-Benz de heuvel af. "Waar wil je heen?"

"Het kan me niet schelen. Ik was zo blij om je te zien, Darrell, je zult
nooit kunnen begrijpen hoe blij." Ze barstte in tranen uit, en veegde
toen nijdig haar arm over haar gezicht.

"Ik neem aan dat ze hun verdomde heroïne terug willen."

Ze knikte. "Jilali heeft Arthur verteld dat ik Noel heb vermoord."

"Hetgeen zijn mannen hem dus gisteren hebben verteld."

"Ik zei hen dat ik dat niet gedaan had, maar ze geloofden mij niet."

Darrell streelde haar. "Ik kan me niet voorstellen dat Duff bij zoiets
als dit betrokken is. De anderen wel. Maar Duff… Hij is tenslotte je
broer."

"Hij doet wat Arthur hem opdraagt," zei Ellen. "Hij kan er niets aan
doen. En ik denk dat hij echt dacht dat ik zijn heroïne gestolen heb."

Darrell parkeerde op de Place de France, voor een drogisterij. "Laat
me die knie eens zien." Hij bekeek de venijnige rode blaar. "Ik zal zalf
halen en verbandgaas. Meer kunnen we er niet aan doen."

Hij kwam terug met zalf, gaas en pleisters, en legde handig een verband aan. "Dankjewel," zei Ellen zwakjes.

Hij streelde haar gezicht. "En nu heb ik iets moois voor je. Hou je
hand op."

"Wat is het?"

"Het zit in dit doosje."

Ze maakte het doosje open en pakte de ring — een enkele, vierkante
diamant op een band van platina. "Darrell, als ik bedenk hoe lelijk ik
tegen je geweest ben…"

"Laten we een rustige, romantische plek opzoeken. We drinken een fles champagne leeg, en als je honger hebt —"

"O nee," zei Ellen. "Ik heb het gevoel alsof ik nooit meer iets zou kunnen eten. Maar ik zou wel graag iets drinken, en blijven drinken... Nee, bij nader inzien toch niet. Ik ben veel te moe. Sterker nog — ik denk dat ik moet overgeven."

Ze leunde uit de auto, zonder op de starende voorbijgangers te letten, en gaf over in de goot.

"Verdorie," mompelde Darrell. "Ik heb mijn zakdoek verspild aan Duff."

"Laat maar," zei ze zwakjes. "Rij maar snel weg. Ik voel me een enorme idioot."

"Ik ben de idioot," zei Darrell. "Ik had je mee moeten nemen naar het hotel en je daar in bed moeten stoppen."

"Ik wil niet naar bed... ik voel me al een stuk beter. Wat een gênante vertoning. Ik schaam me dood."

"Je stond onder een enorme druk."

Ze knikte lusteloos. "Ik weet het."

Ze gingen een schaars verlicht restaurant binnen op de top van de heuvel. Een meisje in een rood en geel Berberkostuum bracht Ellen een Tom Collins en Darrell een highball.

"Het vraagstuk is nog steeds niet opgelost," zei Ellen. "Wie heeft de heroïne? Maar mij kan het niets meer schelen. Ik zal blij zijn als ik hier weg ben."

"Morgen gaan we naar het consulaat. Ongetwijfeld moeten we minstens een dozijn formulieren invullen."

Ellen keek met een tedere blik omlaag naar haar ring. "Wat ben ik een stommeling geweest. Ik heb jou niet verdiend, Darrell. Ik zal nooit meer zeuren over ethische en morele waarden. Het is duidelijk dat je beter goed kunt zijn dan slecht."

"Dat heb je heel goed samengevat," zei Darrell. "Ik had vanavond bijna drie mannen vermoord. Ik neem aan dat dat slecht is... Ik weet niet wat me tegenhield. Te weekhartig wellicht."

"Laten we het er niet meer over hebben. Het is allemaal vreemd en wazig, alsof het nooit gebeurd is. En ondertussen heb ik wel honger."

Naast de bar was een restaurant, behangen met Berbertapijten, scimitars en lange, excentrieke geweren. Ze zaten op kussens van wit geitenleer en kregen Marokkaans voedsel geserveerd: lam van de barbecue, couscous met stukjes kip in een felgele saus.

Ze reden de heuvel af. Darrell minderde vaart toen ze op twee blokken van de Calle Miranda waren, en rolde langzaam tot stilstand.

"Wat is het probleem?" vroeg Ellen.

"Deze hele zaak baart me zorgen. Ze zijn inmiddels wel losgekomen. Upshaw is nijdig, Duff ergert zich, Jilali heeft gezichtsverlies geleden. Stel dat ze ons opwachten voor het hotel? Het is donker onder die bomen."

"Ik denk niet dat ze vannacht nog iets zullen proberen. Waarschijnlijk zijn ze zelf ook doodziek van deze hele toestand."

"Ik neem liever geen enkel risico." Hij reed een blok verder en parkeerde de auto. "Ik ga vooruit."

Hij liep naar de hoek, keek om zich heen. De MASQUERADE neonletters werden door de begroeiing een spel van flikkerende groene stippen en strepen. Een groep mannen en vrouwen in avondkleding verliet de bar met veel lawaai en gelach. Alles leek onschuldig en veilig.

Darrell liep langzaam door de straat voor het hotel. De geparkeerde auto's waren leeg, niemand lag op de loer in de portieken. Hij liep terug naar de Mercedes-Benz.

De stoel was leeg.

Uit de schaduw klonk Ellens stem. "Hier ben ik." Ze stapte naar voren.

"Je liet me schrikken," zei Darrell. "Ik dacht even ... Laat maar zitten. De kust is veilig. Laten we gaan."

HOOFDSTUK XV

DE VOLGENDE DAG BEGON kalm en rustig. Darrell en Ellen bezochten de consul van de Verenigde Staten, vulden enkele formulieren in en werden verzocht terug te komen zodra ze getrouwd waren.

Ze verlieten het consulaat en wandelden naar hun auto, die in de Soco Grande geparkeerd was. Ellen streelde over de voorbumper. "Arme meneer Burdette. Ik had zijn auto al veel eerder terug moeten brengen."

"We zullen hem vanmiddag wel teruggeven," zei Darrell.

Ellen stak de stoep over en liep naar een krantenkiosk, waar ze de voorpagina van een van de Spaanse kranten van Tanger las. "Hier is een artikel over Noel."

Darrell kocht de krant. "Wat staat erin?"

"Niet veel. 'Noel Hutson, Amerikaans staatsburger en ingezetene van Tanger, is gisteren dood aangetroffen in de buurt van Erfoud, een dorp in de Tafilalt, aan de overzijde van de Atlas. Hij reed in een truck, en er wordt algemeen aangenomen dat hij wapens smokkelde naar de Algerijnse rebellen. Hij werd gedood door een schot in het hart.'"

"Wat?" vroeg Darrell. "Een schot in het hart?"

"Dat staat hier. Had je dat niet gezien?"

"Nee. Ik heb slechts een korte blik in de cabine geworpen. Vreemd. Ga verder."

"'Het lijk werd ontdekt in een truck die op korte afstand van de snelweg Ksar-es-Souk–Erfoud verborgen was. De truck is eigendom van de Europe–Africa Transfer Society Anonymous' — dat betekent besloten vennootschap — 'in Tanger.

"'Zowel de politie van Tanger als belangrijke autoriteiten in Rabat onderzoeken de moord. Het zou bijzonder verstorend zijn voor de huidige gevoelige Frans–Marokkaanse onderhandelingen als zou blijken dat er een nieuwe illegale wapensmokkeloperatie bezig is direct onder de neus van de autoriteiten. De Fransen zouden zich ongetwijfeld veel harder opstellen tegenover Koning Mohammeds verklaring dat de Franse troepen het Marokkaans grondgebied moeten verlaten.

" 'Degenen die de situatie goed kennen zullen zich wel herinneren'—" Ellen stopte en bekeek de rest van het artikel. "Meer staat er niet. Ze gaan verder over de inbeslagname van de *Slovenija* door de Fransen enige tijd geleden. Er wordt met geen woord over ons gerept."

"Daar ben ik alleen maar blij mee." Darrell opende de autodeur voor Ellen. "Rij jij maar, dan kan ik onderweg naar je kijken."

"Darrell, jij idioot, zo mooi ben ik nu ook weer niet."

"Natuurlijk wel. Mooier zelfs. Als we niet zoveel te doen hadden —"

"Maar dat hebben we wel." Ellen startte de motor en reed naar het politiehoofdkwartier. Kapitein Goulidja deelde Darrell mee dat het lichaam van Noel naar Tanger gebracht was en zich nu in het stedelijk mortuarium bevond. Hij bevestigde dat Noel in het hart geschoten was.

"Dat moet de zaken eenvoudiger maken voor u," zei Darrell nadenkend.

"Hoezo dat?"

"Het betekent dat degene die Noel vermoord heeft niet vanaf de weg geschoten heeft, of vanaf de treeplank — dan zou de kogel door Noels hoofd gegaan zijn. Blijkbaar heeft Noel de truck gestopt en is uit de cabine gekomen. Onder deze omstandigheden zou hij dat alleen maar gedaan hebben voor iemand die hij vertrouwde, iemand die hij verwachtte te zien. Of iemand voor wie hij niet bang was."

"Ja. Dat is heel goed mogelijk." Kapitein Goulidja leek het idee niet echt relevant te vinden. "Vanmiddag kunnen we, als u dat wilt, het lichaam vrijgeven aan uw begrafenisondernemer."

Dat wilde Darrell inderdaad, en van het politiebureau reden ze naar het met zwart marmer beklede kantoor van de begrafenisondernemer om de nodige zaken te regelen.

Inmiddels was het twee uur. Darrell en Ellen aten een sandwich bij een ijssalon, liepen drie blokken naar het kantoor van de veilingmeester en brachten enige tijd door in heftige discussie met de veilingmeester zelf. Deze protesteerde luid dat de dingen die Ellen wilde uitsluiten van de verkoop nu precies de zaken waren die de moeite waard waren om te verkopen. Ellen beet terug dat deze veiling niet ten behoeve van het veilinghuis gehouden werd; hij reageerde op zijn beurt dat hij ook zijn eigen belangen had om te behartigen, en dat het versjacheren van een kast vol potten en pannen, een paar oude tafels en schemerlampen niet bepaald overeenkwam met zijn beeld van een waardig bestaan. Uiteindelijk werd het contract getekend, en ze gingen naar het kantoor van American Express om te regelen dat alles wat Ellen wilde meenemen werd ingepakt: een vleugel, een staande klok, boeken, zilverwerk, een aantal stukken Chinees porselein en twee Perzische tapijten.

Ellen schrok van de transportkosten. "Darrell!" fluisterde ze. "Dat is meer dan alle andere dingen bij elkaar zullen opbrengen!"

"En wat zou dat? We hebben straks een piano, een klok en een paar tapijten. We zullen er een huis omheen bouwen. Wat dacht je daarvan?"

"Dat klinkt heel mooi, maar ben ik al dat geld wel waard?"

Darrell verzekerde haar ervan dat een schaap met een stamboom, in goede gezondheid, soms zelfs nog meer opbracht.

Ze liepen terug naar de auto. "Waar gaan we nu naartoe?" vroeg Ellen.

"Waar je maar naartoe wilt."

Ellen reed doelloos door de straten.

"Ik zou me niet zo gelukkig en zorgeloos mogen voelen," zei Darrell uiteindelijk. "Het is niet echt betamelijk, terwijl die arme Noel in het mortuarium ligt."

"En het interesseert je echt niet wie hem vermoord heeft?"

Darrell lachte hol. "Abd Allah el Kazim vroeg zich dat ook al af. Natuurlijk zou ik het graag willen weten. Ik breek me er het hoofd al over sinds het moment dat we hem vonden. Het moet iemand geweest zijn die hij ongevaarlijk vond, anders was hij nooit gestopt. Tenslotte had hij al die heroïne in zijn laadbak. Hij is bang, nerveus, achterdochtig. De avond ervoor had hij drie keer geprobeerd om Arthur Upshaw te pakken te krijgen, maar hij heeft alleen X aan de lijn gekregen — meneer of mevrouw of mejuffrouw X, dat kan allemaal.

X beloofde hem dat hij de boodschap zou doorgeven aan Arthur Upshaw, maar Upshaw belt hem niet terug. Wat gaat er door Noels hoofd? Hij vraagt zich vast af of Upshaw de boodschap gekregen heeft. En zo niet, waarom dan niet? Stel dat X het niet heeft doorgegeven. Maar waarom zou X de boodschap niet doorgeven? Op het moment dat Noel die helling oprijdt moet hij wel aan X gedacht hebben. En kijk eens aan! Daar hebben we X, die hem gebaart te stoppen. Noel kan stoppen, of hij kan als een haas verder rijden. Hij stopt. Waarom? Het moet iemand zijn die hij ongevaarlijk vindt, of iemand van wie hij denkt dat hij recht heeft op de heroïne. Hoe dan ook, Noel is blij en opgelucht om X te zien. Hij is blij dat hij van die heroïne af is, blij dat hij gezelschap heeft op de rit naar Tanger. Maar ongelukkigerwijs schiet X hem neer. Dat was een maand geleden. De X'en — meneer en mevrouw, of mejuffrouw X — blijven rustig afwachten tot alle opschudding voorbij is voordat ze de boel verkopen.

"Ik had jou al uitgesloten van verdenking, om redenen die ik al eerder heb vermeld, en omdat ik weet dat jij nooit zoiets zou kunnen doen. Arthur is degene voor wie Noel het meest geneigd zou zijn te stoppen. Maar die is opgewonden en van streek — is dat toneelspel? Duff, Ventriss, Jilali — allemaal min of meer mogelijk. Misschien heeft deze of gene een alibi. Als dat zo is, dan wordt de lijst nog korter. Dat is het zo'n beetje. Wat denk jij?"

Ellen schudde haar hoofd, behoorlijk somber. "Ik weet het niet. Je redenering is indrukwekkend. Maar er is nog iets dat je niet hebt kunnen verklaren."

"Wat dan?"

"Noel schreef dat hij zich zou indekken. Hoe dan?"

"Dat weet ik niet," zei Darrell. "Ongetwijfeld komen we er uiteindelijk wel achter."

Ze keerden terug naar het hotel. De baliemedewerker had een boodschap voor Darrell. "Er heeft een dame opgebeld voor u, meneer Hutson. Ik heb haar verteld dat u er niet was."

"Een dame? Heeft ze een naam doorgegeven?"

"Nee, mijnheer. Ze zei dat ze zou terugbellen."

"Prima."

Ellen ging naar haar kamer; een paar minuten later klopte Darrell op haar deur en werd binnengelaten. Ze had zich omgekleed in een lichtblauw broekpak; haar lichtbruine haren waren glanzend en glad geborsteld.

"Zullen we iets drinken voor het eten?" stelde Darrell voor.

"Ik ben over tien seconden klaar."

"Er heeft een dame voor me gebeld," zei Darrell.

"Echt? Wie? Mevrouw X?"

"Geen idee. Misschien iemand van de begrafenisonderneming. Zullen we naar de overkant gaan, naar de Masquerade, voor het geval ze terugbelt?"

Ellen aarzelde. "Misschien zijn Duff en Arthur daar."

"Als zij hun gezichten durven te laten zien, dan durf ik het wel om ze aan te kijken."

Ellen lachte zwakjes. "Als je het zo stelt, dan durf ik het ook."

Onderweg naar buiten liep Darrell langs de balie. "Als die dame terugbelt," zei hij tegen de receptionist, "dan ben ik in de Masquerade."

"Uitstekend, mijnheer."

Ze staken de straat over en duwden de deur open. Ellen verstijfde. Arthur Upshaw en Duff zaten samen in een box. Upshaw keek hen zonder enige uitdrukking aan, maar Duff fronste en haalde zijn vingers door zijn toch al verwarde haren.

Darrell stond stil en voelde de woede omhoog komen. Ellen pakte hem bij de arm en leidde hem in de richting van de bar.

"Goedenavond mensen," sprak Phil Beresford. "Wat willen jullie drinken? Maak er iets moois van, want we hebben nog maar drie dagen te gaan."

Darrell bestelde martini's. Burdette, die op zijn gebruikelijke kruk zat, wuifde met een strenge wijsvinger naar Ellen. "Zo, jongedame. Het werd weleens tijd dat je je gezicht weer liet zien. Jij en ik hebben iets te bespreken."

"Jazeker, meneer Burdette. Hij staat buiten. U mag hem terug." Ze bood hem de sleutels aan.

Burdette hief klaaglijk verschrikt zijn handen ten hemel. "Maar ik ben hierheen gereden in een demonstratiemodel; wat moet ik in vredesnaam met twee auto's?"

"Heeft u liever dat ik hem morgen langsbreng?"

"Uitstekend. En rij alsjeblieft voorzichtig vanavond."

Phil serveerde de drankjes. "Tussen haakjes, meneer Hutson, onze reizende reporter zou u graag willen spreken."

Darrell lachte ongemakkelijk, zich extra bewust van Ellen die naast hem zat. "Ze heeft me gisteren al helemaal uitgeknepen."

"Ik zal haar naar beneden roepen. T-Bone maakt de zaak altijd levendig." Hij gebaarde naar de kelner. "Charley! Bel T-Bone en zeg haar dat de hele boel op z'n kop staat hier. Meneer Burdette is dronken en deelt grote dozen bonbons uit."

Burdette wreef over zijn bolle gezicht. "Zaterdag is je laatste dag, Phil?"

"Dat klopt, meneer Burdette. Ergens vind ik het jammer dat ik moet gaan."

"Ik neem aan dat alle drankjes op kosten van het huis zijn zaterdag?"

"En zondag de hele dag, en maandag ook."

T-Bone verscheen, bleef staan toen ze Ellen zag, maar kwam toen naar voren. Ze keek naar Burdette en trok toen haar neus op in de richting van Phil. "Hij deelt geen dozen bonbons uit."

Burdette zei, "Ik heb nog wel iets anders dat je kan krijgen."

"Stil, meneer Burdette," zei Phil. "Als u zo begint dan lokt u Mama naar buiten. Ik zou het vreselijk vinden als u al die snacks zou moeten missen."

T-Bone gleed op een kruk naast Darrell. "Goedenavond, meneer Hutson."

"Goedenavond, T-Bone."

"Is er nog nieuws in verband met Noel?"

"Niet dat ik weet."

"Weet de politie al wie hem heeft neergeschoten?"

"Als dat zo is, dan hebben ze het mij niet verteld."

"Het is zonde," zei T-Bone. "Noel was zo'n lieve jongen. Ik was verliefd op hem, nietwaar, Phil?"

Phil krabde op zijn hoofd. "Ik weet het niet meer. Op welke dag was dat?"

"Ben jij ooit weleens serieus, Phil?"

"Jij werkt op mij als sterkedrank, T-Bone. En over sterkedrank gesproken, aangezien niemand mij iets heeft aangeboden, schenk ik zelf maar iets voor mezelf in." Hij schonk een highball in voor zichzelf. "De volgende keer dat meneer Burdette bestelt krijg hij maar een half glaasje."

Burdette keek hem onderzoekend aan. "Voor een man die op het punt staat zijn baan te verliezen gedraag je je behoorlijk vrolijk."

"Ik lach om niet te huilen, meneer Burdette."

T-Bone wendde zich tot Darrell. "Wat ga je doen met Noels boot?"

"Niets. Wil jij hem hebben?"

T-Bone lachte verrukt. "Mag ik hem echt hebben?"

"Zeker."

"Zal ik het doen, Phil?"

"Je moet alles aannemen als het niks kost."

"Wil jij me helpen met schilderen?"

"Als jij je bikini aantrekt."

"Dat is een feestje waar ik ook wel aan mee wil doen," zei Burdette.

Phil schudde zijn hoofd. "Als T-Bone en ik samen gaan verven, dan worden we liever niet gestoord." Hij keek over zijn schouder en sloeg zijn hand voor zijn mond.

Mevrouw Phil kwam naar voren, zonder links of rechts te kijken. Ze mompelde iets tegen Phil, draaide zich om en schommelde de keuken weer in. Phil wendde zich tot Darrell. "Telefoon. Neem hem maar op in de telefooncel."

Darrell zei tegen Ellen, "Dat is waarschijnlijk de mysterieuze dame. Bestel nog maar een drankje voor ons allebei." Hij gleed van de kruk af, liep de bar door, voor Arthur Upshaw en Duff langs, die beiden het hoofd afgewend hielden.

Hij ging de cel in, sloot de deur en pakte de hoorn van de haak. "Met Darrell Hutson."

"Hallo. Meneer Hutson?"

"Ja, u spreekt met Hutson."

"U spreekt met mevrouw Ritterman van het hotel."

"O ja, mevrouw Ritterman."

"Ik las het in de krant, van Noel. Het is echt zonde. Hij was een lieve jongen. Het spijt me enorm."

"Ja, het spijt mij ook."

"Hij had hier nog spullen liggen. Zijn kleren."

"Past uw man die niet? In dat geval —"

"Kleren van een dode? Geen sprake van! En dan zijn er nog die twee pakketten. Hij vroeg me of ik ze kon bewaren. Hij zei dat ik het niemand mocht vertellen. Maar nu is hij dood."

Darrell vroeg geforceerd nonchalant, "Wat zijn dat voor pakketten?"

"Hij stuurde me een brief over een paar pakketten die hij zou sturen en hij vroeg me ze te bewaren als hij er nog niet was als ze aankwamen. Mijn man heeft ze in de kelder gezet."

"Hoelang geleden was dit?"

"Vlak nadat Noel vertrokken was — een paar dagen daarna."

"Ik begrijp het. Dat is interessant. Zegt u alstublieft niets hierover tegen anderen."

"Helemaal niemand?"

"Nee. Er komt vanavond of morgen iemand om ze op te halen."

"Prima. Ik wacht het af."

"Bedankt voor het telefoontje, mevrouw Ritterman."

"Ik belde omdat ik het in de krant las van Noel. Verschrikkelijk! Wat mensen elkaar aandoen!"

"Ja, het is een vreselijke toestand. Nogmaals bedankt voor het bellen."

Darrell hing de telefoon op. Hij deed de deur open en keek de ruimte rond. Ellen bekeek hem nieuwsgierig vanaf haar plekje aan de bar; Arthur Upshaw en Duff staarden naar hem van onder hun wenkbrauwen... Noel had zich ingedekt. Hij had de heroïne vooruitgestuurd, uit voorzorg. Hij had dit zitten bedenken terwijl hij in de eenzame lobby van de Gîte d'Étape zat:

"...Maak het geld alstublieft over naar de Lombard Bank in Tanger. Als het mij lukt om daar te komen, dan zal ik het daar opnemen. Ik heb zojuist een manier gevonden om mijzelf in te dekken, en tot Tanger ben ik in ieder geval veilig..."

Dat is wat Noel had geschreven. En de volgende ochtend was hij naar Erfoud gereden en had hij de heroïne op de post gedaan naar mevrouw Ritterman.

Hij had zichzelf ingedekt — althans, dat had hij geloofd.

Iemand had Noel geen kans gegeven om zich eruit te kletsen, geen kans om alles uit te leggen. Iemand had Noel neergeschoten zonder hem iets te vragen.

Zonder iets te vragen? Maar Noel was in de borst geschoten. Had iemand hem de vraag gesteld en toen geschoten? Dat sloeg nergens op.

Ellen keek hem met toenemende verwarring aan. Darrell liep terug de bar in. Arthur Upshaw keek even op toen hij voorbij kwam. Darrell stopte, keek omlaag en voelde zijn huid prikken van walging. Met een samengeknepen, bijna metaalachtige stem zei hij: "Jullie twee hebben een heleboel lef om je gezichten hier te durven vertonen."

Arthur Upshaw bleef onaangedaan zitten. Duff barstte uit: "Zij heeft je broer vermoord, jij idioot! Zij heeft je broer vermoord en ons genaaid!"

"Ellen heeft je heroïne niet gestolen, Duff."

Duff lachte wild. "Ze kan heel lief doen als ze wil. Ze houdt je voor de gek!"

Darrell schudde zijn hoofd, en voelde een enorme voldoening in zijn lijf neerdalen. "Jullie zagen toch dat ik werd opgebeld? Ellen heeft jullie heroïne nooit gehad. En ik heb zojuist ontdekt waar het is. Het zou me nog geen tien minuten kosten om het in handen te krijgen."

"Waar?" Het woord kwam Upshaws keel uit als een enorme boer.

Darrell lachte. "U kunt het morgen in de krant lezen. Excuseert u mij. Ik heb wat nadenkwerk te verrichten."

Darrell ging terug naar zijn eigen plek. Ellen vroeg: "Wie was die dame?"

"Mevrouw Ritterman, van Noels hotel. Ze wilde weten wat ze met Noels bezittingen moest doen." Hij kneep even in haar hand. "Excuseer me even een paar minuutjes. Ik moet nadenken. Ik geloof dat ik iets op het spoor ben."

"Nog meer theorieën?"

"Ja. Maar misschien zijn het deze keer de goede. De vorige keer zat ik er mijlenver naast." Hij staarde in zijn glas. Hij hoorde de herrie om zich heen niet meer — geklets, gelach, het kletteren van glazen en ijsblokjes, het belletje van de kassa, het tikken van Ellen die met haar autosleutels zat te spelen.

Phil ruziede vriendschappelijk met meneer Burdette: "Wilt u nu echt beweren dat er vrouwen zijn die mooier zijn dan T-Bone? Noem er eens eentje, dan eet ik die op. Als ik haar kan vangen."

"Denk maar eens aan Helena van Troje."

"Geen vergelijk. In die tijd waren ze groot en vlezig, niet schattig, zoals T-Bone."

"Wat? Het gezicht dat duizend schepen liet varen?"

"T-Bone heeft geluncht met duizend schepsels. En dan hebben we het nog niet eens over de dineetjes." Hij kneep haar in de wang.

"Phil! Ge-*draag* je! Pas op, daar komt mevrouw Phil."

Mevrouw Phil zeilde langs met een kille blik op T-Bone. "Telefoon," zei ze op ruwe toon tegen meneer Burdette, waarna ze zich omdraaide en terugmarcheerde naar waar ze vandaan gekomen was. Meneer Burdette liet zijn ronde achterwerk van de barkruk glijden en verdween de keuken in.

Phil schudde zijn hoofd. "Het is niet eerlijk. Ik krijg al vuile blikken als ik de amandelen van T-Bone bekijk, maar Mama en meneer Burdette gaan in de keuken tekeer als beesten. Ze zegt dat het de telefoon is, maar ze zit hem met beide handen lamskoteletjes te voeren. Ik ga die telefoon uit de keuken weghalen, dan weet ik tenminste wat er hier allemaal gebeurt."

Iemand tikte op Darrells schouder. Darrell keek op. Arthur Upshaw torende boven hem uit. "Ik wil u even spreken. Ik heb een voorstel dat u misschien zal interesseren."

"Laat dat voorstel maar zitten, meneer Upshaw."

"Maak jezelf niet belachelijk, Hutson," zei Arthur Upshaw op dreigende toon. "Dit is jouw zaak niet. Hou je erbuiten."

"Maar dat is het wel. Mijn broer is vermoord. En over een minuut of twee ga ik de politie bellen en dan vertel ik ze alles."

"Wat ga je ze allemaal vertellen?"

"Waar ze de heroïne kunnen vinden. Waar ze de man kunnen vinden die Noel vermoord heeft."

"Vertel, vertel!" piepte T-Bone. "Ik wil het weten!"

Darrell draaide de steel van zijn glas tussen zijn vingers. Vijf gezichten keken hem aan. De hele groep stond aan een kant van de bar, buiten gehoorsafstand van alle andere klanten.

"Prima," zei Darrell. "Ik zal het vertellen. Ik vertel het jullie allemaal.

Het is geen mysterie — nu niet meer. Vijf minuten geleden hoorde ik dat Noel op de dag dat hij vermoord werd twee pakketten op de post heeft gedaan naar Tanger."

Arthur Upshaw en Duff leunden naar voren en keken met brandende blik naar Darrell. "Ga door," zei Arthur Upshaw met hese stem.

"Is dat echt nodig? Is het niet duidelijk wat er gebeurd is? Iemand buiten uw organisatie heeft Noel vermoord. Laten we hem meneer X noemen. Uzelf, Duff of iemand binnen uw organisatie zou Noel nooit doodschieten onder deze omstandigheden; er zou u te veel aan gelegen zijn om uw drugs terug te krijgen. Maar meneer X ging midden in de nacht naar het zuiden. Hij hield Noel staande. Er lag niets in de truck. Geen heroïne. Meneer X schoot Noel toch dood, om te voorkomen dat hij Tanger zou bereiken en daar zijn verhaal zou doen." Darrell zweeg en nam een slokje van zijn highball. "Dus nu is de vraag: wie is meneer X?"

Hij keek de groep rond. Vijf paar ogen staarden hem aan.

"Ga door," zei Arthur Upshaw.

"Noel heeft drie telefoontjes gepleegd van Erfoud naar Tanger."

"Nee," riep Duff uit. "Het waren er twee!"

"Drie telefoontjes. Het eerste was naar het Balmoral. Aktouf vertelde hem dat meneer Upshaw er niet was. Toen belde hij naar het huis van de familie McKinstry. Daar nam niemand op. Het derde gesprek was met meneer X. Noel was opgewonden. Hij liet waarschijnlijk heel duidelijk doorschemeren wat hij vervoerde — of weigerde te vervoeren. Meneer X reed naar het zuiden. Hij schoot Noel dood, maar er was geen buit. X was woest. Mevrouw X ook — of juffrouw X. Er was ook een dame bij. Al dat werk voor niets. De lange rit, de moord, en nu de lange rit terug. Ze waren vast en zeker zwaar teleurgesteld. Ze reden de truck de woestijn, in lieten hem in het ravijn storten en gingen terug naar Tanger."

"Zoveel is duidelijk," zei Arthur Upshaw met raspende stem. "Wie zijn deze mensen?"

"Waar zou Noel heen bellen als hij naar u op zoek was? Waarom niet hierheen, naar de Masquerade Bar?"

Arthur Upshaw keek naar Phil. Duff keek naar Phil. Darrell keek naar Phil. Phil deinsde terug en keek van de een naar de ander. "Hola, hola, hola. Wat bedoelen jullie?"

"Het gesprek kwam bij jou terecht," zei Darrell. "Waar anders?"

"Jullie zijn gestoord!" riep Phil uit. "Denken jullie echt dat ik dat hele eind gereden heb om Noel neer te knallen? Jullie zijn gek geworden!"

"Jij hebt een sportauto — een MG. Geen Mercedes-Benz, maar iets dat er in eerste oogopslag genoeg op lijkt."

Phil leunde tegen het aanrecht aan de achterwand, met een wrang, vertrokken gezicht. "Darrell, ik had je intelligentie hoger ingeschat. Kijk nu eens naar mij in deze bar. Ik heb al een jaar geen vrije dag gehad. Iedereen kan je dat vertellen. Vraag het Burdette. Vraag het T-Bone. Denk je nu echt dat ik hier om twee uur in de ochtend zou kunnen vertrekken, half aangeschoten als altijd, en helemaal naar Erfoud zou kunnen rijden? Erfoud? Dat is belachelijk!"

Darrell aarzelde. "Je had kunnen vliegen."

"Met het privévliegtuig dat ik niet bezit? Op een bezemsteel? Je hele redenering zit vol met gaten. Neem het van mij aan: dat telefoontje is hier nooit binnengekomen. En als mijn woord niet genoeg is, vraag het dan aan Mama. Zij neemt hier altijd de telefoon op. Zij zal het je vertellen. Laten we dit meteen de wereld uithelpen." Hij liep naar de deur en keek de keuken in. "Hé, Mama, kom eens even hier. Hé, Mama!"

Phil leunde voorover en ging de keuken in. Duff liep hem snel achterna. Ze hoorden Phils stem: "Mama!"

Phil kwam terug met een somber, twijfelend gezicht. "Mama is weg. En meneer Burdette ook. Tenzij ze ergens stiekem samen zitten te eten."

Er klikte iets in Darrells brein. Ineens had hij het gevoel dat iemand ijswater over zijn rug liet lopen. "Mama luistert mee als er gebeld wordt?"

"Het spijt me, maar dat doet ze inderdaad."

"Dan heeft ze gehoord dat mevrouw Ritterman mij belde."

"Ritterman!" barstte Duff uit. "Dat is het Hotel de los Dos Continentes. Noels hotel. Daar is het spul! Kom mee!"

"Roep een taxi!" brulde Arthur.

Duff rukte de sleutels uit Ellens hand. "We nemen de Mercedes!" Ze renden de bar uit.

Phil bleef met het hoofd in zijn handen staan. "Dit kan niet kloppen! Dit is een van T-Bone's verzinsels. Dit kan niet echt zijn. Niet die aardige meneer Burdette en Mama. Kan iemand me wakker maken uit deze nachtmerrie?"

"Hij heeft een hele showroom vol met sportauto's," zei Ellen.

Phil kwam achter de bar vandaan. "We kunnen hier niet zomaar blijven staan. Laten we gaan! Dit is een gebeurtenis! Het is zo triest dat het bijna grappig is. Arthur en Duff die Mama en Burdette achterna zitten."

"Wat hebben ze gedaan?" riep T-Bone uit. "Waarom vertelt niemand mij iets?"

"Ik moet de politie bellen," zei Darrell.

"Ik bel ze wel," zei Ellen. "Het gaat sneller als ik het doe." Ze rende naar de telefooncel.

"Als jullie gaan, dan ga ik mee," riep Phil uit, zonder acht te slaan op de blikken van zijn klanten. "Ze hebben een flinke voorsprong!"

T-Bone trok aan zijn arm. "Ik wil ook mee."

"Ga jij je kranten maar bellen! Je kunt honderdduizend frank verdienen met dit verhaal! Dit is groots!"

T-Bone aarzelde en rende toen naar de telefooncel. Ze rammelde aan de deur. Ellen kwam eruit; T-Bone sprong naar binnen en toen meteen weer naar buiten. "Phil! Ik heb geen geld!"

"Pak het uit de kassa! Ik heb nu geen tijd!"

"Maar ik weet niet wat ik tegen ze moet zeggen! Ik heb geen idee wat er gebeurd is!"

"Vertel ze de trieste waarheid: dat Mama en meneer Burdette die arme Noel Hutson hebben afgeslacht!"

Darrell en Ellen klommen de MG in; Phil startte de motor en maakte een scherpe draai; de wagen reed brullend de heuvel af. Vanuit een andere richting klonk het geluid van een sirene. "We krijgen ze nooit te pakken," kreunde Phil. "Nooit gedacht dat ik dit zou meemaken!"

"Wel, ik heb mezelf belachelijk gemaakt," zei Darrell zuur. "Terwijl ik mijn theorietjes zat te verkondigen hebben zij de heroïne in hun auto geladen."

"Je zat er niet ver naast," zei Phil. "Ik verwijt je niets."

Ze staken de Boulevard Pasteur over, gingen rechtsaf de heuvel af, schoten de Calle Erasmus in. Mevrouw Ritterman stond in de deuropening en keek verbijsterd de weg af. Ze zag Darrell en vroeg hoopvol: "U heeft ze gestuurd om de pakketten te halen, meneer Hutson? Het was goed, ja?"

"Waar zijn ze heengegaan?" riep Phil uit.

"Die kant op." Ze wees de straat in. "Nog geen minuut geleden. En een tweede auto. Een minuut geleden!"

Achter hen klonk een sirene, luid en schril. De MG schoot naar voren. "Ze moeten naar de waterkant gereden zijn. Deze straat gaat nergens anders heen. Hou je vast! Mensenkinderen! Ik ben echt verbaasd. Die meneer Burdette, altijd zo mak en stilletjes. Mama moet hem behoorlijk krachtig vlees gevoerd hebben."

Ze namen een scherpe bocht naar rechts en hotsten over een braakliggend terrein heen. "Kortere route," legde Phil uit. "Op deze manier snijden we twee blokken af."

Ze schokten over de stoep en kwamen uit op de hoofdweg langs het water.

Een paar honderd meter voor hen verscheen een korte flits, toen een hoge felrode steekvlam.

Ellen snakte naar adem. Phil klikte met zijn tong tegen zijn tanden "Dat ziet er niet goed uit."

De oranje vuurzee kolkte en ziedde, rolde zich op tot een bal omgeven door zwarte rook. Phil stopte de auto op een meter of zestig en sprong eruit. Over de weg lag een verwrongen tankwagen. Eronder, zichtbaar tussen de flikkerende vlammen, lag het gebroken karkas van een sportwagen. Twee dofzwarte vormen, volkomen onherkenbaar, waren zichtbaar in het wrak.

Er had zich al een menigte verzameld. Een aantal auto's waren gestopt. Voor hen stond de Mercedes-Benz. Arthur Upshaw en Duff stonden in de vlammen te staren. Upshaw rende af en toe een klein stukje naar voren, maar sprong dan weer achteruit. Achter hen kwam een politiewagen met krijsende remmen tot stilstand. Drie agenten in witte uniformen sprongen eruit, renden naar het vuur maar bleven hulpeloos staan.

Phil keerde terug naar de auto. "Ik kan dit niet langer aanzien."

Ze reden langzaam weg terwijl een zee van oranje licht weerspiegelde in de voorruit. Phil zuchtte diep. "Ik ben toch wat bedroefd. Arme Mama. Arme meneer Burdette. De wereld is zojuist gestopt voor hen allebei…Een vreemd gevoel is dat."

Hoofdstuk XVI

Phil parkeerde voor de Masquerade. De drie stapten uit. T-Bone kwam vanaf de bar aangerend. "Wat is er gebeurd, Phil? Waar was je?"

Phil legde zijn arm losjes om haar schouders. "We zaten Mama en meneer Burdette achterna, T-Bone. We hebben ze achterna gezeten tot de achtervolging plotseling tot een einde kwam."

"Maar wat is er gebeurd? Waar zijn ze nu?"

"Ze zijn dood. Tegen een benzinewagen aangereden, met een vaart van minstens honderdtwintig of honderddertig."

"Phil! Echt niet!"

"Echt wel. Terwijl wij hier zitten, zit Mama meneer Burdette ergens boterhammen met ambrozijn te voeren. Of, en dat is waarschijnlijker, een zwavel-milkshake."

T-Bone legde haar hoofd tegen Phils schouder. Hij klopte haar zacht-jes op de haren. "Je hoeft geen medelijden te hebben, T-Bone — niet met mij. Je weet hoe de zaken ervoor stonden."

"Dat weet ik, maar —"

Hij knikte. "Het is toch een schok als de situatie zo plotseling ontploft. Kom mee, Darrell, Ellen. Laten we iets drinken." Hij pakte T-Bone bij de arm en liep met haar in de richting van de bar. Darrell en Ellen liepen achter hen aan. Hun glazen stonden nog waar ze ze hadden achtergelaten; op de plaats waar meneer Burdette gezeten had wachtte nog een eenzame highball, met een laatste ijsklontje dob-berend aan het oppervlak. Phil dook achter de bar, pakte het glas en maakte aanstalten het leeg te gooien. Plotseling stopte hij, liep naar de keuken en keerde terug met een bloesem van een Kaaps viool-tje. Hij gooide hem in de highball en zette het boeketje bovenop de kassa. "Ter nagedachtenis aan meneer Burdette en Mama," zei Phil. "Al waren het moordenaars en schurken."

Hij keek het vertrek rond. Het was etenstijd en de bar was bijna leeg. Een paar gezichten keken terug. Phil wenkte de ober. "Charley, gooi de boel maar dicht. De bar is vanavond gesloten. Geen drankjes meer."

Arthur Upshaw en Duff kwamen binnengezet nog voordat Charley bij de deur was. De huid van Arthur Upshaw stond strak over zijn schedel gespannen en zijn ogen vlamden. Hij liep naar de bar en keek met een vernietigende blik op Darrell neer. "Begrijp je wel wat je bemoeienis mij gekost heeft? Vierhonderdduizend pond van mijn geld!"

"Er is een grote hoeveelheid heroïne vernietigd," zei Darrell. "Is dat niet wat u bedoelt?"

Upshaw draaide zich abrupt om naar Phil. "Geef me een dubbele whisky."

"De bar is dicht, meneer Upshaw. Vanavond heb ik geen dienst."

Arthur Upshaw beende de lobby van het Balmoral in. Duff aarzelde even en keek toen omlaag naar Ellen. "Het spijt me van gisteren. Het spijt me echt, Ellen."

Ellen wendde haar hoofd af. Duff haalde zijn schouders op. Hij gooide de autosleutels op de bar en volgde Upshaw.

Phil zette twee flessen whisky op de bar. "Drankjes zijn van het huis. Jammer dat meneer Burdette er niet bij kan zijn om ervan mee te genieten. Maar zo gaan die dingen."

"Ik begrijp er helemaal niets van," klaagde T-Bone.

Phil, die bezig was highballs in te schenken, schudde zijn hoofd. "Ik begrijp er ook niet veel van."

"Maar wat is er nou gebeurd, Phil?"

"Welnu, voor zover ik het begrijp, vonden meneer Burdette en Mama dat ze wat extra centen konden gebruiken. Hun plan mislukte en uit ergernis hebben ze Noel Hutson doodgeschoten."

"Maar... meneer Burdette en Mama!"

"Jazeker, T-Bone, het is schokkend." Hij sloeg twee derde van zijn highball achterover. "Maar als ik iets geleerd heb in mijn jaren op deze aarde dan is het dat je nooit kunt raden wat andere mensen denken." Hij staarde haar strak in de ogen.

"Hou daarmee op, Phil!" T-Bone wiebelde heen en weer op de barkruk. "Ik voel me helemaal raar als je zo kijkt."

Phil dronk zijn highball op en zette het glas met een klap neer. "Ja. Het zit raar in elkaar, dit ding dat ze leven noemen. Ik snap het nog niet helemaal. Darrell, drink door. Dit is een gedenkwaardige nacht. Goeie kans dat ik aangeschoten raak. Ellen, drink door. Dit is een afscheidsfeestje. Voor Noel en voor Mama en voor meneer Burdette." Hij mixte een volgende highball voor zichzelf en hief het glas. "Heil en zegen en vaarwel." Hij gebaarde naar de ober. "Charley. Begin de lichten vast uit te doen. Jaag dit volk de tent uit."

Phil vulde de glazen bij. "Dit is de enige juiste manier om een dodenwake te houden, met een goed gevulde bar waar je je greep uit kunt doen. T-Bone, maak je snaveltje nat. Het is gratis."

"Ik hou niet zo van whisky."

"Gooi dan maar weg. Ik mix een echt drankje voor je. Een French 75 — champagne met cognac. Hier, hoe smaakt dat?"

"Lekker," zei T-Bone. "Maar ik heb geen tijd om het op te drinken." Ze keek in de richting van de lobby van het Balmoral. "Ik moet me aankleden."

"Aankleden? Waar heb je het over? Je bent al aangekleed."

"Ik ga met iemand dineren."

"Dat was voordat je mijn nieuwe verloofde werd."

T-Bone lachte ongemakkelijk. "Hoe kan ik nou jouw verloofde zijn, Phil?"

"Er zit niet veel anders op, T-Bone. Ik kan je niet meesmokkelen naar de Verenigde Staten tenzij we trouwen." Hij wierp een snelle, voorzichtige blik over zijn schouder in de richting van de keuken. "Wel verdraaid! Ik heb een heel vervelende gewoonte aangekweekt."

"Phil, kun je niet even serieus blijven!"

"Ik ben doodserieus. Ik ga binnenkort naar de Verenigde Staten. Als je meewilt, kun je maar beter beginnen met het inpakken van je bruidskist."

T-Bone boog zich over haar glas. "Waar in de Verenigde Staten?"

"New York. Beverly Hills. Honolulu. Ik weet het nog niet."

"Ik heb een vriend in Hollywood," zei T-Bone bedachtzaam. "Hij heeft me een screentest beloofd."

Phil zette een knokkel onder haar kin en hief haar hoofd omhoog. "Is dat een ja of een nee?"

"Wat ja of nee?"

"Ga je met me mee naar de Verenigde Staten?"

"Dus je gaat echt weg?"

"Ik ga zeer zeker weg. Denk je dat ik hier zou willen blijven?" Hij schonk zichzelf met een ruim gebaar nog een glas whisky in. "We gaan deze hele zaak nu definitief regelen. T-Bone, kijk me aan. Herhaal wat ik zeg: 'Ik—'"

T-Bone sprong van de kruk. "Phil, ik kan echt niet langer blijven. Meneer Sverdlup komt zo, en ik ben nog niet eens in bad geweest." Ze klopte op zijn hand.

"T-Bone! Zijn we nu verloofd of niet?"

"Ik heb meneer Sverdlup beloofd—"

"T-Bone? Ja of nee?"

"Ja, maar—"

"Maar wat?"

"Niets."

"Zeg me na: 'Meneer Sverdlup, zout eens lekker op.'"

"Nee, Phil, dat kan ik niet maken. Hij is echt heel aardig, en nu—"

"T-Bone! Kijk me aan. Zeg: 'Ik ben stapelgek op jou.'"

"Ik ben stapelgek op jou."

"Dat is beter. Je maakt me een gelukkig man, T-Bone." Hij hief het glas. "Op ons nieuwe leven!"

Ze dronken, en T-Bone vertrok naar haar afspraak.

Phil deed de deur achter haar op slot. "Als ik verstandig ben dan vertrek ik morgenochtend vroeg voordat T-Bone zich herinnert dat ze naar Hollywood wil. Ik kan natuurlijk ook altijd nog beweren dat ik dronken was." De bar was nu bijna leeg. Phil schonk whisky, soda, cognac en champagne in zonder te kijken wat hij deed. "En nog een toast. Op de herinnering aan Noel, meneer Burdette en Mama!"

Ellen lachte droefgeestig. "Dat is een unieke toast. De moordenaars en het slachtoffer samen in één adem."

"Ja," zei Phil. "Ik denk dat dat niet gebruikelijk is." Hij liep naar de kassa, pakte het halfvolle highball glas waarin het Kaaps viooltje rond-dreef en goot de inhoud langzaam de gootsteen in. "Vaarwel, Mama.

Vaarwel, meneer Burdette. Ondanks alle zonden die je in het leven begaan hebt, wens ik jullie geluk."

Hij liet het glas in de vuilnisbak vallen.

Darrell en Ellen kwamen van de barkrukken af. "Kom mee, Phil," zei Darrell. "Laten we iets gaan eten."

"Goed," zei Phil. "Het is veel te triest om hier te blijven rondhangen. Ik kom er zo aan, zodra ik de kassa heb leeggeroofd."

"We wachten buiten op je."

Ze stonden samen onder het groene licht van de neonreclame. Een klik. De reclame werd uitgezet en de gloed stierf langzaam weg. De straat leek kaal en kleurloos.

Enkele minuten later voegde Phil zich bij hen en liepen ze de heuvel af richting de Place de France.

Jack Vance werd in 1916 geboren in een welgesteld Californisch gezin dat tegen het einde van zijn kindertijd moeilijke tijden doormaakte. Als jonge man probeerde hij een aantal onbevredigende baantjes uit alvorens aan de Universiteit van Californië in Berkeley mijnbouwkunde, natuurkunde, journalistiek en Engels te gaan studeren. Hij ging van school toen de oorlog uitbrak en werd matroos op de koopvaardij. Later werkte hij als rolbrugmachinist, landmeter, keramist en timmerman, voordat hij zich door het produceren van een gestage stroom aan SF, mysterieromans en korte verhalen als voltijds schrijver vestigde.

Hij was meer dan zestig jaar actief als schrijver, en voor zijn werk ontving hij onder andere drie *Hugo Awards*, een *Nebula Award*, een *World Fantasy Award* oeuvreprijs, en een *Edgar* van de *Mystery Writers of America*. De *Science Fiction & Fantasy Writers of America* kroonden hem tot Grootmeester, en hij werd opgenomen in de roemruchte *Science Fiction Hall of Fame*.

In zijn werk overschreed Jack Vance vaak de grenzen van het genre: van weemoedige fantastiek (de zeer invloedrijke *Stervende Aarde* verhalen) tot interstellaire space opera (de vijfdelige *Duivelsprinsen* reeks), van heldhaftige fantasy (de *Lyonesse* trilogie) tot de mysterieuze moorden die een sheriff in landelijk Californië moet oplossen (de *Joe Bain* boeken).

Toen hij reeds op leeftijd was, vormde zich een internationale groep van Vance-fans die zich tot doel stelde om het complete oeuvre van Vance in de oorspronkelijke staat te herstellen, daarbij tientallen jaren van redactionele ingrepen en ongewenste wijzigingen ongedaan makend. Dit resulteerde in de toonaangevende Engelse *Vance Integral Edition* die als 44 hardcover delen in een beperkte oplage verscheen.

In 2013, kort nadat hij zijn eerste jazz-album had opgenomen, overleed Jack Vance op 96-jarige leeftijd in het huis dat hij eigenhandig had gebouwd in de beboste heuvels buiten Oakland. In het jaar van zijn honderdste geboortedag begint Spatterlight met het uitgeven van een nieuwe Nederlandse editie. In 62 paperbacks verschijnen zowel alle Vance verhalen die al eerder zijn uitgegeven, alsook alle titels die nog niet eerder in het Nederlands verkrijgbaar waren.

Colofon

Dit boek is gezet uit 11,5 pt Adobe Arno Pro.

De tekst van deze uitgave is ontleend aan het digitale archief van de *Vance Integral Edition*, een reeks van 44 boeken die onder auspiciën van de schrijver geproduceerd werden door een wereldwijde groep van zijn lezers. Onze dank gaat uit naar Norma Vance voor haar onschatbare redactionele hulp, en naar het *Department of Special Collections* van de Boston University die ons met hun *John Holbrook Vance* collectie geweldig hebben geholpen.

Deze uitgave kwam tot stand met de hulp van Arjen Broeze.

Omslagontwerp: Howard Kistler

Typografisch ontwerp: Joel Anderson

Zetwerk: Joel Anderson

Management: John Vance, Koen Vyverman

www.ingramcontent.com/pod-product-compliance
Lightning Source LLC
Chambersburg PA
CBHW050527260626
47157CB00004B/1503